영광전당포 살인사건

영광 전당포 살인사건

한차현 장편소설

이른아침

복간에 붙여

  2003년 1월 발표했던 두 번째 장편소설을 8년여 만에 다시 찍어 내놓는다. 이유부터 밝히자면 온오프라인 서점에서 더 이상 2003년도 초·재판을 찾아볼 수 없게 된 때문이다.

  복간을 준비하며 빨간 펜과 교정지를 들고 익숙한 거리를 헤맬 즈음, 그야말로 밀려드는 감회에 속이 거북하고 머리가 아뜩해지곤 했다. 2003년 1월. 이후로 일곱 권의 책을 더 낸 2011년 늦가을. 그새 만나고 사랑하고 헤어졌던 소설 안팎의 사람들은 다 어디 갔을까. 다들 어느 우주의 시간으로 사라져 갔을까.

  '지난 책'을 꼼꼼히 읽으며 새삼 느끼고 거듭 탄복했다. 다르구나. 참 많이 다르구나. 저 시절과 이 시절은, 문장 하나부터 서로 그렇게 다르구나. 어느 편이 낫고 못하고를 떠나서, 그때 나는 나였고 지금 나는 나로구나. 하긴 8년 전의 내가 8년 후의 나와 똑같은 나라고 생각했던 게 뻔뻔한 노릇이겠구나.

하여 교정지의 마지막 장을 덮을 즈음, 다시 고개를 끄덕이지 않을 수 없었다.
고백컨대 『영광전당포 살인사건』은 내 문학의 원형이었다.
그리고 차연이었다.
복간본이 나오며, 세상에 이런 책이 있었다는 것을 처음 알게 된 분들이 대부분일 것이다. 드물게는 예전의 책 제목을 기억해줄 분이 계시리라. 더욱 드물게, 반가운-의아한 마음에 책을 집어 들고는 지나쳐가듯 뒤적여볼 이가 적어도 한두 명은 되지 않을까.
그분들께 이 책을 바친다.

2011년 10월
경기도 광주
한차현

차례

화요일의 여자 · 10

용의자들, 혹시 내가? · 23

누군가 함께 걷고 있다 · 39

9층 복도는 알고 있다 · 54

죽어야 할, 죽여야 할 · 65

죽은 여름 꽃이 소리 없이 움직이다 · 80

파비아 RB67S 90㎜ 낡고 기억도 없고 · 88

오랜 시선들 · 103

오후 반지하 셋방 · 119

생물학적 소재의 유전자 합성인간 · 132

무연고사체인도동의확인서, 피사체를 포함한 · 143

구토 · 151

남루한 현상수배 전단 · 163

쿠사나기 모토코 소령 · 173

2061년 달의 성 · 180

지옥 같은 상상에 발목이 잡혀 · 189

살인의 감촉 · 198

모리아 기도원 · 207

쑥색 후드 점퍼 · 219

엄지와 검지 사이 깊은 상처 · 229

그는, 제기랄, 이미 알고 있었던가? · 239

백단목 향기에 숨이 멎어 · 247

마왕 · 259

4층 옥탑방 어느 낯선 · 270

검은 눈물 · 277

벽을 향해 돌아눕다. 잘 가. · 287

에필로그 · 291

작품 해설 · 302

언론 서평 1 · 316

언론 서평 2 · 319

작가의 말 · 322

수천의 막강한 원정군을 사열하고 난 페르시아 왕 크세르크세스는 갑자기 눈물을 흘리기 시작했다. 주변의 신하들이 놀라 물었다.
"아니 전하. 이렇게 당당하고 용맹무쌍한 당신의 병사들을 보고 눈물을 흘리시다니 웬일이십니까?"
그러자 크세르크세스는 대답했다.
"갑자기 이런 생각이 떠올랐다네. 이 아름다운 청년들 중에, 고작 1백 년 후 살아 있을 이가 단 한 명도 없다는 사실이."

유호종 『떠남 혹은 없어짐 – 죽음의 철학적 의미』에서 부분 수정 인용

화요일의 여자

원형이었다. 잘못 본 게 아닐까, 사소한 의심이 방해할 여지조차 없었다.

거리 위에 차연은 있었다. 횡단보도 신호가 바뀌고 맞은편에서 몰려드는 사람들 무리와 어깨를 비껴가며 막 길을 건넌 직후. 길가의 신문 가판대를 피해 왼쪽으로 몸을 트는 순간 원형의 웃는 얼굴이 와당탕 눈에 들어왔다. 실로 뜻밖이었지만 사람을 잘못 알아볼 거리는 아니었다.

원형은 갈색 유리창 너머에 앉아 있다. 북아프리카 유학원 건물 1층. 커피숍 창가 자리. 탁자 위에 찻잔 두 개가 놓였다. 맞은 편 남자는 감색 양복을 입었으며 가슴 위쪽은 종려나무의 넓은 이파리에 가려 보이지 않는다. 화분 옆구리로 남자의 양복바지와 검은 구두가 드러났다. 원형은 쉴 새 없이 입을 놀리고 웃음을 터뜨렸다. 다행히 그리고 당연히 거리 위에 멈추어 선 차연을 느끼지 못한 듯했다. 소리 없이 깔깔거리던 그녀가 보란 듯 왼손 엄지손가락을 세워 오른쪽 눈썹을 서너 차례 긁적였다. 어린 집토끼의 머리털을 쓰다듬듯. 틀림없는 원형의 버릇이었다. 커피숍 안으로 불쑥 들어서는 자신을, 창문을 콩콩 두드리고 놀란 그녀를 향해 팔랑팔랑 손 흔들어주는 장면을 차연은 잠깐 상상한다. 그때 원형은 어떤 표정을 지을까. 그러나 있을 수 없는 일이다. 그녀를 만나 함께 주고받을 이야기는 이제 세상 어디에도 없었다.

견고하게 차단된 유리창 밖의 차연은 잠시 길을 잃었다. 그때, 그간 알고 지냈던 세상의 여자들 모두를 한꺼번에 만나는 환상이 문득 찾아왔다. 보이지 않게 바람이 불었다. 풀벌레 소리가 울리고 신호등이 초록색으로 바뀌었다. 횡단보도에 모여선 사람들이 우르르 길을 건너기 시작했다.

마을버스를 내려 후문 쪽으로 걸었다. 해가 저물고 아파트 단지의 가로등은 때 이른 주황 불빛을 밝혔다. 슈퍼마켓에 들른다. 저녁을 해 먹어야 할 시간이다. 냉장고에 남은 밥이 있던가 기억을 더듬으며 양파 한 망과 고등어 통조림을 집어 들었다.

"101동 사시죠?"

"예."

"소문 들었어요? 끔찍해서."

바코드 인식기로 통조림 밑둥을 요리조리 훑던 슈퍼마켓 주인이 미간을 찌푸렸다.

"무슨 소문이요?"

"모르시네."

양 어깨 사이로 쑤욱 목덜미를 집어넣고는 신중히 시선을 쳐든다.

"살인 사건이 났대요. 101동에서."

"언제요?"

"시체가 오늘 낮에 발견됐어요. 혼자 사는 노인네라던데. 일흔여덟 먹었다던가."

"세상에, 908호?"

"그것까지는 모르죠. 왜, 아는 사람이에요?"

"같은 층에 사니까요. ……살인? 그 할아버지가 죽었다구요?"

노인의 시신을 발견한 것은 동네 아이들이었다. 아이들과 함께 뛰놀던 강아지였다. 밥 먹으라는 엄마들의 악다구니에 뿔뿔이 흩어졌던 꼬마들이 못 다한 해골 탐험을 재개하기 위해 1시 30분쯤 다시 모인 곳은 아파트 단지 뒤뜰의 창고, 그네들 말로 해골섬이었다. 분질러진 나무 막대기를 하나씩 주워들고, 과자봉지에 든 주머니괴물 스티커를 앞이마에 붙인 아이들은 노래를 부르며 뒤뜰 수

색을 시작했다. 나무 나무 무슨 나무, 가다 보니 가닥나무, 오다 보니 오동나무, 십리 절반 오리나무, 아흔 아홉에 백양나무, 서울 가는 배나무, 낮 무섭다 밤나무……. 땅바닥에 코를 박고 킁킁거리던 알래스칸 말라무트 잡종 쏘리가 그때 창고 구석으로 할딱할딱 내달리다 멈춰 서더니, 어느 지점을 향해 무섭게 짖어대기 시작한다.

뒤따라온 아이들은 이상하게 변한 노인의 몰골을 보았다. 전쟁놀이를 하듯 땅바닥에 납작 엎드린, 깨진 머리 사이로 허옇게 상한 두부가 흘러내린 모습을. 한동안 사체를 관찰하던 아이들은 마침 장바구니를 들고 후문 길을 지나가던 동네 아줌마에게 달려갔다. 해골섬에 머리 깨진 귀신이 엎드려 있다는 아이들의 전언을 여자들은 믿지 않았다. 거짓말이면 혼날 줄 알아, 다짐을 받은 여자 둘이 아이들을 뒤쫓았다. 이윽고 노인의 사체 앞에 이르러 입술 오른쪽에 점이 있는 파마머리 여자는 '어, 정말이네' 중얼거리다 말고 그 자리에 풀썩 쓰러졌다. 초등학교 3학년과 5학년 두 아이를 둔 116동 오씨네 오딸딸이 엄마는 맥없이 기절한 옆집 여자와 시체를 번갈아 쳐다보다가 와락 구토를 쏟아냈다고 한다.

"무슨 사연이 있다고 그래 다 죽은 늙은이를 또 죽이나."

"다 죽은 늙은이요?"

"내 말은, 죽을 만큼 나이를 먹었다 이거죠."

되는 대로 둘러댄 슈퍼마켓 남자는 덧붙였다. 4천 9백 원 되겠네요.

고춧가루와 간장과 다진 마늘을 풀어 고등어 통조림 찌개를 끓이고 전자레인지에 찬밥을 데우고 플라스틱 통에서 깍두기를 덜며 원형을 생각했다. 불과 두어 시간 전이다. 번잡한 거리 어디쯤에서 그녀를 보았다. 발견했다, 고 해도 상관없을 것이다. 보이지 않게 바람이 불었고 길 위의 사람들이 어깨를 부딪히며 지나쳐갔다. 견고하게 차단된 갈색 유리창 안쪽의 원형은 맞은편 누군가와 대화를 나누고 있었다. 그게 설탕을 넣지 않은 홍차이건 누구이건 무슨 이야기였건 상관할 일은 아니다. 문제는 하필 노인의 사체가 발견된, 바로 그날이라는 것이다! 하필이면. 하필이면.

식탁에 앉아 어두워진 베란다를 잠깐 바라보았다. 맞은편 아파트의 작은 네모들이 군데군데 불을 밝히고 있다. 리모컨을 집어 들었다. 8시 뉴스다. 말하는 식물 품종개발에 성공한 럭키 화훼과학연구소가 오늘 일본에 이어 네덜란드와 30억 불 규모의 다년간 수출 계약을 따냈습니다. 다음 소식입니다. 파주 주한미군 87사단 공병여단, 일명 캠프 하우스에서 경유 2천 리터가 또 유출되었습니다. 파주경찰서는 오늘 오후 4시 조리면 미군부대 하수구에서 생통 냄새가 난다는 주민신고를 받고 현장조사를 벌인 결과. 밥을 다 먹을 때쯤 저녁 뉴스는 일기예보에 자리를 내주었다. 노인 살해 사건에 관한 기사는 단 한마디도 나오지 않았다.

개수대에 빈 그릇들을 쓸어 담고 화장실에 들어갔다. 거울을 노려보며 칫솔질을 하다가 다시 원형을 생각했다. 908호 노인의 느닷없는 비보를 듣는다면, 원형은 어떤 반응을 보일까. 눈물을?
 원형은 노인의 파출부였다. 일주일에 한 번, 노인이 사는 908호로 원형은 찾아왔다. 14평 임대 아파트 실내를 한바탕 쓸고 닦고 정리하는 것으로 일과를 시작해 밀린 설거지와 빨래를 해치우고 복도로 이불을 내와 팡팡 털고 쓰레기들을 재활용과 분리수거용으로 나누어 처리하고 두루마리 화장지라든지 치약이라든지 필요한 물건들을 꼼꼼히 메모해 장을 보고 커다란 주전자에 보리차를 끓이고 밥을 짓고 일주일치 부식을 만들고 그것들을 냉장고에 착착 쟁여놓고. 일주일에 하루를 들여 혼자 사는 노인의 살림을 돌보는 일은 단순한 만큼 고단했다. 저녁을 넘어 밤 시간이 오면 모든 일과를 끝낸 원형은 차연의 집으로 찾아들었다. 908호에서 906호로.

 봄날의 한가운데, 라고 할 만한 오후. 늦은 점심거리로 닭칼국수 맛 라면 한 봉을 사들고 돌아오는 길이었다. 건강한 목소리가 어깨를 짚었다.
 "안녕하세요."
 "?"
 "101동 사시죠? 처음 인사드리네요."
 누구시죠? 혹은, 절 아세요? 인사의 답이 될 수 없는 대꾸들을 입속으로 굴려보는 사이 여자가 말했다.
 "저 908호 있어요."

"아, 예에."

906호와 908호. 그렇다면 길에서 불러 세워 인사를 나눌 만한 이웃임에 틀림없다.

"첨 뵙겠습니다. 그런데 그 집."

"그 집, 뭐요?"

"할아버지 혼자 사시는 줄 알았는데."

딸은 아닐 테고 손녀인가. 손녀가 아니고 딸인가. 아니면 먼 친척?

"식모예요, 파출부죠. 매주 한 번 오기로 했는데, 오늘이 그날이구요."

봄날의 한가운데. 아파트 단지의 색 바랜 보도블록 위에서 처음 원형을 만났을 때 차연은 그간 알고 지냈던 세상의 여자들 모두를 한꺼번에 소환한 기분이었다. 그리하여 처음 만나는 사이임에도 얼굴 위에서 발랄하게 명멸하는 표정이며 목소리의 특성을, 즐겨 입는 겨울 코트가 무슨 스타일이고 어느 동네에 있는 고등학교를 나왔으며 개봉관에서 가장 최근에 봤던 외국 영화가 무엇인지까지를 기억해 낼 수 있는. 그럴 것만 같은. 혹시 누구 닮았다는 소리 들은 적 없나요? 그간 알고 지냈던 세상의 여자들 모두라니.

두 번째로 원형을 만난 것은 다음 화요일. 케이블채널로 성남일화와 FC서울의 K리그 17라운드 재방송을 보고 있을 때였다. 쿵쿵. 현관문 두드리는 소리가 났다. 처음엔 잘못 들었나 했다. 잠시

후 다시 쿵, 쿵, 쿵. 벽에 ㄴ자로 목을 꺾고 누웠던 차연은 엉거주춤 몸을 일으켰다. 누군가 찾아왔다. 초인종을 누르지 않고 현관문을 두드리는 중이다. 초인종 소리와 현관문 두드리는 소리의 차이는, 특히 혼자 사는 사람들에게는, 뜻밖에 각별하다.
"테레비 소리 듣고 계신 줄 알았어요."
꾸벅 목례를 한다. 가만, 이 아줌마가 누구더라?
"호박 부침개예요. 드셔보세요."
"아, 뭐 이런 걸."
접시를 내밀며 현관 안으로 성큼 들어선다. 실례 좀 할게요 소리도 없이 전셋집 구경 온 사람처럼 집안 여기저기를 기웃거린다.
"이 집은 화장실이 왼쪽에 있잖아? 부엌은 이쪽이고, 아아, 구조가 908호랑 정 반대구나. 그래서 마루가 더 환해 보이는 건가?"
차연보다 다섯 살이 많았다. 정확하지는 않지만 대충 그쯤. 웃을 때면 두 눈이 저절로 감겼고 아직까지는 군살 없는, 기능성 속옷으로 위장한 것인지는 알 수 없지만, 허리와 덜 늘어진 가슴을 가진 여자는 3년 결혼 생활 끝에 재작년 이혼했고 지금은 Y시에서 혼자 살고 있었다.
"Y시요? 되게 머네."
"말 마요. 화요일이면 네 시간 동안 차를 몰아야 한다니까. 가는 데 두 시간 오는 데 두 시간. 기름 값도 장난 아니고."
"할아버지는 건강하시구요?"

할 말이 없었으므로, 잘 알지도 못하는 노인 이야기를 꺼내들었다.

"그렇죠 뭐. 정신이 맑았다 흐리멍텅했다가. 오늘은 또 비도 안 오는 날에 느닷없는 부침개 소리를 하시길래."

"잘 먹겠습니다."

"드시고 빈 그릇은, 아니, 아예 덜어놓고 가는 게 낫겠다. 빈 접시 하나 줘볼래요?"

세 번째로 원형을 만난 것은 정확히 한 주 뒤였다. 필경 화요일하고도 밤 시간이 되겠다. 복도에 나와 있었다. 9층 아래, 아스팔트에 그어진 흰 선들을 따라 빽빽하게 병렬 주차된 차 지붕들을 내려다보며 담배를 피우던 참이었다. 복도 저편에서 현관문 열리는 소리가 들렸다. 908호이다. 문 잠그고 들어가세요 할아버지, 다음 주에 뵐게요. 철컥 문이 닫히고 어두운 그림자가 또각또각 다가왔다. 벌써 일주일이 지났구나.

"나와 계시네요."

"이제 끝나셨어요?"

"아이구 지친다."

"집까지 가시려면 또 고생이겠군요."

"두 말 하면 귀찮죠."

오른손을 들어 왼쪽 어깻죽지를 주무르던 여자의 시선이 차연의 손가락 위에 머물렀다.

"하나만 주실래요?"

"예? 아, 예."

추리닝 주머니에 담배는 없었다. 한 개비를 빼 물고 복도로 나섰던 것이다.

어둔 복도에 여자를 남겨두고 마루로 돌아와 부랴부랴 담뱃갑을 찾았다. 이럴 때 마음은 왜 다급해지는가. 한참만에 TV 위에 놓인 담배를 집어 들고 나와서는 생각지도 못한 말을 내뱉고 만다. 들어와서 피우시죠. 커피 타 드릴게.

"아이고. 노인네가 어찌나 깐깐한지."

"……."

"모르는 척 의뭉을 떨고 있다가는 느닷없이 창틀이 더럽다고 혀를 끌끌 차고, 반찬이 왜 이렇게 짜냐고 궁시렁대고."

연달아 담배 두 대를 태운 원형은 남은 커피를 홀짝 비웠다. 뭔가 개운치 않은 표정이더니 시무룩 일어서서 핸드백을 집어 든다. 무슨 이야기인가 꺼내고 싶어한다는 사실을 차연은 눈치 못 채고 있었다.

"커피 잘 마셨어요. 담배도."

"또 한참 가셔야겠군요."

"그렇죠. 산 넘고 물 건너 바다 건너서."

"대중교통이 있으면 편할 텐데."

"있긴 있더라구요. 1007-1번인가 한 시간에 한 대씩 오는 거. 고속도로 타고 우리 동네까지 바로 들어오던데."

"그거 이용하면 되시겠네."

"그럼 좋죠. 시간도 돈도 절약되고. 근데 이놈의 버스를 탈 수가 있어야지."

"왜요?"

"막차가 여덟 시거든요. 일 끝나면 밤 아홉 시는 우습게 넘어가는데."

"무슨 막차 시간이 그렇게 빨라?"

"차고지가 Y시라서 그런가 봐요. 파출부 벌이가 얼마나 된다고 몇 시간씩 똥차 몰고 다니면서 오가는 기름 값에 톨비에. ……가볼게요."

밤의 복도에 두 사람 발소리가 깊이 공명했다. 엘리베이터 앞에 섰다. 여자의 얼굴 위에 망설이는 표정이 아주 잠깐 스쳐갔다.

"저기, 이렇게 하면 어떻겠어요."

"뭐를요?"

"다른 게 아니라, 응."

"말하세요."

"화요일마다 저 좀 재워주시면 안될까요?"

"어."

"하숙비 드릴게요. 청소 빨래로 대체하면 더 좋고. 그럼 1000-7번 버스 타고 다닐 수 있잖아요."

"……."

"일주일에 하루, 딱 하룻밤. 어때요?"

샤워를 하고 실내복으로 갈아입은 원형은 어느 저녁, 젖은 수건을 들고 화장실에서 나오며 말했다. 기분 되게 이상하다, 안 그래요? 두 번째 혹은 세 번째로 함께 맞는 화요일이었을 것이다. 잠자리에 들기까지 남은 시간은 많지 않았다. 참외를 깎아 먹으며 케이블TV 드라마를 보았고 마른빨래를 걷어 함께 개키기도 했다. 뭐했어 오늘? 종일 집에 있었지. 아, 시장에 잠깐 갔었다. 책도 보고 빨래도 하고. 청소랑 빨래 내가 해준다고 했잖아. 하숙비 맘에 안 들어? 됐어, 나도 할 줄 알아. 가끔은 아파트 단지 근처의 술집에 찾아가기도 했다. 원형은 오늘 뭐했어? 뭐하긴. 식모가 홍차 마시면서 모차르트 들었겠어? 화장실 청소할 때 락스 좀 적게 써야겠어. 냄새 때문에 코가 어떻게 되는 줄 알았네. 그런데 차연은 왜 그렇게 술을 못 마셔? 원형이 너무 잘 마시는 거야. 소주를 혼자 세 병이나 까다니. 늦은 밤이면 원형은 차연의 방에서 잠을 잤다. 마루 소파는 차연의 몫이었다. 다음 날이면 원형은 없었다. 1000-7번 버스를 타기 위해 아침 일찍 집을 나섰을 것이다. 아침잠이 많은 차연은 수요일 아침 일찍 집을 나서는 원형을 한번도 배웅하지 못했다.

화요일이 되어도 이제 원형은 오지 않는다. 문 잠그고 들어가세요 할아버지. 다음 주에 뵐게요. 원형이 나선 뒤 안에서 철컥, 현관문을 잠글 노인도 이제는 없다. 지난 날 지난 기억들, 잘 알 수 없는.

용의자들, 혹시 내가?

현관문 두드리는 소리에 눈을 떴다. 이른 아침이다.
문 밖에 낯선 남자가 서 있다. 잠 기운 가득한 차연의 얼굴을 보더니 미안한지 어깨를 으쓱, 한다.
"주무시는 걸 깨웠군요. 이해하세요. 이런 시간에 찾아뵙지 않으면 만나지 못할 것 같아서."
"누구시죠."
"남부 서에서 나왔습니다. 실은 어제 오후에도 한 번 들렀는데, 임 형사라고 합니다."
"남부 서?"
해골섬. 머리 깨진 귀신. 그리하여 차연은 908호 노인의 죽음이 그리 멀지 않은 곳에서 아직, 그렇지 않은가, 진행 중이라는 사실을 실감했다. 둥근 금테안경과 단정한 얼굴, 부드럽게 말려 올라간 입술 끝. 형사라기보다 외국인 노동자 인권단체의 고문 변호사 같은 인상.

"그러시군요. 그럼, 어어, 잠깐 들어오시겠습니까."

"그래도 될까요?"

형사는 발을 절었다. 보기 흉할 정도는 아니었다. 소파로 그를 안내한 뒤 부엌으로 갔다. 냉동실 안에 식빵 봉투가 딱딱하게 얼어 있다.

"일찍 일어난 기념으로 아침을 먹을 생각입니다. 괜찮으시면 뭐 좀 같이 드시죠."

"생각 없습니다."

"토스트 한 쪽 하세요. 혼자 먹기 그런데."

뜨거운 차와 식빵 몇 쪽이 담긴 접시를 가져와 형사 옆자리에 앉았다. 맞은 편 자리에 앉아야 마땅할 노릇이지만 쓸 만한 보조의자가 없었다. 혼자 마룻바닥에 퍼질러 앉을 수도 없는 일이다. 프라이팬에 노랗게 구워진 식빵 귀퉁이를 하염없이 만지작거리던 형사가 입을 열었다.

"느낌이 좋지 않아요."

"예?"

"제가 온 뒤로, 이 동네는 아무도 살지 않는 곳 아닐까 싶을 만큼 조용하고 평화로웠습니다. 아실지 모르겠지만 지난 5년간 단 한 건의 사건 사고도 발생하지 않았죠. 교통사고나 화재사고는 물론 부부싸움 신고조차 들어온 게 없었으니까."

"그렇군요."

"그런데 느닷없이 살인 사건이라니. 간장독도 아닌 머리통이 와그작 깨져 죽다니. 알고 계시죠?"

"소문을 들었습니다."

"주응달 노인의 죽음은 일개 살인사건 이상의 의미를 가지고 있습니다. 살인이, 그런 비극이 우리들 곁에서 아무렇지도 않게 일어났다는 사실 말입니다. 이건 심각하기 이를 데 없는 변화입니다. 우울한 가정이지만, 앞으로 우리들을 더욱 불행하게 만들 징조가 될 수도 있는."

"징조요?"

"그렇습니다. 사건이란, 먼 미래의 무수한 가능성 가운데 하나가 시간을 거슬러 보내오는 신호거든요. 사소하고 그렇지 않고를 떠나, 그래서 모든 사건의 기저에는 언제나 뜻밖으로 중대한 의미가 도사리고 있는 법입니다. 이거 아침부터 뒤숭숭한 소리만 잔뜩 들으셔서 어떡하나."

"죽은 사람도 있는데요, 뭐."

차연이 대꾸했다.

"이웃의 죽음을 애도하는 차원에서 감수해야죠. 그런데 어떻게 된 일인가요."

"어떻게 된 일, 이라니요?"

"살인 사건 말입니다. 누가 908호 노인을 죽인 거죠? 강도인가요? 아니면 원한 관계에 의한?"

"모릅니다. 아직은 아무것도."

"살인범을 잡으려면 뭐라더라, 용의자라는 게 있을 텐데. 저도 그중 한 명인가요? 그래서 저를 찾아오신 건가요? 이거 좀 드시라니까요."

"설마요."

권유를 못 이긴 형사는 식빵을 반 접어 크게 한입 베어 물었다. 그리고 입안 가득 그것을 씹느라 한동안 말을 잇지 못했다.

"실은, 하나의 사건 앞에서 용의자 아닌 사람은 세상에 없습니다. 그 혐의를 풀 수 있는 사람은 자기 자신뿐이지요. 하지만 걱정 마십시오. 이렇게 찾아뵌 것은, 피살자와 같은 아파트 같은 층에 살고 계시는 분에게 참고 삼아 몇 말씀 여쭙기 위해서입니다."

901호부터 910호까지, 9층에는 모두 10세대가 있다. 중학교 선생 부부가 사는 903호. 대학 휴학생이 사는 904호. 택시기사 세 가족이 사는 905호. 차연이 사는 906호. 이혼한 40대 남자 공무원이 어린 두 딸을 데리고 사는 909호. 정년 퇴직한 노부부가 주말이면 가끔 찾아오는 910호. 세 집은 비어 있으며 나머지 한 집은 908호다, 노인이 살던.

"이웃이라고 남의 집 숟가락 숫자까지 꿰차고 있어야 하는 건 아니지만, 좀 심하더군요. 같은 층에 그런 노인이 있었다는 것조차 모르는 분들도 계셨으니."
"단서가 될 만한 것 좀 발견하셨나요?"
"헛수고만 했다는 사실을 발견했죠."
"어쩌나."
"사람과 사람 사이의 간격. 그게 존재를 병들게 합니다. 생각해 보세요. 누군가를 완벽히 이해하면서 그를 죽일 수 있겠습니까?"
둥글게 베어 문 식빵 조각을 내려놓은 형사는 접시 위에 손가락을 문질러 털며 집안을 한 바퀴 둘러보았다. 그리고 시선 머물렀던 어디에선가 그런 단서를 발견했다는 듯, 자신 있게 되물었다.
"혼자 사시는 것 같은데."
"맞습니다."
"역시 그렇군요. 혼자 사는 것만큼 멋진 일도 드물지요. 특히 젊었을 때는. 하지만 위험합니다. 고독은 사람을 악하게 만들거든요."
"아."
"틀림없습니다. 혼자 사는 것은 과연 나쁜 친구와 어울리는 일만큼이나 위험하지요. 파괴 본능을 자극하는 폭력 영화나 유아기의 성적 억압 이상으로. 이건 제 주장이 아니라 범죄심리학에서는 이단에 해당하는 이론입니다."
"이단?"

"구구단 말입니다."

"아항, 2단."

"한자를 보세요. 쓸 고(苦) 자에 독약 독(毒) 자. 얼마나 지독합니까."

"외로울 고(孤)에 홀로 독(獨) 아닌가요."

"그런가? 어쨌거나. 주제넘은 소리 같지만 그러니 어서 짝을 찾으십시오. 이 집을 같이 쓸."

"명심하겠습니다."

"9층에 말이지요,"

하고 형사가 말을 이었다. 베란다에서 넘어온 아침 햇살에, 잘 닦인 안경알 저편 눈동자가 초록색 보석처럼 반짝였다.

"여기 말고도 혼잣살림을 하는 집이 두 군데 더 있더군요. 그중 한 집이 바로 주응달 노인의 집이었고."

"예에."

"혼자 산다는 거, 이럴 때도 문제지 뭡니까. 이건 가족이 있나 가까운 이웃이 있나, 어떻고 저떤 노인네라고 소문난 거나 있냐면 그것도 아니고, 하다못해 가끔씩 부엌살림 기웃거려주는 구청 노인복지계 담당 공무원 한 명 없으니."

"그렇네요."

"이런 판이니 어느 구석으로 범인 몰이를 하면 좋을지 감이나 잡히겠습니까? 죽은 사람한테 물어볼 수도 없고."

"고생이시네요. 차 좀 더 드릴까요?"
"됐습니다. 아니, 그럼 조금만 부탁합니다. 무슨 녹찬가요? 향이 좋네요."
"계화라고, 자스민 비슷한 거죠."

노인에 대해, 차연 또한 아는 바가 있을 리 없었다. 80세 가까이 된다는. 자식들은 모두 해외로 이민을 갔으며 젊은 시절 조금 모아 놓은 재산으로 남은 여생을 죽이고 있다는. 비가 오거나 화창한 날이면 가끔 정신이 오락가락 하는데, 건강은 고집불통 성격을 닮아 그런대로 양호하다는.

"다른 건 없나요? 예를 들어 어느 바람 부는 날, 아파트 뒤뜰 평상에서 장기 훈수를 두고 있는 노인의 뒷모습을 봤다든지."

기억나는 것과 그렇지 않은 것까지, 그 비슷한 경우가 한두 번 아니리라. 엘리베이터 안에서 경비실 앞 계단에서 약수터 산책로에서 후문 상가 근처에서. 굽은 어깨의 908호 노인을 차연은 수없이 마주쳤다. 그랬을 것이다. 상한 우유같이 흐릿한 눈매와 하얗게 센 머리칼. 검버섯이 사납게 피어난 쪼글쪼글 주름진 뺨. 지켜보기 힘 빠질 정도로 느리고 불편한 걸음. 늙는 것만큼 추한 게 있을까. 멀리서 가까이서 노인을 만나던 언젠가는 그런 생각도 해보았을 것이다. 뜨는 해 맞고 지는 하루 보내며 저리도 남루한 일상을 반복하는 일이 죽음 이후의 시간들과는 어떻게 다를까.

언제던가 슈퍼마켓에서 계란 한 줄을 사들고 집으로 돌아가는 노인을 본 적 있다. 한참을 앞서 있었지만, 차연의 걸음은 얼마 지나지 않아 노인의 발치를 따라잡을 수 있었다. 양손을 뒷짐 지고 검은 비닐봉투를 달랑거리며 천천히 발걸음을 떼어놓는 뒷모습을, 왜 그랬을까, 무심히 지나치기가 힘들었다. 불룩한 봉투 모양으로 보아 종이 상자에 두 줄 나란히 포장된 계란이 분명했다. 저걸 혼자 다 먹는 데 얼마나 걸릴까. 열흘? 하루에 한 알씩?

안녕하세요.

그렇게 인사를 던지며 옆 차선에 붙었다.

저 옆집 삽니다, 할아버지.

아무 대꾸도 없다. 들리는지 안 들리는지 생각이 있는 건지 없는 건지. 다가가 아는 척을 하기 전의 모습 그대로다.

날씨 좋네요. 뭐 사 가세요?

그래도 묵묵부답. 굳게 다문 입. 표정 없는 눈매. 소용 없는 짓을 하고 있다는 사실을 그제야 깨닫는다. 더 이상 옆구리를 찔러봐야 노인은 자신을 열어 보이지 않을 것이다. 치매 기를 한풀 뒤집어쓴 건지 오랜 시간 삶에 찌들은 자폐 증세인지는 모르겠지만 말이다.

그럼 조심히 들어가세요. 먼저 가보겠습니다.

집에 와서야 조금쯤 모욕을 당한 기분이 들었다. 뒤처진 노인은 10여 분 후에야 908호로 돌아갔을 것이다.

"괴팍한 성격이군요. 참고하겠습니다."

"참고할 거리나 될지."

"그리고…… 혹시 의심 가는 사람 이야기 들으신 적 없었습니까?"

"의심스러운 사람이요?"

"먼 친척이라고 떠벌리며 노인의 주변을 배회하던 사람이라든지. 유산 상속 전문 회계사라든지 화장 진하게 한 보험 아줌마라든지."

"글쎄요."

"잘 생각해 보세요. 죽음을 앞둔 사람의 일상엔 전에 없던 변화의 기운이 함께 하는 법이거든요. 왜 죽을 놈은 따로 있다는 말 있잖습니까. 죽음이 누군가에게 가까이 접근했을 때 사람들은 알게 모르게 그런 말을 할 겁니다. 그 기운은 악성종양일 수도 있고 약물 중독 혹은 음주운전이 될 수도 있겠죠. 질병이나 사고사가 아닌 피살의 경우라면 사람일 가능성이 클 테고."

그때 갑자기 원형이 떠올랐으므로, 차연은 얼굴이 화끈 달아올랐다. 화요일 저녁. 화요일 저녁들. 노인의 죽음에, 과연 원형은 악성종양이나 약물 중독 같은 존재였을까. 그런 이야기를 꺼낼 마음은 물론 없었다. 꺼내기는커녕 느닷없는 생각을 들킬 새라 머리 밖으로 내몰기 바빴다. 속엣것을 숨기노라니 자연 얼굴이 상기된다. 그럴 수도 있고 아닐 수도 있다. 아마도 아닐 것이다. 확실하지는 않지만. 어쨌거나 형사라는 사람 앞에 함부로 원형을 드러내서는 안 된다.

"음, 잘 모르겠는데요."
"……그러세요?"
낭패스럽게도 순간, 오른쪽 뺨 근육이 불규칙적인 경련을 일으킨다.
"하여간 좋습니다. 이제 여쭐 말씀은 대강 끝난 것 같고."
형사가 일어섰다.
"오늘 아침은 운이 좋습니다. 맛있는 차에 토스트 대접까지 받고."
"무슨 말씀을."
왼쪽 다리를 조금씩 절며 현관에 이르러, 엉거주춤 무릎을 구부리고 신을 신는 모습이 다소 불안하다.
"로봇 다리를 박아넣었죠."
"아."
"완전히 미친 유아강간범이 있었거든요. 3년 전에. 그놈 잡다가 이렇게 됐네요."
"저런."
"공사장 있잖아요. 건물 짓는 꼭대기까지 도망가는 걸 쫓아 엎치락뒤치락하다가, 냅다 뛰어내리더라구요. 따라 뛰었죠. 그놈은 목이 똑각 부러지고 난 로봇 다리를 해 넣고."
"이런 일 하시기 많이 어려우실 텐데."
"아무래도 그렇죠. 사무실에 앉아 서류철 뒤적이는 직업은 아니니까. 그래도 닥치면 다 하게 되더라구요. 건물 공사장에서 뛰어내리는 거 말고는."

"예에."

"이만하길 운 좋은 겁니다. 마약수사과 어떤 양반은 사제폭탄이 터지는 바람에 눈 한쪽하고 두 팔을 죄다 기계부속으로 갈아 끼운 걸요. 하긴 모르죠. 하눌님이 등 돌리는 날이면 나도 두 팔 두 다리 죄다……. 아침부터 고생 많으셨습니다. 이런 일로는 또 뵙지 말아야 할 텐데."

형사가 손을 내밀었다. 차연은 그 손을 얼른 잡아 쥐지 못했다. 손가락 사이에 하얀 명함이 끼워져 있었던 것이다. 악수를 하자는 건지 명함을 받으라는 건지.

"남부 서 임 형사였습니다. 하실 말씀 있으시면 바로 전화 주십시오."

마루로 돌아온 차연, 뭘 하려다가 깜빡 잊은 사람처럼 그 자리에 멈추어 섰다. 사건이란, 먼 미래의 무수한 가능성 가운데 하나가 …… 뭐라고 했더라? 탁자의 빈 찻잔과 접시를 치우기 시작했다. 개수대에 어제 저녁 설거지 감이 나 봐란 듯 포개어져 있다. 팔 소매를 걷었다. 물을 틀어 그릇들을 적시고 수세미에 식기 세척제를 부을 즈음 쿵쿵, 현관문 두드리는 소리가 다시 들려왔다. 임 형사였다.

"딴소리만 지껄이다가 깜빡했군요."

"들어오시죠."

"여기서 말씀드려도 괜찮은데. 아니, 그럼 염치 불구 좀 하겠습니다. 이거 참. 아침부터 정신을 어디다 두고 왔는지 생각이 안 나네."

원형에 대해 물으려는 것은 아닐까. 아니겠지. 물 묻은 손을 행주에 닦는 내내 그런 걱정이 꾸역꾸역 몰려들었다.

"용건만 얼른 여쭙죠. 다른 게 아니구요, 김시민이란 사람에 대해 좀 아십니까?"

"누구요?"

"김시민이라고, 904호 사는 청년 말입니다."

"글쎄요."

원형은 아니구나. 그런데 904호라니.

"잘 모르겠는데. 청년이라구요?"

"모르신다, 그렇군요. 실은요, 어제 저녁에 그 사람을 찾아갔더랬습니다. 904호로."

"못 만나셨군요?"

"만났죠."

"그래요? 그렇다면 저한테 왜……."

"만났기 때문이죠."

"예?"

"908호 노인과 904호 김시민에 대해 선생께 여쭙는 것은, 비슷하면서도 그 용도가 전혀 다른 질문입니다. 예를 들어 노인은 죽었고 김시민은 살아 있는 점에서도."

908호 906호와 함께, 아니, 이제는 906호와 함께 9층에서 혼잣살림을 하는 유이(唯二)한 세대. 어제 저녁, 예고되지 않은 형사의 방문에 김시민은 아주 잠깐 흔들리는 기색을 보였다. 이웃집에 살던 노인의 주검이 그날 오후 아파트 뒤뜰에서 발견되었다는 사실을 그도 모르지 않았던 것이다. 무화과로 유명한 남쪽 바닷가 지방 출신인 그는 D대학 휴학생이었다. 지금은 백화점 지하매장의 제과점에서 시간당 3천 원짜리 아르바이트를 하고 있다. 초경 무렵의 소녀처럼 얌전하고 말수 적은 김시민을 대하며, 임 형사는 사건 현장에서 접했던 제보를 그에게 확인시켜야 할 것인지 망설였다. 폴리스라인이 설치되고 제복 경찰이 배치되고, 백차가 오고 가고 카메라 플래시가 연신 터지고 혹시 남겨졌을 현장 증거를 찾아 핀셋 든 감식반 형사 몇이 풀밭 위에서 뒤뚱뒤뚱 오리걸음을 하는 와중에 미심쩍은 이야기가 들려왔다. 아파트 단지 후문의 참새 치킨에서 908호 노인과 어느 젊은 남자가 프라이드 반 마리를 시켜놓고 다정히 생맥주 마시는 장면을 누군가 보았다는 것이다. 언제 목격하셨나요? 그러자 낮술 취한 제보자가 자신만만하게 대답했다. 아히공, 오늘 아침에 봤다니까요. 5백 한 잔만 사달래도 그렇게 못 들은 척 하더니, 저 늙은이 그래서 천벌을 받은 거야. 9층의 다른 입주자와 마찬가지로 김시민은 908호 노인에 대해 아는 바가 거의 없었다. 백화점에서 하루 여덟 시간씩 식빵을 굽고 저녁이면 교회 지하의 야학 교실에 가서 아이들을 가르치느라 이웃들과 사귈 새가 전혀 없다는 것이다.

"묘한 청년이더군요. 뭐랄까, 살아 있는 사람 같지가 않은."

책상 구석에 높다랗게 쌓아올린 김시민의 책들. 형사는 그로부터 무심히 눈을 돌릴 수 없었다. 『클라라 체트킨 선집』, 『조직, 전략, 전술』, 『레닌의 선거와 의회전술』, 《창작과 비평》 1989년 겨울호, 『주체의 학습론』…….

"그것들이 다 뭐죠?"

"그의 방에 있던 책들입니다. 지난 시절의 이적 간행물이기도 하구요."

"이적 간행물? 그렇다면 김시민이란 사람이, 뭐야, 운동권 학생이란 건가요?"

"운동권이라. 요새도 그런 말이 있습니까."

형사는 짓궂은 놀림을 받은 우등생처럼 쑥스럽게 웃었다.

"이런 것들에 관심을 가지는 친구가 아직 있구나, 하는 생각을 잠시 해 보았을 뿐입니다."

가보겠습니다. 형사가 일어섰다. 베란다를 넘어온 아침 햇살에, 안경알 속 눈동자가 초록빛 보석처럼 다시 반짝였다.

"저기, 이런 거 여쭤봐도 될라나."

"뭐지요?"

"그으…… 김시민이라는 사람 말입니다. 904호 산다는."

"말씀하세요."

"그 사람을 의심하고 계시는 겁니까."

"저런. 그게 궁금하셨군요."

"아니, 전 그저. 뭐 대답 안 하셔도 됩니다."

현관문 손잡이를 붙들고 선 형사는 구두코를 세워, 모래땅 위에 글씨를 쓰듯 현관 바닥에 보이지 않는 낙서를 끄적거렸다. 성하지 않은 쪽 다리이다.

"아까 말씀드리지 않았던가요. 사건 앞에서 용의자가 아닌 사람은 없다고."

"그렇군요."

"만나고 다니는 세상 사람들 한 명 한 명이, 제게는 유력한 용의자에 다름 아닙니다. 형사란 그래서 참으로 저주스러운 직업이죠."

고춧가루 양념 묻은 냄비를 헹구고 수세미에 거품을 일으켜 토스트 접시를 닦다가, 하던 움직임을 멈추었다. 수도꼭지의 물살이 쏴아아 손등을 적신다. 정말이지 끔찍했겠군. 908호 노인을 죽인 사람이 바로 나였다면 말이야. 노련한 형사는 칼날 같은 질문을 던지며 은밀한 탐색을 시도하고. 적개심 숨긴 범인은 당당하도록 냉소 어린 표정과 애매한 답변으로 질문들을 돌려보내고. 피차 의례적인 예의를 지키고는 있지만, 팽팽하게 목 졸린 공기가 둘 사이를 무겁게 떠돌고. 과연 내가 당황하지 않고 그 순간을 모면할 수 있었을까.

 재치 있는 상상이었지만 조금도 유쾌하지 않았다. 내가 그 노인을 정말 죽였던가? 그래 놓고, 지금 그 사실을 까맣게 잊고 있는 것은 아닌가?

 설마.

누군가 함께 걷고 있다

걷기 좋은 날이다. 지하보도에서 올라선 차연은 고개를 쳐들었다. 새파란 하늘 아래 재단법인 M&B 임상의학센터가 두 팔을 벌리고 섰다. 3일 만이다.

반인반수 형상이 새겨진 대리석 정문을 지나쳤다. 제2연구동은 본관 너머다. 키 큰 전나무들이 양편에 울창하게 늘어선 길은 저편으로 굽어 있다.

23층에서 엘리베이터를 내렸다. 조명 어둑한 복도. 견고한 고요가 가득 멈춰 섰다. 맞은편에서 다가오던 흰 가운 연구원이 목례를 하고 지나간다. 차연도 가벼운 고갯짓으로 인사에 답한다. 그가 누구인지 차연은 모른다. 물론 그쪽은 차연을 알고 있을 것이다. 이곳의 사정은 대개 그렇다. 2318호 앞. 은색 손잡이를 조심히 잡아 돌렸다.
"수고하십니다."
"아, 오셨어요."
갈색 생머리를 묶어 올린 담당연구원 b가 박새 지저귀듯 인사한다.
"정확하시네. 오늘도 어김없는 10분 전. 안녕하셨죠?"
"덕분에요."
차연은 덩달아 유쾌하다. 오늘은 담당연구원 b가 당직 근무이다. b는 사람을 편하게 한다. 갓 부임한 채플 선생처럼 숫기가 없어 서로 서먹한 담당연구원 c나 골난 사람처럼 늘상 볼이 부어 있는 a처럼 적어도 불편하게 만들지는 않는다. M&B에 오는 날마다 b가 근무를 한다면 얼마나 행복할까.
"저기요, 오시다가 우리 실장님 혹시 못 만나셨어요?"
"예."
"그러셨구나. 어쩌나. 실장님요, 방금 전에 지방 내려가셨어요. 선생님 못 뵙고 간다구 인사 대신 전해 달라셨는데."
연신 재잘거리며, 손가락들은 자판 위를 바삐 내리찍고 있다.
"차 한 잔 하실래요?"
"됐습니다."
"잠은 좀 주무셨구요?"

"전혀요."

모니터에서 얼굴을 돌린 b가 빙긋 웃었다.

"다행이네요. 이제 실험 허가가…… 접수 완료됐습니다. 지금 바로 시작하실 거죠?"

"그러죠."

"여기 읽어보시구요, 맨 밑에 서명 좀 해주세요."

노란 종이 몇 장을 내민다. 깨알 같은 글씨가 가나다라 항목 번호를 따라 빽빽하게 이어지고 있다. 하루 이틀도 아니고, 그 많은 약정 사항을 일일이 읽어볼 필요는 물론 없다.

"오늘 검사는요, 22일 때랑 같은 내용이에요. 알고 계시죠?"

"그럼요."

"탈의실 다녀오시고, 엉덩이에 주사 꽁 맞으시고, 10분 있다가 들어가시면 되겠습니다."

M&B 로고가 소매와 가슴팍에 수도 없이 찍힌 수면복으로 갈아입은 차연은 목 뒤와 엉덩이에 노란 약물을 주사 맞았다. 검사실로 들어가 뇌파검사 심근전도 검사를 위한 리드를 몸 서른두 군데에 붙인다. 이제는 어느 정도 이력이 났지만, 스탬프 테스트를 위해 성기에 구멍난 종이 테이프를 감을 때면 정말이지 난처하다. 성기만 놔두고 어디로 숨고 싶어진다.

홀로 남겨진 실험실. 어둔 우주 공간을 유영하는 탐사용 개인캡슐 내부,를 닮은. 좁고 견고한. 스피커에서 첫 번째 지시가 떨어진다.

침상에 누워주세요.

b의 목소리라는 것을 차연은 안다. 그러나 이전의 경쾌함은 찾아볼 수가 없다. 스피커를 통해 전달되는 소리라서 그렇다.

수면 모드에 조명을 맞춥니다. 세엣, 두울, 하나.

실내가 어두워진다. 침상에 드러누워 천장 구석의 푸른빛 흐릿한 램프를 주시했다. 주사약 기운이 선득 퍼지고 있다.

숨을 깊이 들여마십니다. ……세엣, 두울, 하나, 이제 천천히 내뱉습니다.

스피커의 목소리는 대화를 원하지 않는다. 그래서 대단히 기계적이다.

눈 감으시구요. 조명 더 낮추겠습니다.

어둠. 옅어지는 의식 속으로 마지막 지시가 흘러들었다.

안녕히 주무세요.

빛.

뿌연 빛.

베란다에 서 있다. 창틀에 팔꿈치를 기대고 서서 담배를 피운다. 오후 햇살이 맞은편 아파트를 길게 비껴가고 있다. 가로 세로 줄줄이 이어지는 창문 창문들. 어떤 날은 역시 담배를 물고 어슬렁어슬렁 베란다로 나온, 맞은편 어느 층 남자와 눈이 마주치는 경우도 있다. 참으로 따분하구나. 방으로 돌아와 컴퓨터를 켠다. 월드 와이드 웹. 오늘따라 인터넷 속도가 빠르다. TV 채널을 돌리는 것 같다. 온라인게임에 접속한다. 아이디. cha76youn. 패스워드. *****. 이윽고 차연은 모니터 속 젊고 용감한 기사로 변신했다. 무기는 은으로 만든 손도끼와 치료용 물약 한 병. 개미굴 던전에 들어선다. 윈다우드 영지 위쪽에 위치한 거대 사막이다. 거대 병정개미들의 공격이 시작되었다. 레벨 19, AC-7, HP 150, MP 100. 일대 다수의 다급한 상황. 그런데 이게 어떻게 된 일인가! 순식간에 전투가 끝났다. 멋진 승리다. 칼날 부딪는 함성과 비명 소리 가득하던 개미굴 사막은 사체와 적막이 가득하다. 이번 승리로 용기의 물약과 마법의 투구, 보석류 등의 아이템을 얻을 수가 있게 되었다. 레벨 20에 도전할 기회가 주어진 셈이다. 정말 기 막히는 날이구나. 월드 와이드 웹. 월드 와이드 웹. 벗은 여자들의 사진이 많은 곳을 알고 있다. 타닥타닥, 손가락이 키보드 위에서 다급하게 춤을 춘다. 블랙 히스패닉 아시안 유러피안 아메리칸 러시안, 팬티를 입지 않은 여자 인형처럼 가슴이 단단한 여자들이 말끔히 면도한 아랫도리를 벌리고 미소 짓는다 분홍색 인조성기를 쥐고 검게 젖은 외음부를 보지를 씹을 난도질하던 여자의 눈이 뒤집힌다 마우스를 쥔 손끝은 민첩하다 차돌처럼 발기한 남성을 바지 밖으로 꺼낸다 여자의 축축한 숨소리가 잠깐 들린 것 같다 손 움직임이 빨라진다 이럴 때 오른손은 반사 신경이 발달된 파충류의 일종이 된다 등골 오싹한 쾌감이 방광을 팽팽하게 감싼다 머리끝이 쭈뼛 곤두선다.

 어어, 잠깐.

이상한 일이다. 이게 뭐지? 바지 앞섶이 단단히 여며져 있다. 이거 참. 어떻게 된 셈인지 알 수가 없다. 당황한 차연은 주위를 둘러보았다. 누군가 있다. 저편에, 누군가 등을 보인 채 앉아 있다. 화가 났다. 이유는 없다. 누군지 모를 남자의 뒤통수를 보고 있으려니, 화를 잘 내는 성격이 아니건만, 세상에 화낼 일은 없다고 생각하는 편이건만, 느닷없는 화가 치밀어 오른다. 저놈이야, 저놈 때문이야. 나를 화나게 만들다니. 씨발새끼. 한 걸음 두 걸음 다가갔다. 뒷모습의 그는 돌아보지 않는다. 분노로 걸음이 후들거린다. 은으로 만든 손도끼를 높이 쳐들었다. 그리고 힘차게 내려쳤다. 나쁜 인연이란 참으로 저주스럽구나. 퍽! 늙은 호박이 깨지며 노랗고 파란 내용물들이 사방으로 튀어 오른다. 건방진 병정개미들. 모니터로 시선을 옮겼다. 여자들은 간 데 없이 사라지고 대신 건너편 아파트의 네모반듯한 창문들이 화면을 가득 채우고 있다. 참으로 따분하구나.

달콤한 차임벨 소리가 잠을 깨운다.

불이 켜졌다. 실험 침상 위.

끝났습니다. 움직이지 말고 잠시만 누워 계시구요.

저녁 일곱 시. 아주 잠깐 눈을 감았다가 뜬 것 같은데, 그새 잠든 게 다섯 시간이다. 탈의실에서 나오자 b가 건강한 웃음을 보내준다.

잘 주무셨어요? 아이, 난 졸려 죽갔네.

길 위에 저녁이 찾아왔다. 번잡한 거리 속으로 버스가 천천히 흐르고 있다. 창가 자리에 차연의 옆얼굴이 보인다. 이런 속도라면 도시를 빠져나가는 데 1시간이 넘게 걸릴 것이다. 시 경계선을 넘은 버스가 K시에 들어서고, 전화국 앞 정류장에서 아파트 단지가 있는 외곽까지 다시 마을버스를 타야 한다. 버스가 톨게이트를 지났다. 주황 불빛 밝은 6호 터널에 들어선다. 지난날의 원형도 매주 한차례 이 거리 위에서 정체의 시간을 보내야 했다. 물론 화요일마다 차연의 집 신세를 지게 된 뒤로는 사정이 달라졌을 것이다. 1000-7번. 1000-7번 좌석버스.

종일 비오는 화요일이었다. 어두워질 때쯤 친구의 부음을 들었다. 신입생 때 잠깐 친하게 지냈던, 그 후 군 입대니 휴학이니 서로 엇갈리며 졸업 무렵까지 만날 일이 거의 없었던 대학 동기였다. 3학년 2학기 때이던가 백혈병에 걸렸다는 소문을 들었다. 그리고 졸업 시험을 앞둔 즈음 기적 같이 병을 고쳤다는 이야기가 떠돌았다. 그런가보다 했다. 그리고는 그날 다른 동창으로부터 느닷없는 전화를 받았다. 동희 떠난다. 와라. 망자가 친구의 가족이었다면, 예를 들어 부친상 따위였다면 얼마간 갈등을 했을지도 모른다. 그러나 장례의 주인공은 그였다. 이번이 아니면 다시는 그를 볼 수 없을 것이다. 문제는 화요일이라는 점이었다.

908호로 찾아갔다. 화요일의 원형에게 제 발로 찾아가기는 그날이 처음이었다. 오늘은 혼자 주무셔야겠어요. 갑자기 일이 생겨서.

집 열쇠를 건네받은 원형은 얼마쯤 감격스러워했다. 걱정 마시고 다녀오세요. 신경 써줘서 고마워요.

영안실은 대학병원 별관에 있었다. 아직 젊은 나이였던 이의 장례 풍경은 불청객들 가득한 파티처럼 서먹했다. 상주는 망자보다 일곱 살 많은 큰형이었다. 나이 어린 문상객들 사이에 끼어 소주를 마시던 그는 잠깐 울었고 영혼결혼식에 대해 어떻게 생각하느냐고 서너 차례 물었다. 장마비가 점점 거세어갔다. 차연은 불안했다. 열쇠를 잘 열고 들어갔을까. 빈집에 혼자 들어가기 싫다고 동네 술집에서 시간을 보내고 있는 것은 아닐까. 원형은 비를 싫어했다. 하필이면 비 오는 화요일에 원형 혼자 집에 있게 만들다니. 전화를 걸었다. 혼자 사는 사람으로서, 자기 집에 전화를 걸어야 할 경우란 거의 없었으므로, 집 전화번호가 손끝에서 가물가물했다. TV 보다가 잠들려던 참이었어요. 술 많이 들지 마요, 잘 먹지도 못하면서. 열쇠는 관리실에 맡겨놓든지 할게요. 새벽 2시쯤 술 취한 친구들을 두고 도망치듯 영안실을 빠져 나와 택시를 잡았다.

"어, 오셨네."

한참만에 문을 열어준 원형. 잠들었다가 깬 기색. 내내 그 이유를 알 수 없던 불안과 초조함이 거짓말처럼 사라지고 있었다.

"오늘 못 오는 줄 알았는데."

"그게 어제였죠."

"소금도 못 뿌렸네."

"비가 밤새 내리더군요. 그래서."

"저 때문에 그런 거예요?"

수요일 이른 새벽이었다. 검은 양복과 넥타이를 벗어 던진 차연은 소파에 벌렁 드러누웠다. 명치에 고인 술기운과 빗소리가 겹쳐 감쪽같은 잠에 빠져들 수 있었다. 얼마나 지났는지 모른다. 영안실 구석에 모여 앉아 화투를 치던 대학 동기들의 꿈을 잠깐 꾸었던가. 문득 잠 깨니 어둔 마루에 추리닝 입은 원형이 서 있다. 슬픈 표정이다. 아이, 무서운 꿈을 꿨어. 나 좀 안아줘 봐요. 사람과 사람 사이에 작용하는 중력장의 존재를 그때 실감했다. 아주 약해서 평소엔 느끼기 어렵지만, 거리가 어느 수치 이하로 가까워지면 뜻밖에 강력해지는 인력(引力). 나이에 맞게 적당히 따뜻하고 부드러운 몸에서는 동네 미장원 냄새가 났다. 빗소리를 들으며 세 번. 처음은 짧게 두 번째는 격렬하게, 서로의 알몸을 끌어안고 잠시 눈을 붙인 다음, 마지막 한번은 다정하고 느긋하게.

날이 밝았다. 원형은 감자 양파 된장찌개를 끓여 아침을 차렸다. 아침 일찍 집을 나서는 원형을 그날 처음으로 배웅했다. 피곤할 텐데, 조금만 자고 가지. 다음 주에 올게. 차연이야말로 제대로 못 잤잖아. 눈 좀 붙여. 현관을 나서던 원형이 돌연 내뱉었다. 그리고 말야, 혼자 하는 건 좋은데 처리 좀 잘해. 그러더니 야비한 미소를 짓는다. 휴지통 비우다가 깜짝 놀랬잖아. 비린내 때문에. 휴지통에 내던진 두루마리 휴지 뭉치. 과연 그랬을까. 시선 둘 데를 찾지 못하는 차연을 향해 원형은 거침없이 충고했다. 다음부터는 혼자 할 때 말이지, 꼭 내 생각 하면서 해야 해. 알았어? 아홉 시 뉴스데스크의 여자가, 그 여자를 썩 빼 닮은 어느 여자가, 그때 원형의 얼굴에 있었다. Y. 피에르가르뎅 또니끄 퓨리피앙. 수련 화장품.

원형은 물을 싫어했다. 꺼렸다. 될 수 있는 한 멀리하려 했다. 물에 빠져 죽어봤던 사람처럼 말이다. 유리잔 가득 따라 놓은 냉수만 봐도 몸서리가 쳐진다고 했다. 보기만 해도 숨이 막혀. 열라 이상하지? 물을, 물의 물성을 싫어하는 사람의 일상이란 얼마나 고단한가. 따로 물을 마시지 않았으므로 부족한 수분을 보충하기 위해 남들 몇 배의 야채와 과일을 먹어야 했다. 그래서 국보다 찌개를, 맥주보다 소주를 더 좋아했다. 비가 오는 날을 싫어하는 것도 그래서였다. 비의 원형은 결국 물이니까. 그러면서 어떻게 머리를 감고 양치질을 하고 쌀을 씻어 안칠 수 있지? 그러자 원형은 대꾸했다. 잠깐잠깐 나를 잠깐 치워두는 거지. 생존에 관한 문제니까. 고문의 후유증, 이라고 했다. 그런 시절 있잖아. 지나가는 사람을 이유도 없이 잡아다 족치던. 술 먹고 역 대합실에서 쪼그려 자다가 불평불만 세력으로 몰려 군부대에 끌려가고, 담벼락에 오줌을 싸다 붙들려가서는 다리 병신이 되어 나오고. 차연은 기억 안 나? 어둡고 냄새나는 지하실에서 3박 4일 썩은 걸레 취급을 받았어. 물 고문 있잖아. 콧속으로 미지근하게 스며드는 물방울이 얼마나 개 같은지 차연은 모를 거야. 몽둥이로 맞는 것보다 더 아프다구.

광견병. 사망률 100%의 치명적인 제2종 법정전염병. 공수(恐水) 발작. 세상엔 사람 숫자만큼이나 다양한 기피 증세가 있다. 누구는 계단만 보면 그 자리에서 주저앉아 오금을 펴지 못하며 누구는 종류 불문하고 단추만 봤다하면 속이 메스꺼워진다. 정도와 종류의 차이가 있을 뿐이다. 그렇게 생각해줘서 고마워. 나도 물이 아니라 계단이나 단추 알레르기가 있었더라면 좋았을 텐데. 원형의 바다, 모래와 먼지바람 가득한. 메마른 바다를 느린 걸음으로 떠도는 이들이 있다. 낙타. 모래고양이. 전갈. 지네. 사막방울뱀. 황금두더지. 페넥여우. 캥거루쥐. 어둠이 올 때를 기다린 그들이 석양을 등지고 집을 떠난다. 체내의 수분을 조금이라도 빼앗기지 않기 위해서다. 어떤 생명체들은 단 한 모금의 물도 마시지 않고 평생을 보내기도 한다.

누군가 함께 걷고 있다.
마을버스를 내려 아파트 단지 후문에 들어선 이후부터다. 등 뒤의 기척이 내내 차연을 뒤따랐다. 관리사무소 지나 118동 뒷길에 이를 때까지, 일정한 간격을 유지한 채로. 등 뒤의 기척은 101동에 이르러, 엘리베이터 버튼을 누를 때까지 계속되었다. 키가 작은 남자다. 귀를 덮을 정도로 머리를 길렀고, 청색 긴팔 셔츠의 하얀 단추를 목까지 채웠다.
"안녕하세요."

뜻밖의 인사를 건네온다. 조심성 가득한.

"9층 사시죠?"

"예, 그런데."

"저 904호 사는 사람입니다."

"904호요?"

"예."

"그럼, 아아, 김시민 씨?"

무심결에 이름 석자를 외치고 보니 카펫 위에 재떨이를 떨군 기분이다. 통성명도 하기 전에 상대방의 이름을 입에 올리는 것은, 경우에 따라 큰 실례가 될 수도 있다. 아니나 다를까 그의 얼굴이 조금 어두워진 것 같다.

"제 이름을 아시는군요."

어쨌거나 내뱉은 말을 주워담을 수는 없는 일.

"형사에게 들었습니다. 알고 계시죠? 908호 할아버지 돌아가셨다는. 임 형사라는 사람이 그래서 저희 집에도 왔다 갔거든요. 이 얘기 저 얘기 나누다가, 김시민 씨 이야기도 그때."

엘리베이터가 열렸다. 타시죠. 차연이 먼저 들어서고 김시민이 뒤를 따랐다. 9층까지의 시간은 짧고 어색하다. 4층. 5층. 6층.

"누가 그런 짓을 했을까요?"

"무슨 짓이요?"

"살인사건 말입니다."

"……."
"일흔 여덟 된 노인이 무슨 죽을 짓을 했다고. 그나저나 주변에 알 만한 사람들이 너무 없어 애를 먹는 모양이더군요."
"둘 중 하나겠죠."
김시민. 병적으로 창백한 얼굴.
"범인이 누군지 밝혀 내거나 그렇게 못하거나. 추적해서 잡거나 그렇게 못하거나."
"기똥찬 추리군요."
9층. 어둔 복도가 양편으로 열려 있다. 엘리베이터에서 내려선 차연은, 김시민은 반대편 복도로 가야 할 것이기에, 가벼운 목례를 하고 등을 돌렸다. 그러려는 찰나다.
"살인, 을 어떻게 생각하시나요."
하도 느닷없고 엉뚱했으므로, 그게 일종의 질문이라는 사실조차 얼른 깨닫지 못했다.
"……예?"
"살인이라는 현상 말입니다."
"908호 노인의 죽음이요?"
"그것도 포함될 수 있죠. 죽음의 언저리에 누군가 있을 테니까. 제가 묻는 것은 살인 그 자체에 대해서입니다."
"글쎄요, 그건."
죽음의 언저리?

"저는 잘 모르겠네요. 배운 게 적어서."

김시민의 창백한 얼굴은 어떤 종류의 표정도 드러낼 줄 모른다. 제가 생각하기에, 하고 입술을 달싹인다.

"살인은 목적이 아닙니다. 수단이고 도구입니다."

"수단? 도구?"

"목적으로서의 살인이란 세상에 없습니다. 그건 착각입니다. 살인을 행하는 순간, 의지했던 모든 근거는 수단이 되고 맙니다."

"……."

"세상이 불행해지는 것은 그걸 모르는 사람들이 너무 많은 때문입니다. 제 생각은 그렇습니다."

"어어, 대단히 확고한 신념을 가지고 있으신 것 같군요. 그게 뭔지 이해할 수는 없지만."

"오래 전부터 꿈꾸어 오던 것이 제겐 있습니다. 그뿐입니다."

"다행이군요. 실례지만 올해 몇이시죠? 휴학 중이라고 들었는데."

"스물 하나입니다."

김시민은 덧붙였다.

"그런데 가끔, 내가 스물 한 살이 아니라 일곱 살 아닐까 하는 생각이 들기도 합니다."

"일곱 살? 열 일곱 살이 아니고?"

"그렇습니다. 열 일곱 살도 서른 일곱 살도 아닌 일곱 살."

"아니 왜요?"

"모르겠습니다. 왜 그런 혼란이 찾아오는지."

"저런."

"저도 무척 곤혹스럽습니다. 그럴 때면 내가 좀처럼 나로 느껴지지 않습니다. 살아온 시간들까지가 더없이 혼란스러워지는 거죠. 도대체 무슨 이유인지. 제 꿈에 문제가 있는 걸까요?"

김시민이 미간을 찌푸렸다. 종이찰흙 같던 얼굴 위에 뜻밖의 생생한 표정이 처음으로 드러났다.

9층 복도는 알고 있다

908호 주응달 노인 살인사건 수사는 제자리를 맴돌았다. 발생 일주일째. 뚜렷한 물증도 없이 그간 용의자 몇이 경찰 조사를 받았다. 놀이터에 죽치고 줄담배를 빨며 지나가는 초등학생의 주머니를 터는 고등학생들도 있었고 상가 뒷마당의 음식물 쓰레기 수거장에서 가끔 볼 수 있는, 얼굴과 손등이 성경책처럼 새까만 여자 거지도 있었다. 여자 거지는 어디서 얻어먹는지 밤이면 밤마다 술에 취해 거리를 돌아다니며 흥흥 웃거나 형형 우는소리를 냈는데 가로등에 비춘 길다란 실루엣이 지난 시절 영부인의 그것을 빼닮았다는 풍문이 있었고 얼마 후에는 그 여자가 진짜 그 여자 아니냐는 이야기가 꽤 진지하게 떠돌기도 했다. 용의자 대부분은 하루 만에 무혐의로 풀려났다. 아까운 시간만 그렇게 흘러갔다. 칡넝쿨처럼 질기게 번지느니 근거 없는 소문들이었다. 뇌를 먹는 초록 괴수 이야기가 개중 특이했다.

"국과수랑 카이스트 생명공학팀이 비밀리에 진행해 온 프로젝트가 있었대요. 사람 냄새만 나면 달려들어 뇌를 파먹는 대인 전략용 괴수라나. 세 마리가 배양되어 성장률 구십 프로까지 이른 상태였는데, 두 마리가 지난달에 탈출을 한 겁니다. 왜 인천의 삼풍와우씨랜드 호프집 가스폭발 붕괴참사 기억하시죠? 과실 사고가 아니라 그 괴물이 벌인 일이라는군요."

"그럼 그게 자살 테러?"

"모르죠. 어쨌거나 그래서 하나 죽고 한 마리가 남는데, 그게 노인을 잡아먹은 놈이라 이겁니다. 지난주에 군부대가 저 아래 큰길에 진을 치고서 교통 통제하고 분위기 살벌하게 만들고 그랬잖아요. 쉬쉬하며 초록 괴수 잡아들이려고 그랬답니다."

"민방위 훈련 때문이 아니구요?"

"그렇게 연막을 피운 거죠. 생각해 보세요. 그날 방독면 쓴 군바리들이 빨갛고 파란 연막을 마구 피워 올리고 했던 거."

"에이, 화생방 훈련이겠죠."

꼬마아이가 계산대 위에 양조간장을 올려놓았다. 슈퍼마켓 주인이 보고는 몰라요 들어서도 몰라요 맛을 보고 맛을 아는, 삼천 삼백 원이다, 노래를 흥얼거렸다.

"무엇보다도, 그 노인 죽은 모습이 똑 그래요. 나도 흉칙해서 자세히는 못 봤는데, 갈라진 두개골 속에 뇌가 적잖이 없어졌다잖아. 그게 하늘로 날라갔겠습니까 개가 핥아먹었겠습니까. 조사한다고 사체 가져간 데가 국과수였으니 걔네들도 속이 뜨끔했겠지."

월요일과 목요일. 변함없이 M&B 임상의학센터로 향했다.

불면증 전문의란 이를 만난 것은 작년 이맘때다. 병원 진찰실이 아닌 술자리였으며 그것도 차수를 옮기다가 아는 사람을 통해, 인연이란 거칠고 사소한 모습으로 찾아오기 쉬우니까, 우연히 합석한 자리였다. 고등학교를 졸업할 무렵부터 단 하루도 깊은 잠을 자본 적이 없다는 차연의 말에 그는 술기운이 싹 달아날 정도로 관심을 보였다. 며칠 후 그의 병원을 찾았다. 몇 가지 검사를 마친 그는 역시나, 하는 흥분을 감추지 않았다. 1974년 기록입니다. 스페인 남부 카세레스에 사는 팔로미노 노파는 30년 동안 잠을 전혀 자지 못했다고 합니다. 그 세월을 통틀어 낮잠 10분 자본 적이 없다는 거죠. 공인된 기록은 아니지만 그 늙은이가 뭐 얻어먹을 게 있다고 거짓말을 했겠습니까. 선생님의 경우를 볼까요. 여기 이게 결과 분석된 겁니다. 다른 건 읽기도 힘들 테니까 이 그래프를 보세요. 초록색 선이 선생님 겁니다. 수면장애에 관해 현대의학이 제시하는 표본 영향요인들마다, 거의 대부분 정상 수치를 넘어서고 있습니다. 그렇죠? 이러니 제대로 잠을 잤다면 그게 이상하지. 하지만 걱정 마세요. 선생님은 대단히 운이 좋은 사람이니까.

의사는 M&B 연구센터를 소개했다. 한국 성인 남성의 수면장애 패턴과 요인 분석을 위한 임상실험. 그 분야 연구 용역을 따낸 팀이 얼마 전 피실험자 선정을 요청해왔다는 것이다. 차연은 망설였다. 어려서부터 죽기보다 싫어했던 데가 병원이었다. 물론 병원과는 다르지만, 침상에 벌렁 누워 하얀 가운을 입은 누군가에게 맨살을 드러내고 주사를 맞아야 한다니. 하지만 거기라면 잠은 제대로 잘 수 있습니다. 쓰는 수면 유도제부터 달라요. 자살중독자들이 약국에서 몇 알씩 사 모으는 것들은 거기 대면 쫀드기 아폴로 같은 거죠. 결정적으로 차연의 마음을 돌려놓은 것은 임상실험의 공익 측면이었다. 우리나라 성인 1천 명 중 무려 35명이 심각한 수면장애로 고통을 받고 있습니다. 1천 명당 당뇨환자 17.`2명보다 2배 이상 높은 수치죠. 그런가하면 우리네 신경정신학계란 데 꼴 좀 보십쇼. 보유하고 있는 관련 데이터란 게, 아직도 저 쌍팔년도에 해외 학술자료들 베낀 것뿐이니.

차연의 불면증은 이즈음도 여전했다.

단 10분도 잠다운 잠을 이루지 못한 채 이리 뒤척 저리 뒤척 바로 누웠다 엎어졌다 모로 누웠다 뒹굴며 창 밖 뿌옇게 새벽을 맞는, 그런 밤이 하루 걸러 하루였다. 신문 배달원의 바쁜 발소리가 들려올 즈음이면 그제야 끈적한 졸음이 클로로포름 냄새처럼 전신에 퍼진다. 까무룩 새벽잠에 빠졌다가 눈뜨면 점심 나절인데 숙면을 취한 게 아니므로 중국산 다이어트 식품 잘못 먹은 것처럼 얼굴이 붓고 눈도 뻑뻑했다. 해 떠 있는 동안은 줄곧 멍한 정신으로, 그러다 저녁이 되고 자리에 누울 시간이 오면 머릿속이 얼음물처럼 맑아지는 악순환. 더욱 문제는 자야 한다는 의지와 성가신 다툼이었다. 잠을 자고 싶다. 근심도 걱정도 두려움도 없이. 저녁상 물린 농부처럼 일찌감치 잠에 골아 떨어질 수만 있다면!

자야겠다는 의지가 강한 날이면 그럴수록 머릿속은 일회용 가스라이터 뱃속처럼 맑게 찰랑거렸다. 새벽은 천천히 다가왔다. 어둠 흐릿한 천정 위로 낮 시간이라면 감히 근접도 못했을 생각들이 수도 없이 오고 갔다. 불면의 밤 어디쯤에 누운 차연은 하루에 세 시간 잔다는 말과 기린을 생각했고 무려 20시간 동안이나 잠에 빠져 지내는 박쥐를 생각했다. 무엇이 차연의 잠을 죽였지? 맥베드의 부인처럼 원형은 물었다. 원형도 지독한 불면증에 고생하던 때가 있었다. 폭력이 무서운 건 기억을 지울 수 없기 때문이지. 불쌍한 차연. 포근한 잠을 어서 찾아야 할 텐데.

광견병. 인류 역사상 가장 오래된 질병. 개나 고양이 혹은 너구리 오소리 같은 야생 동물에게 물림으로써 감염되어 며칠 안에 체온이 38℃까지 올라가며 2~3주 후면 혼수상태에 이르러 결국 호흡마비로 사망하는. 특이한 증상은 물이나 침을 삼킬 때 식도 근육이 고통스러운 경련 발작을 일으킨다는 것이다. 의식불명에 이른 환자는 따라서 물만 보면 본능적으로 기겁을 하게 되는데, 또한 경련의 고통을 피하기 위해 침을 삼키지 않아 입가로 침이 줄줄 흘러나오기도 한다. 미친개에게 물린 적이 있어. 세상에 이빨 자국만큼 더러운 상처가 있을라나. 모래와 먼지. 모래와 먼지의 바다. 중국 천진에 3년 동안 끔찍한 가뭄이 있었다. 1876년부터 1879년까지. 숲과 초지는 산불이 지나간 듯 시커멓게 죽었고 바싹 마른 농토에는 깊고 길다란 골이 패였다. 3만 명이 목숨을 잃었다. 그런가 하면 지난 몇 천 년 동안, 이주민의 역사가 시작된 이래 단 하루도 거르지 않고 비가 내리는 곳이 있다. 파라과이 중부의 작은 마을이다. 마을 근처에 거대한 폭포가 있는데, 용소(龍沼)의 물보라가 마을을 향해 불어오는 바람에 실려 매일같이 비를 뿌려준다. 폭포가 멈추지 않는 한, 그곳의 비는 멈추지 않을 것이다. 폭력의, 원형의, 오래 남은 기억.

"아는 남자가 있었어."

지난 시절 같은 일을 했던 이들의 한 명이었다. 그 역시 원형과 거의 같은 시기에 정보기관의 지하 취조실로 붙들려 가야 했다. 나는 운이 좋은 편이지. 그 사람은 보름이 넘게 햇빛 구경을 하지 못했어. 말이 보름이지 십오 년 이상으로 길고 끔찍한 시간이었겠지. 차연을 우습게 보는 건 아니지만, 차연 같으면 아마 다섯 번은 죽었을 걸.

"물고문 전기고문 통닭구이 관절꺾기 손톱뽑기 잠 안 재우기 다 들어봤겠지만 오줌고문은 모르겠지. 그걸 처음 당했던 사람이야."

"오줌고문? 오줌을 먹이나?"

오줌이 아니라 물을 먹인다. 의자에 묶어놓은 상태에서, 막걸리나 맥주를 억지로 부어넣기도 한다. 성기는 앞부분을 끈으로 꽁꽁 묶는다. 한 방울의 오줌도 새어나지 못하도록. 3일 동안 소변을 보지 못했다. 평소보다 몇 배의 물을 들이키고 말이다. 소위 취조를 벌이는 동안, 따귀를 치거나 머리카락을 움켜쥐고 흔들 뿐 큰 폭행은 없었다. 그러나 매질 한번 안 당하고 몸이 붓고 뼈가 저렸다. 기절을 했다가도 아랫배 아프도록 사무치는 요의에 절로 눈이 떠졌다. 오줌 같은 물을 싯누렇게 토하고 또 토했다. 순간 순간이 죽고 싶은 지옥이었다. 3일째 저녁, 그들은 온몸을 결박했던 끈을 풀어주었다. 으악 으악 비명을 지르며 지하실 구석으로 달려갔다. 성기가 까맣게 죽어 있었다. 15분? 아마도 20분 넘게 오줌을 누었을 것이다. 지켜보던 자들이 손뼉을 치며 웃기 시작했다. 그리고는 다시 성기를 끈으로 졸라맸다. 누군가 말했다. 조금만 참아, 4일 뒤에 풀어줄 테니. 보름 만에 풀려난 그는, 사람이 변했다. 예전처럼 소변을 보지 못하게 된 것이다. 한꺼번에 엄청난 양을 배설할 정도가 아니면 아무리 애를 써도 오줌이 나와주지 않았고, 하여 나흘씩 닷새씩 기다렸다가 몰아서 변기 앞에 서야 했다. 누구도 문제 삼는 사람은 없었지만 그는 힘들어했다. 비정상적으로 팽창한 방광은 성격까지를 바꾸어놓기에 충분했다. 사람 만나는 일을 점점 꺼려했고 일에서도 자연스럽게 멀어졌다. 시절이 가고 오고, 그는 조금씩 잊혀진 인물이 되어갔다. 들리는 얘기로는 쟈다라는 곳에 있다더군. 티베트에 있는 작은 마을이래. 그곳에 왜? 있잖아, 밀교승입네 하며 산 속에서 거적 깔고 궁상떠는 거지들. 말을 끊은 원형은 차연을 빤히 바라보았다. 차연을 보면 그 사람 생각이 나. 그 사람 이름도 차연이거든. 차연을 처음 만났을 때, 그래서 속으로 얼마나 웃었던지.

어느 날 오후 원형이 찾아왔다. 갑자기 웬일이야? 현관문을 열고 들어서는 원형에게 차연은 눈으로 물었다. 그날은 화요일이 아니었다. 작은 케이크 상자와 빨간 여름 꽃 한 다발을 내밀더니 소파에 풀썩 무너진다. 아, 덥다. 선풍기 모가지를 자기 쪽으로 드르륵 꺾고는 강풍 버튼을 누른다.

"낮술 한 잔 하자고 온 거야. 아유, 화요일 아니라고 사람을 그렇게 쳐다보냐?"

달콤한 과일 케이크를 펼쳐놓고 소주를 마셨다. 아무리 낮술 생각이 간절해도 그렇지, 그 먼 Y시에서 여기까지?

더운 여름날이었다. 후덥지근한 공기 속으로 알코올 냄새가 부탄가스처럼 화라락 기화했다. 술도 빨리 올랐다. 몇 잔을 비운 원형이 자리에서 일어섰다. 생일날 같아서 좋긴 한데, 단 거랑 술 먹으려니 속이 꼬이네. 부엌에 가서 파와 홍당무 썰어 넣은 계란말이를 재빠르게 만들어왔다. 술 두 병이 쉽게 비워졌다. 마지막 잔을 비우고는 그제야 막힌 숨이 트이는지 긴 한숨을 뱉어낸다. 담배 두 대를 물고, 나란히 불을 붙여 한 개비를 차연에게 내밀었다.
"그동안 고마웠어."
"응?"
"진심이라는 거 알지?"
"……."
"지난 화요일이 마지막이었어. 옆집 노인한테 마지막으로 가는 날이었다구."
"정말?"
"응."
어이가 없었다.
"그럼 그끄저께, 왜 말하지 않았어?"
"몰라. 괜히 그러기 싫더라구. 밤이라서 그랬나."
"참 내."
고맙게도 원형은, 이제는 아무 볼일이 없어진 이 먼 동네까지 다시 찾아오는 성의를 보여주었다. 작별을 고하기 위해 말이다. 간단하고 명확한 변화를 앞에 두고 차연은 잠시 헷갈렸다.
"사실 옆집 노인, 나 없이도 밥 잘 차려먹고 잘 살 사람이야. 미안한 건 차연이지. 갑자기 생이별을 하게 됐으니."
"내가 뭐 잘못한 건 아니지?"
"무슨 소리를."

"……."

"화났어 차연?"

"아니."

마주앉아 술잔을 비운 두 시간은 짧았으며 이별 이후 10여 분은 매우 길고 거북했다.

살면서, 몇 번의 헤어짐을 떠나보냈다. 그 순간 이미 남이 된 여자가 있어 어떻게 하면 더 큰 상처의 기억을 안길 수 있을까 던지는 말 한 마디에 독을 품기도 했다. 그렇지 않은 경우도 있어서 돌아서는 뒷모습을 향해 염치없이 콧물을 훌쩍이기도 했다. 돌이켜보면 헤어짐의 기억들이란 오랜 시간이 지났음에도 어제 저녁 일처럼 거추장스럽거나 불과 얼마 전이건만 믿을 수 없을 만큼 희미하다. 현관에 선 원형은 화병에 꽃 옮겨 담는 방법을 자세히 설명하기 시작했다. 마지막 키스를 제안할 수도 있고 연락처를 물을 수도 있었다. 차연은 그렇게 하지 않았다.

"또…… 볼 수 있으려나."

"당연하지. 만날 사이가 아니었다면 애당초 만나지도 못했을 거고, 그러니까 언젠가는 다시 만나게 될 거야. 그 순간을 피하려 해도 그게 오히려 불가능할걸. 그렇게 생각하지 않아?"

"그건, 연구 좀 해봐야겠네."

"연구 열심히 해. 그리고 다시 만나면, 너무 서먹하게 대하지 마."

살랑살랑 손 흔든 원형이 돌아섰다. 그러더니, 쉬이익 소리를 내며 닫히는 현관문을 잡아 멈춘다.

"저기."

"?"

"다른 뜻이 아니라, 나 시간 많거든."

"그런데."

"우리 할까? 헤어지는 기념으로가 아니라, 그냥."

차연은 잠시 머뭇거렸다. 그리고 대답했다.

"혼자 있고 싶어. 나중에 만나면, 그때 해."

죽어야 할, 죽여야 할

목요일. M&B 임상의학센터에 가는 날이다. 사흘 만에 머리 감고 면도를 했다. 헌 종이 씹는 것처럼 입안이 퍽퍽했지만 라면 하나를 억지로 끓여 먹었다. 집에 돌아오는 저녁 시간까지 뭘 먹을 일이 전혀 없을 터였다.

집 나설 때가 점심나절이었고 지하보도를 올라설 무렵은 오후가 깊어 있었다. 흐린 날이다. 전나무 그늘에 진초록 물기가 배어 있을 것만 같다. 엘리베이터가 23층에 멈추어 섰다. 복도는 조용하고 어둡다. 2318호.

"저 왔습니다."

"어서 오세요."

이크, a다. 오늘은 담당연구원 b의 날이 아닌 모양이다. 하필이면 c도 아니라 a다.

"안녕하셨죠? 비가 오려나, 날이 흐리네요."

"이거 작성해 주세요."

"그러죠. 어어, 서 실장님 어디 가셨나봐요? 안 보이네."

"예."

깍듯한 응대는커녕 뭐 먹다 얹혔는지 못생긴 볼이 툴툴 부어 상대하기 거북할 정도. 뚱한 성격 탓에 영 사귀기가 힘든 a에게 오늘은 엉덩이 주사를 맞게 생겼다. 게다가 스탬프 테스트를 위해 그것! 까지 꺼내보여야 한다. 귀엽고 상냥한 b가 몹시도 그립다.

우주 탐사용 개인 캡슐. 침상에 눕는다. 조명이 어두워지고, 혈관을 따라 달콤한 수면유도제가 스며들고 있다. 수면 모드에 맞추겠습니다. 세엣, 두울, 하나. 그리고 어둠. 탁탁, 탁탁. 차연은 어둠 속으로 천천히 들어섰다.

탁탁, 탁탁. 탁탁, 탁탁. 나무젓가락으로 철판 두드리는 소리가 어디선가 들려오고 있다. 마루를 지나 싱크대 쪽이다. 여기가 어디지. 고무 패킹 닳은 수도꼭지가 개수대 위에 눈물을 떨군다. 일정한 간격에 맞추어. 탁탁, 탁탁. 천천히. 끊임없이. 냉장고 안에는 먹다 남긴 음식들이 접시와 냄비와 플라스틱 용기에 조금씩 담겨 있다. 이제는 먹을 수 없는 것들이다. 원 세상에, 여기는? 마루 오른편에 안방이 있고 부엌은 반대쪽이다. 집안은 잘 정돈된 편이지만 환기 안 된 실내 공기에서는 눅눅한 곰팡이 냄새가 나는 것 같다. 그렇구나. 여기는 908호잖아. 원형의 말대로 집 구조가 정 반대로군. 맙소사. 내가 뭐 하러 여기 들어온 거지? 집주인도 죽고 없는 빈집을. 반쯤 열린 방문 틈으로 여린 불빛이 새어나오고 있다. 침대맡의 키 작은 스탠드가 켜진 모양이다. 그렇다면 저 불빛은 지난 며칠 내내 그렇게 쉬지 않고 빈집의 일부를 떠돌았을 것이다. 탁탁, 탁탁. 고무 패킹 닳은 수도꼭지의 눈물 소리. 탁탁, 탁탁. 노인은 어디 있을까. 이 집안 어딘가, 다용도실 창고나 장롱 속, 커튼 뒤 혹은 소파 구석 자리에 죽은 듯이 웅크리고 있는 게 아닐까. 술래잡기를 하듯 조그맣게 몸을 감춘 채, 문밖의 기척에 유심히 귀를 기울이며 홀로 쿡쿡거리는 것은.

눈을 떴다. 불빛에 눈이 시리다. 낯선 공간에서 홀로 잠 깬다는 것은 아직 서툴고 조금 우울한 일이다. 탈의실에서 옷을 갈아입고 나왔다. 서 실장은 아직 오지 않은 모양이다.
 a가 하얀 봉투와 종이 한 장을 내밀었다.
 "이게 뭐죠."
 "인수증에 서명해 주세요. 이번 달 사례비예요."
 "아직…… 줄 때 안 됐을 텐데?"
 "오늘이 마지막이세요. 미리 끊어드리는 거니까 그렇게 아시구요."

잠도 덜 깼는데 무슨 몽둥이 같은 소린지 짐작을 할 수 없다.

"마지막이요?"

오늘따라 기분이 더욱 안 좋은 모양이다. 그렇지 않아도 통통한 볼이 정신 나간 개구리처럼 부어오르더니 투덜거리기 시작한다.

"저희요, 이제 해체되거든요. 그래서 실장님도 지난주에 그만 두셨고."

"왜 갑자기, 그렇게 된 건가요?"

"감사실 덕분이죠. 그 새끼들 덕분에 그간 공들인 게 다 작살나게 생긴 거라구요. 그러니까 이제 오실 필요 없으세요. 제 말 알아들으시겠어요?"

학교를 졸업하고 혼자가 되었다. 방학 때마다 단골로 아르바이트를 했던 의류회사 물류창고에서 졸업 후 1년쯤 역시 아르바이트식으로 일을 했다. 특판팀이라는 부서였는데 보수가 비교적 후한 만큼 일이 힘했다. 옷 안쪽 라벨마다 재고임을 표시하는 도장을 찍는 것은 개중 쉬운 작업이었다. 아침 여덟 시부터 시작해서 하루에 1백 개 넘는 종이박스를 만들고 그 안에 재고 의류들을 차곡차곡 담고 테이핑을 하고 박스를 옮기고. 구내식당에서 아침과 점심까지 해결하고 집에 가면 TV 보다 곯아떨어지기 바빴으므로 돈 쓸 일이 없었다. 1년 가까이 모은 돈으로 6개월을 넉넉히 살았다. 여행도

다니고 사람을 만나면 술도 샀다. 혼잣생활은 재고 의류처럼 몸에 잘 맞았다. 그 후 씀씀이 줄여가고 돈 걱정 늘여가며 몇 개월을 버텼다. 추석이나 설이 와도 가족 생각이 나지 않을 무렵 재래시장 어귀에 새로 들어선 슈퍼마켓에 일자리를 얻었다. 음료수 박스와 냉동고기를 운반하는, 매장 청소를 하고 물건을 진열하는, 종종 계산대에 서서 바코드를 찍는 일까지 사장 이하 일곱 직원들의 몫이었다. 그렇게 25살이 되고 26살이 되었다. 화장품 가게에서 일하는 여자를 잠깐 사귀었다. 계절이 세 번 바뀌고 간판에 때가 앉기도 전에 슈퍼마켓이 문을 닫고 그 자리에 초대형 회 타운이 들어섰다. 아침이 와도 일 나갈 곳이 없어지고 명절이 되어도 가족들을 찾지 않은 지 1년이 되고 2년이 되고, 쉽게 다른 여자를 만나고 곧 헤어졌다. 불면 클리닉 전문의를 만난 것이 그 즈음이다. 생활은 늘 아쉽고 불편한 타협을 제시해왔다. 그리고 오늘 생활은 다시 등을 돌렸다. 먹고 산다는 것은 언제나 불쾌한 문제이다. 감사실의 혹독한 평가 기준이 확정되고 누군가의 강력한 의지와 설득이 2318호 사업을 폐지 대상으로 몰아가고 분위기 파악한 담당 책임자는 알아서 책상 서랍을 비우고 마지막 당직 근무자가 볼 부은 얼굴로 마지막 사례비를 준비하고, 그동안 나는 무엇을 했던가.

　머지않아 다용도실의 쌀 봉지가 비워지고 도시가스 이용료가 턱없이 많이 나올 것이다. 다섯 개 한 데 묶어 싸게 파는 라면을 사고 은행에 가기 앞서 연필꽂이와 책장 구석 등에 흩어진 50원 10원 동전을 열심히 챙기리라. 여지껏 그랬듯 앞으로도 그러하리라. 학창 시절, 졸업과 자취 생활, 의류회사 특판팀과 대림 슈퍼마켓과 M&B와. 이게 뭐지? 혹시 나는, 그리 오래지 않은 과거 언젠가에 단숨에 뚝딱뚝딱 만들어진 피조물 아닐까. 그리하여 기억 저편의 세계란 단지 임의로 주입된 가상의 정보에 불과한 것은.

가끔 들러 저녁을 해결하는 식당이 아파트 건너에 있다. 술을 마셨다. 평소 혼잣술은 하지 않는 편이었지만, 누구에게나 평소와 같지 않은 날이 있을 터. 말끔히 한 병을 비우고 식당을 나섰다. 밤공기가 눅눅했다. 머릿속이 토사물 쏟아낸 양변기처럼 꿀렁거렸다. 불 꺼진 아파트 단지 상가 주변을 일없이 서성이다가 자판기 커피를 뽑았다. 그걸 들고 관리사무실 근처까지 걸었다. 커피가 흘렀는지 종이컵이 끈적했다. 미지근하게 식은 커피를 홀랑 들이키고는 벤치에 앉아 담배를 피웠다. 어둠 속에서 키 큰 활엽수 몇 그루가 서성거렸다.
"안녕하세요."
101동에 이르렀을 때다. 엘리베이터를 기다리고 있던 누군가 인사를 건넨다. 귀를 덮는 장발과 청색 셔츠의 하얀 단추. 김시민이다.
"이제 들어가시나요."
"예."

"저녁 드셨어요? 아, 그런 인사할 시간이 아니네."
"술 드셨군요."
"저녁 먹다가 조금."
"예에."
"실은, 저녁 대신으로요."
7. 6. 5. 4. 엘리베이터 숫자를 지켜보던 차연이 조심성 없이 제안했다.
"어떠십니까. 저희 집에 가서 한 잔 하시는 건."
김시민은 아무 표정도 없다.
"피곤하신 것 같은데."
"난 괜찮아요. 내일 저녁까지 퍼질러 자면 그만이니까, 어디 나갈 데가 있는 것도 아니고."
"글쎄요, 전."
"뭐 어떻습니까. 이웃끼리 한 잔 할 수도 있고."
"그게 아니라, 실은 술을 전혀 못합니다. 부끄러운 말씀이지만."
9층 복도는 마주선 이의 얼굴이 보이지 않을 정도로 어둡다. 흐릿하던 백열등마저 꺼져 있다. 어둠 속에서 잠시 머뭇거리던 김시민이 한 발짝 다가왔다.
"이렇게 하면 어떨까요."
"어떻게요?"
"술은 혼자 드시구요, 저는, 옆에서 지켜보고 있는 겁니다."

휴학계를 낸 것은 작년 가을 학기가 시작되기 전. 복학 계획은 아직 없다. 휴학을 하던 때와 사정은 조금도 달라지지 않았다. 하루 열 시간 일을 하고 어머니와 여동생이 사는 고향 바닷가에서 전복을 딴 돈이 가끔 부쳐지지만 매 학기 인상되는 등록금과 기본적인 생활비에 충당할 액수가 아니었다. 영양 상태가 부실한 것 아닌가 싶을 정도로 창백한 얼굴. 건네받은 찻잔을 입에 대는 시늉도 하지 않는다. 다른 거 좀 드릴까요. 그러자 휘휘 손을 젓는다. 괜찮으니까 신경 쓰지 마세요.

"저번에 그러셨던가요. 일곱 살."

"……예."

"스물 한 살이 아니라 일곱 살인 것 같을 때가 있다고. 열 일곱 살도 서른 일곱 살도 아닌. 그럴 때면 자기가 자기처럼 느껴지지 않는다고."

"미친 소리 같죠."

"그게 어떤 기분인지, 오늘 실감했습니다. 그냥 콱 죽을 것만 같더군요."

"안 좋은 일이라도."

"일년 넘게 일하던 데가 있었거든요. 직장이랄 수는 없지만, 오늘 느닷없이 짤렸습니다. 아무 예고도 없이."

"저런."

"반 토막짜리 보수 받아들고 집으로 돌아오는데 한심스럽더군요. 난 뭔가. 그동안 뭐였는가."
"세상은 거칠고 무뚝뚝하죠. 컨테이너 트럭 기사처럼."
"마을버스가 아니라 컨테이너 트럭?"
"하지만 우울해하지 마세요. 그건 자기 자신과는 아무 상관없는 일이잖아요. 전적으로 체제의 문제죠."
"체제라. 그렇다면 더욱 힘 빠지는 일 아닙니까. 나와 상관도 없는 일로 내가 곤란을 겪어야 한다니. 어라, 말하고 보니 정말 열 받네."
"화나죠. 그렇지 않으면 사람이 아니죠. 하지만 체제로 인해 목숨을 잃는 사람이 있고, 영혼마저 모욕을 당하는 사람이 있으니까."
차연은 맥주잔을 들었고 김시민은 말을 멈추었다. 벌컥벌컥 잔을 비운 차연은, 아이고 배불러, 중얼거렸다. 소주와 맥주가 뒤섞여 부글부글.
"혁명입니다."
"예?"
손등으로 입을 가리고 그륵 그르륵 조심스러운 트림을 터뜨린다.
"저번에 9층 복도에서, 쓸데없는 말씀을 잠깐 드렸을 겁니다. 오래 전부터 꿈꾸어 오던 것이 있다고."
"기억납니다. 이해할 수 없지만, 뭔가 확고한 신념을 가지신 것 같다고 제가 그랬지요."
"혁명입니다. 제가 꿈꾸어 온 것 말입니다."

"혁, 명?"
"그렇습니다."
혁명. 혁명. 세상에, 그게 뭐였더라?
"전공이…… 어떻게 되시죠? 혁명학?"
"신학입니다. 실은 악과 고통에 대한 공부를 하고 싶었거든요."
"악과 고통이라."
"그런데 오래지 않아 포기했습니다. 그런 것을 따로 공부한다는 게, 배 아플 때 화장실 가는 이유를 연구하는 것처럼 우습다는 걸 깨달았죠. 그래서 선택한 것이 혁명이었습니다. 혁명에의 의지. 인간이 어떤 방식으로 존재하느냐에 대한 문제 말이지요."
"어렵군요."
"어렵지 않습니다. 혁명은 죽음입니다."
"죽음?"
"도구로써의 살인 말입니다."
세상에는 죽어야 할 사람과 그렇지 않은 사람이 있다. 죽어야 할 이들의 숫자가 적어지면 그럴수록 그 범주에 있지 않은, 그보다 훨씬 더 많은 사람이 행복해질 수 있다. 적어도 현재의 고통에서 벗어나는 경우의 수가 커진다. 문제가 있다면 그들을 임의로 분류하기가 어렵다는 점이다. 사실 어려울 것도 없다. 오히려 간단치 않은 문제는 그런 자격이 누구에게 주어졌으며 그것을 어떤 방식으로 증명하는가 하는 객관성 시비이다. 그럼에도, 여하한 어려움이 존재하건, 세상은 악한과 파렴치한과 그렇지 않은 사람들로 정히 구분되어야 한다. 혁명은 그래서 필요하다. 체제는 아무런 도움도 되지 않는다. 김시민은 서두르지도 더듬지도 않고 차분한 속도로 말을 쏟아내었다. 언젠가 증인 자격으로 재판정에 설 일이 있다면, 차연은 생각한다. 이 이야기들은 변호인 측에 몹시 곤란한 증거자료가 되겠는 걸.

"편의점에서 컵라면을 훔쳐 달아나는 노숙자를 말하는 게 아닙니다. 살인을 하고 사체를 유기하고, 마약을 제조하고 대량살상 무기를 판매하고, 환경을 파괴하고 악덕사채업을 하고, 창녀를 감금해 술집을 운영하고, 힘없는 이들을 속이고 착취하고 억압하고 강간하고 모욕하고, 진실을 조작하고 은폐하고. 그중에서도 죄질이 무겁고 잘못을 뉘우칠 줄 모르며 재차 악을 행할 가능성이 큰 자들. 모든 형태의 전범과 자본주의 테러리스트, 머리 나쁜 대통령과 사악한 정치인까지."

"바로 그들이 죽어야 할 사람들이라 이거군요. 아니. 죽여야 할, 이라고 하셨던가?"

"수의 힘이라는 게 있습니다. 누군가를 대상으로, 보편타당한 지적 수준과 도덕성을 가진 열 명에게 물었다 이겁니다. 악한이라고 대답하는 쪽과 아니라는 쪽이 일곱 명 세 명으로 갈렸다면, 그를 악한으로 단정 짓는 것은 문제가 있겠죠. 그러나 천 명 아닌 만 명에게 물어보아도 단 한 사람 예외 없이 죽어 마땅한 놈 소리를 듣는 누군가가 있다면? 이건 중세의 마녀사냥 구호가 아닙니다. 신이 아니라 인간을 위한 절차이지요."

"……."

"절대다수에게 고통을 입히는, 그가 없으면 절대다수가 행복해지는, 적어도 현재의 불행에서 벗어날 수 있는, 그런 존재를 제거해야 한다는 당위성에 논리적으로나 윤리적으로 무슨 문제가 있습니까? 동의를 바라는 게 아닙니다. 저 아닌 다른 분의 견해를 듣고 싶을 뿐입니다."

"도구로써의 살인 말인가요?"

"맞습니다."

"내 생각에, 살인은……."

죄악입니다. 성경이고 불경이고 헌법이고, 헌법은 좀 다른가, 살인해도 괜찮다는 말은 본 적이 없으니. 그건 인간에게 허락된 일이 아닙니다. 그걸 금하고 허락하는 존재가 어느 동네 사는 누구냐고 묻지 마세요. 나도 잘 모르니까. 그런 대답들을 녹말 이쑤시개처럼 질근질근 씹던 차연은 김시민을 바라보았다. 표정 없이 창백한 그의 꿈에 껴들어 이러쿵저러쿵 논의를 흐릴 이유는 없다. 그건 의미가 없는 일이다.

"잘 모르겠군요. 그냥 듣기만 하겠습니다."

"히틀러나 전두환의 예를 들겠습니다. 역사에 가정은 없다지만, 선지적 재능을 타고난 a라는 사람이 필요한 시점에 맞추어 그들을 제거했다고 가정하는 겁니다. 역사의 비극이 시작되기 이전에."
 a. 담당연구원 a는 지금 무엇을 하고 있을까. 아니 참, b는.
 "어떻게 되었을까요. 그로써 아우슈비츠의 비극은, 광주의 무고한 죽음들은 생겨나지 않았을 겁니다. 결론적으로 a는 군인 두 명을 죽인 살인자가 아니라 수백 만 인류를 살린 영웅이 되겠죠. 물론 우매한 대중은, 덕분에 죽음을 면한 사람들조차, 그의 공덕을 깨닫지 못하겠지만."
 "말씀 중에 죄송합니다만, 히틀러나 전두환이 아니었다 해도, 예를 들어, 다른 누군가 있지 않았을까요?"
 "이런. 혹시 결정론자이십니까? 히틀러 없이도 1939년에는 독일이 폴란드를 침공했을 것이고 전두환 없었어도 1980년 5월 17일에는 제7특전여단이 전남대 조선대를 점령했을 것이다? 모든 것은 신이 이미 정해놓은 것이며 따라서 역사가 세 번 네 번 되풀이된다고 해도 그런 일은 피할 수 없을 것이다, 그런 말씀을 하고 싶으신 겁니까."
 "아니, 전 그저."
 차연은 호통 소리에 슬퍼진 유치원생처럼 아랫입술을 삐죽거렸다.
 "전두환 죽일 때요, 노태우와 정호용도 같이 죽이는 게 더 확실하지 않을까 해서."
 가장 좋은 것은, 김시민은 말했다, 그 빌어먹을 것들을 죽이고 그들이 소유한 것을 사회의 그늘로 되돌리는 것입니다. 남 생각은 눈곱만치도 할 줄 모르는, 그런 게 뭔지도 모르는 자들. 어느 날 아침 당장 죽어 없어진다 해도 아쉬울 것이 없는. 악한들이 악행으로써 헛되이 쌓아올린 재물로 할 수 있는 일들은 수도 없이 많다. 인류 공동체의 발전을 위한 일뿐 아니다. 당장 밥값이 없어 혹은 식량이 없어 아침을 굶고 점심을 굶고 저녁을 굶는 이들이 우리 주위에는 얼마든지 존재한다. 살인은 죄악이지만 그 도구로써 수많은 목숨을 살릴 수 있을 때 값진 선행이 된다. 그 따위 사악한, 주위의 누가 고통 속에 죽어 가는지 관심도 없는 악한들의 생명이 무게가 나가 봤자 얼마나 나가겠는가. 장황한 혁명론을 무심히 들어주던 차연은 느닷없이 앉은 자리가 불편해졌다. 908호 노인이 떠올랐던 것이다. 상한 우유처럼 흐릿한 눈빛. 고집스럽게 다문 입과 검버섯 얽은 뺨. 에헴, 못마땅한 기침 소리. 그렇다면 그의 죽음은 어떻게 되는 것일까. 죽어 마땅한 악한을 대상으로 한 도구로써의 살인? 아니면, 죽어 마땅한 악한을 제거하지 못해서 발생한 비극?

"말이 너무 많았군요."
"유익한 시간이었습니다."
"설마요."
"덕분에 일곱 살 같던 기분, 다 털어냈습니다."
자신 없이 내미는 손을 가볍게 잡아 흔들었다. 작고 얇고 차가운

손이다.

"부디 뜻 깊은 혁명 이루시길."

"감사합니다, 푹 쉬세요."

고개를 숙여 보인 김시민이 등을 돌렸다. 어둔 복도가 그 뒷모습을 소리 없이 에워쌌다.

죽은 여름 꽃이 소리 없이 움직이다

9월이 왔다. 여름 내내 좌우로 목을 돌리다가 그 기능을 상실한 선풍기를 광에 집어넣고 긴팔 티셔츠를 꺼내 입었다. 머잖아 집안에서도 양말을 신어야 할 계절이다. 지은 지 15년이 넘은 임대아파트의 헐거운 창문틀과 구식 중앙난방 구조. 전쟁 직후 어느 기독교 선교단체의 이름으로 지어진 종합병동처럼 스산한 풍경.

이제 어디고 들어가 일을 해야 한다. 그러나 구직 문제는 생각처럼 호락호락하지 않았다. 의류 창고의 단순 아르바이트나 언제 그만둘지 모르는 슈퍼마켓 점원 자리라도, 그보다 실망스러운 조건이라도 서둘러 붙들어야 할 판이었다. 통장 잔고는 쳐다볼 적마다

제살 깎아먹듯 줄어가고 카드 이자처럼 꾸역꾸역 늘어나는 것은 생존에 관한 위기감이었다. 그러던 무렵이다. 어느 건강보조식품 수입업체로부터 연락이 왔다. 그간 이력서 보낸 데만 여덟 군데였는데, 그게 처음이자 아마도 유일한 회신이었다. 수요일 두 시까지 내사하실 수 있나요. 그럼, 된 건가요? 그걸 결정하기 위해 오시라는 거죠. 원하시면 당일 가부를 알려드릴 수 있습니다.

오늘이, 다가올 오늘들을 위해 어떠한 전환점이 되어줄 것인가. 간만의 외출 준비는 차연을 들뜨게 했다. 그래서 뜨거운 국을 먹다가 입천장을 데었고 넥타이 길이를 맞추기 위해 세 번이나 고쳐 매고 나니 상가용 검은색이었다. 지갑을 놓고 집을 나섰다는 사실을 깨달은 것은 버스 정류장에 막 다다른 직후. 마음은 급한데 돌아갈 길은 짜증나게 멀었다. 그러나 차비 한 푼 없이 면접을 보러 갈 수는 없었다. 횡단보도를 건너고 아파트 단지의 왔던 길 바삐 되짚어 집 앞에 이르니 덥지도 않은 날씨인데 등에 후끈 땀이 배었다. 구두 한 짝을 벗고 앙감질로 쿵쿵 마루를 지나 식탁 위에 예쁘게 놓인 지갑을 냉큼 집어들고 다시 쿵쿵쿵 현관으로 돌아왔다. 빈 구두 속에 발을 몰아넣으려던 때이다. 전화가 울기 시작했다. 설잠 깬 갓난애처럼 이악스레 울어제끼는 전화벨 소리가 차연을 짧은 갈등에 빠뜨렸다. 저걸 받아야 하나? 아쉬운 시간이 또 훌쩍 지나갈 것이다. 상대에게 양해를 구하고 바로 전화를 끊는다 하더라도, 구두를 벗고 마루를 가로질러 갔다가 돌아와서 다시 구두를 신는 시간은 어쩔 수 없이 포기해야 한다. 게다가 잘못 걸렸거나 받자마자 끊어지는 전화라면? 그러나, 나 좀 봐달라고 소란스럽게 울어대는 전화를 외면할 엄두가 나지 않는다. 만에 하나라도 면접 보기로 한 곳이라면, 전화를 받지 않음으로 공연한 낭패를 겪을 수 있을 터. 탁자로 달려갔다. 전화기에 손을 뻗는데 뭔가에 찔린 듯 손끝이 따끔하다. 이상한 일이다. 집어든 수화기를 이리저리 살피다가 귀에 가져갔다. 여보세요.
 차연 님 되시나요?
 예.
 그러시군요.
 누구시죠?
 안녕하세요. 저는 차연이라는 사람입니다.
 그건, 제 이름인데요.
 알고 있습니다. 그래서 제가 묻지 않았습니까, 차연 님 되시냐고.
 여보세요. 지금 바쁘거든요.
 저런. 그럼 나중에 다시 전화를 드려야 할까요.
 그러시든가요. 아니, 그것보다 누구신지 그거나.
 말씀 드렸습니다. 차연이란 사람이라고.
 뭐요?
 그렇습니다. 제 이름도 선생님과 마찬가지로 차연입니다.
 손끝 따끔했던 느낌 때문일지도 모른다. 수화기 든 손에 공연히 힘이 빠지고 있다.
하여간 좋습니다. 그렇다고 해두자구요. 그런데 무슨 볼일이시죠? 죄송하지만 급하게 나가던 길이라서.
정말로 바쁘신 모양이군요.
예. 실은 약속 시간에 늦게 생겨서.
그때 차연의 시선은 TV 받침대에 놓인 화병 근처를 서성이고 있었다. 실은 화병이 아니라 빈 마요네즈 병이며 화요일 아닌 어느 날 오후, 처음이자 마지막으로 원형이 찾아왔을 때 가져온 빨간 여름 꽃을 담아둔 것이었다. 꽃잎은 이미 죽어 색 바랜 핏빛으로 거무튀튀 오그라들었고 물은 흙색으로 썩어 있었는데, 순간 죽은 꽃 한 송이가 스르륵 움직이더니 병 주둥이에 사뿐히 몸을 기댄다. 누가 만지기라도 한 듯, 꾸벅 인사를 하듯.
여하튼 말씀해보세요. 용건 있으시면.
감사합니다. 그럼 간단하게 여쭙겠습니다. 저어, 원형 씨를 아십니까.
누구요?
서원형 씨라고, 아시는 사람 맞나요?
······예.
그렇군요. 그렇다면, 그분을 사랑하십니까.
뭐라구요?
그분을 사랑하십니까.

숨쉬는 것을 잠시 잊는다. 어이가 없다. 과연 원형을 사랑했던가. 모르겠다. 그런 고민은 해본 적이 별로 없었다. 아니. 그런 건 고민하고 말 문제가 아니다. 그렇다면 느꼈는가. 사랑을 느낀 적이 있었는가. 여전히 모를 일이다. 파우더 지운 티슈, 세면대에 나란히 놓인 칫솔, 식염수통과 렌즈케이스. 예상치 못한 순간 사소한 것들로부터 사소한 속임을 받은 적이 있었던가. 아니, 왜 내가 이런 궁리를 하는 거지? 그러잖아도 바빠 죽겠는데. 어서 집을 나서 버스 정류장까지 뛰어도 모자랄 판인데. 게다가 원형은 떠난 사람인데. 아아, 나는 오늘 아침 개 같은 꿈에서 아직 깨어나지 않은 것일까.

저기요. 무슨 오해를 하시는지 모르겠는데, 저어, 그분과 저는 그럴 만한 사이가 아닙니다. 왜냐하면.

뭘 따지려는 것이 아닙니다. 그럴 입장도 물론 아니고.

…….

원형 씨를 도와주십시오. 눈이 되어주십시오. 제가 드리려는 말씀은 그렇습니다. 따지는 게 아니라 부탁을 드리는 것이지요.

눈?

그렇습니다. 이해하시겠죠?

전혀요.

원형 씨는 길을 잃었습니다. 오래 전 일입니다. 길을 잃었다는 것은, 길 속에 묻혀 있는 것 만큼이나 비극적인 일 아니겠습니까.

전화 속 차연은 거기서 말을 멈추었다. 화술에 능한 사람은 어느 시점에서 잠시 말을 끊음으로써 주의력을 재차 환기시킬 수 있는지를 잘 알고 있는 것이다.

그런데 얼마 전부터 그 친구, 알 수 없는 길을 새롭게 떠나려는 모양이더군요. 모르겠습니다. 지금쯤 그 멀고 험한 길에 이미 발을 들여놓았는지도. 얼마나 가슴 아픈 일입니까. 길을 잃고 헤매면서 다시 힘든 길을 떠난다는 것은.

원형을 잘 알고 계시는 모양이네요.

과거에는 그랬던 편이죠. 하지만 지나간 어느 시점 이후로 전혀 만나지 못했습니다. 전화 통화는커녕 어떻게 살고 있는지 근황조차 모르고 지내왔으니. 그러다가 얼마 전에, 예의 소식을 아주 우연히 접하게 된 겁니다.

…….

제 이야기는 필요 없을 테고, 중요한 사실은 이겁니다. 원형 씨가 차연 님을 무척 필요로 하고 있다는.

저를요?

그렇습니다. 차연 님은 원형 씨에게 가장 중요한 사람이니까요.

이거 보세요. 어어, 어떻게 아시고 전화를 주셨는지는 모르겠는데요, 도대체, 그런 건 뭐 좋습니다, 그런데 원형은 이미 저와, 저를, 저로부터, ……뭐라고 해야 하나.

주장할 바를 어떻게 풀어낼지 몰라 허덕이던 차연을 향해, 미처 떠올리지 못한 기억 하나가 냉큼 뒤쫓아왔다.

잠깐, 당신은.

차연을 보면 그 사람 생각이 나. 그 사람 이름도 차연이거든. 차연을 처음 만났을 때, 그래서 속으로 얼마나 웃었던지.

그래, 당신에 대해 들은 적이 있어요!

원형 씨가 제 이야기를 하던가요.

맞아. 이제 기억나.

다행이군요. 그렇다면 따로 제 소개를 드리지 않아도 될 터이니.

벽시계를 쳐다보았다. 초침이 성큼성큼 도망가고 있다. 아아, 정말이지 오늘 아침 나는 이상한 꿈에서 아직 깨어나지 않은 게 틀림없어.

저기요, 이제 정말 전화 좀 끊어야겠습니다. 용건이 남았다면 다시 전화 주시든지요. 저녁 시간엔 집에 있을 거거든요.

바쁘시다니 이만 줄이겠습니다. 한 말씀만 드리구요.

어서 하세요.

원형 씨에게 차연 님은 나무와 같은 존재입니다. 그러니 힘 좋은 손발이 아니라 밝은 눈이 되어주셔야 합니다.

밝은 눈이라. 왜죠?

우리를 위해. 우리 모두를 위해.

면접 장소에 가보니 오피스텔 두 개를 터서 쓰는 사무실이었고 2시가 조금 넘어 있었다. 정장 차림에 어색하게 굳은 표정의 취업희

망자들이 간이의자에 옹색하게 앉아 차례를 기다리는 중이었다. 한방 다이어트 식품을 취급하는 다단계판매 업체였다. 인스턴트 현미녹차 한 잔을 얻어 마시며 건성으로 면접에 응한 뒤 미련 없이 사무실을 나섰다. 오가는 시간이 아깝고 차비가 아까웠다. 집으로 돌아오는 버스 안에서 오른손 바닥을 한참 동안 들여다보았다. 수화기를 집어들던 때의 이상한 통증이 다시금 따끔따끔 고개를 들고 있다. 겉으로 보기엔 멀쩡하다. 종이에 베인 혹은 나무가시가 박힌, 그 비슷한 흔적도 보이지 않는다. 어두워지기 전에 집에 도착했다. 그럴 시간이 아닌데 천만뜻밖에도 잠이 쏟아졌다. 배도 고프지 않았다. 이불을 펴고 누웠다. 차연에게 전화가 오기를 기다리다가, 윤 초시네 증손녀딸을 생각하며 까무룩 잠이 드는 소나기 소년처럼, 잠이 들었다. 전화는 끝내 오지 않았다.

파비아 RB67S 90㎜ 낡고 기억도 없고

혼잣생활의 게으른 궁핍이 막다른 골목에 접어들었다. 돈 들어올 구석이 없어지니 쓸 일은 알아서 척척 늘어났다. 봉지쌀은 바닥을 드러내고 라면도 떨어졌다. 머지않아 아파트 관리비 청구서와 전화 요금과 도시가스 지로용지가 성난 집달리들처럼 날아들 것이었다. 초록색 농협 마크가 찍힌 포장 총각김치가 무척 먹고 싶었으며 화장실 깨끗하고 좌석 푹신한 개봉관에서 마늘맛 팝콘을 씹으며 보고 싶은 영화도 몇 편 있었지만 은행 잔고는 그런 것조차 허투루 허락 못할 형편이었다. 정말이지 이렇게는 살 수가 없군. 그러나 강도짓을 할 수도 없고 지하철에서 구걸을 할 것도 아니었으며 결제일 맞추어 돌려댈 신용카드는커녕 패밀리레스토랑 마일리지 적

립카드 한 장 가진 게 없었다. 일거리는, 조건을 떠나 아예 찾아보기 힘들었다. 용모 단정한 홀 서빙 구함. 실력 있는 지사장 모심 월수 8백. 아르바이트하며 캐드 그래픽 배우실 분. 직장생활 하며 고소득 부업 알선. 1회 10만 원 투자로 월 6천 보장받는 최상의 소비자 네트웍 사업. 지역생활정보지는 재활용 쓰레기로 쌓일 뿐이었다. 도대체 난 왜 이 모양이지. 드라마나 소설 속 독신자들은 물려받은 재산이나 특별한 직장 없이도 좋은 집에서 좋은 차 몰고 좋은 데 여행 다니며 돈 걱정 없이 살던데.

그래서 카메라를 들고 나왔다. 어느 정도 도움이 되어 줄지는 알 수 없지만, 그래도 얼마나 행운인가 장롱 속 깊숙이 모셔진 물건을 생각해낼 수 있었던 것은. 파비아 RB67S 90㎜.

역마살 끼었다는 소리를 밥 먹듯 들었다는 둘째 외삼촌이 소장했던, 아마도 자신보다 나이가 많을 그 물건이 언제 어떤 경위로 수중에 들어오게 된 것인지 차연은 기억할 수 없다. 중고라야 할지 골동품이라고 불러야 할지, 얼마 정도 흥정을 붙여 어느 선에서 팔아넘기면 적절할지 역시 감이 잡히지 않았다. 딱딱한 가죽케이스 모서리가 누렇게 닳은 카메라에 대한 기억을 억지로 들추어본다. 이 물건으로 사진을 찍어본 적이 있던가. 날씨 좋은 공휴일, 길게 늘어뜨린 끈을 목에 걸고 사람 많은 동물원 산책로를 거닐던 날이 혹시 있었던가. 어느 해 겨울 집을 나가 아직 돌아오지 않은 외삼촌의 경우처럼, 파비아 RB67S와 함께 연상할 수 있는 과거는 도무지 찾을 수 없었다.

버스에서 내렸다. 사방으로 넓게 뚫린 길 위에 멈추어 선 차연은 하늘을 올려다보았다. 낡은 카메라를 감정하고 매입해 주는 집이 여관 간판처럼 교회 십자가처럼 넘쳐나기를 기대한 것은 아니지만, 막막했다. 어느 골목부터 어떻게 찾아 나서야 할 것인가.

길을 건넜다. 천주교 기념관을 지나고 3·16 광장 분수대를 지났다. 고가 교차로 아래로 은행과 증권사가 밀집한 사거리가 펼쳐진다. 지하보도로 들어섰다. 군사정권 초창기부터 상권이 형성되었다는 지하상가가 개미굴처럼 이어지고 있다. 일본 관광객들이 자주 찾는지 출입구마다 여지없이 이랏샤이마세를 내붙였다. 양복점을 지나 화장품 가게와 신발 가게를 지나, 약국과 선물의 집과 고려인삼 판매점을 지나 외제 가전제품 수리점 앞에서 걸음을 멈추었다. 그 옆집이다. 진열장 안에 시커먼 카메라들이 가득 놓여 있다.

우린 중고 매입 같은 거 잘 안 하는데. 줘보세요, 구경이나 하게.
파인더를 들이대고 셔터 다이얼을 만지작거리고 렌즈를 뒤집어 요리조리 살피던 주인 남자가 파이프 담배를 문 채 웅얼거렸다.
본인이 쓰시던 거예요?
보관을 본인이 했습니다. ……좋은 건가요?
좋다기보다, 요즘은 구할 수 없는 모델이거든요. 회사가 아예 없어졌으니까. 그래도 한때는 많이 사용했고, 카메라 하는 사람들에겐 추억이 있는 제품이죠.

카메라를 한다고? 파이프 담배 냄새가 썩 좋다. 젖은 낙엽을 태우는 것 같다.

얼마 정도에 팔 수 있을까요? 대강.

글쎄에, 골동품이라고 무조건 눈먼 프리미엄이 붙는 건 아니니까요. 말하자면 당시 매입가보다 못할 경우도 있고. 임자를 잘 만나야죠, 추억을 위해 눈먼 돈을 지불할 자세가 되어 있는.

이 근처에 중고 카메라 받는 데 혹시 아십니까.

그냥 가지고 계시지 그래요. 제대로 팔 게 아니라면 차라리 그 편이 나을 텐데. 혹시 압니까, 몇 십 년 뒤면 이놈이 TV 쇼 진품명품에 출연하게 될지. 그 프로 아시죠? 최종 감정가르을, 보여주세욧!

실은 돈이 좀 급해서.

생각 없이 내뱉고 난 차연은 조금 창피한 생각이 들었다.

보자아, 카메라 전문으로 하는 친구가 하나 있긴 했는데.

그랬는데요.

작년에 죽었지 아마. 옛날의 거리 한번 가보지 그래요.

옛날의 거리?

거기면 골동품 취급하는 집 쌔뿌렀을 건데.

옛날의 거리, 를 어떻게 가나요? 지금은 옛날이 아닌데.

헤헤이. 젊은 분이 농담 한번 재미없게 하네.

떡 주무르듯 하던 파비아 RB67S를 케이스에 담아 똑딱단추까지

똑딱똑딱 채워 넘기며, 남자는 다짐하듯 물었다.
 진짜 모르는 건 설마 아니시지?
 진짭니다. 좀 가르쳐 주세요.
 어라, 정말인 모냥이네.
 정말이라니까요.
 그거 참말로…… 아니, 나이가 어떻게 되요? 아무렴 10대는 아닐 테고.

 지하상가 남쪽 17번 출구로 올라가 횡단보도를 건너라. 명함 라이터 성냥 스티커 찍어대는 판촉물 인쇄집이 다닥다닥 붙은 골목이 나온다. 거길 지나서 낙원 교회 주차장과 파라다이스 모텔을 끼고 돌아, 다시 지하보도로 건너야 한다. 그게 가장 빠른 길이다. 남자의 설명은 정확했으며 옛날의 거리는 그리 멀지 않은 곳에 있었다. 별나게도 거무튀튀한 벽돌길이 시작되는, 거기가 거기였다. 거리 좌우로 가득한 온갖 전통찻집들과 갤러리들. 한지를 도자기를 다기와 찻잎을 옛날 물건을 파는 가게가 내내 이어지는 곳. 카메라를 멘 외국인 관광객이 좌판 앞에 서서 주문한 호박엿을 기다리고 그 모습을, 길바닥에 자리 깔고 앉은 관상쟁이가 물끄러미 올려보고 있는.
 고서화 매입이라고 써 붙인 화랑에 무작정 들어섰다. 글쎄올시다. 도자기나 옛날 돈 감정해 주는 데는 알겠는데 카메라 같은 거는. 검은 바둑돌을 만지작거리던 중늙은이가, 차연에게가 아니라 그렇게 말한 사람을 향해 아는 척을 한다. 옛날 물건 파는 데 있지 않어? 골동품도 받는 거 같던데. 그러자 처음의 남자가 퉁박을 준다. 원 제길, 그건 말 그대로 옛날 물건들 파는 데지. 카메라는 경우가 다르잖아. 알지도 못하문서. 검은 돌이 질세라 핏대를 올린다. 아니 그게 아니라, 카메라가 옛날 거래니깐 하는 말이지. 알지도 못하긴 내가 뭘 알지도 못한다고 그래? 화랑을 나섰다. 허벅지에 힘이 빠졌다. 이제 날이 저물 것이다. 들고 나온 물건을 고스란히 안고서 집으로 돌아가야 할 판이다. 저녁 사먹을 돈은 없고 돌아갈 길은 멀고 멀다. 아무 일도 해결 못한 채, 또 궁핍한 하루가.

그때이다. 시선 한 귀퉁이를 성큼 막아서는 간판이 있다. 약국 안쪽, 개량 한복 전문점들이 늘어선 골목 저편의 작은 건물이다. 1층엔 구멍가게와 꽃집이, 2층에는 O씨 종친회와 한민족 기 수련 연구회 사무실이 자리를 잡았다. 그 건물 3층. 흰색 바탕 붉은 글씨로 뜻밖의 시설을 알리는 글씨가 걸렸다. 영광전당포. 갈 길 모르고 어슬렁거리던 발걸음이 스륵, 멈추며 머릿속에 초록 신호등이 반짝 불을 밝혔다. 그래, 바로 저기야.

건물 옆구리를 끼고 구멍가게 오른편으로 돌아갔다. 죽은 화분과 폐타이어와 부서진 컴퓨터 부품이 흩어진 자투리 땅. 잔뜩 쌓아올린 맥주박스 틈으로 건물 현관이 보인다. 몹시 오래된 건물이다. 들어서니 지하층과 2층으로 갈리는 계단이 나타났다. 반지하층의 창고 문이 반쯤 열렸다. 어둑한 너머로 매캐한 시멘트 냄새가 냉랭하게 올라오고 있다.

계단을 오르기 시작했다. 두 사람이 함께 서지 못할 정도로 비좁다. 너비가 좁은 데다가 단과 단 사이는 턱없이 높아서 까딱하면 발을 헛디디기 십상이다. 2층에서 3층으로 이어지는 계단참. 어느 사무실에서 내놓은 짜장면 그릇이 신문지도 덮지 않은 채 험하게 포개어졌다. 서향 창문으로 흘러든 오후 햇살이 플라스틱 그릇에 말라붙은 양파 조각을 비추고 있다.

301호 신성라사. 문을 닫았는지 불 꺼진 양복점 내부는 텅 비었다. 기역자형 복도를 꺾어 들어가, 화장실 다음 사무실은 303호이다. 역시 빈 사무실인지 현관 아래 며칠치 신문이 쌓여 있다. 이따금 건물 밖에서 차 소리가 들려올 뿐 복도는 잠에 빠진 고양이처럼 조용하다. 복도 마지막 사무실이 304호이다. 영광전당포. 똑똑. 대꾸가 없다. 속으로 5초를 세었다. 그리고 다시 똑, 똑, 똑.

누구요.

잘못 들었나 했다. 그 소리가 불확실한 데다가 크지 않았던 때문이다. 다시 문을 두드릴까 하다가, 혹시나 싶어 목청을 높였다.

저어, 물건을 좀 가져왔는데요.

물건?

사람 목소리가 분명하다. 여전히 불확실하지만.

여기 전당포 아닌가요.

……물건 잽히실려구?
예.
노크는 얼어 죽을. 어서 들어오시오.
현관문은 잠기지 않았다. 왼편에 신발장이 있고, 알루미늄 안전 창살이 마름모꼴로 얽힌 이중 미닫이문이 나타났다. 슬리퍼로 갈아 신은 차연은 드르륵, 가볍고 허술한 미닫이문을 열어 제꼈다. 어져오집지오. 자동인사기가 늘어진 기계 인사말을 던진다.
"무슨 물건인데요."
"예?"
"워크맨 핸드폰 그따우 거면 꺼낼 거 없이 돌아가시고."
배꼽 높이쯤에 가로막힌 목재 칸막이가 사무실을 둘로 나누고 있다. 출구 쪽이 방문자 대기실이고 그 너머가 전당포 사무 공간인, 어떻게 보면 은행 창구 비슷하고 어떻게 보면 동네 파출소를 연상시키는 구조이다.
"카메랍니다."
"카메라아?"
"옛날 거죠. 카메라 하는 사람들에겐 추억이 있는 거라더군요. 잘 모르지만."
"내놔 보쇼."
종이 쇼핑봉투에서 가죽케이스를 꺼내어 내밀었다. 칸막이 너머는 이쪽만큼이나 비좁다. 책상 두 개와 작은 금고와 의자가 놓인 구석에, 전기난로가 빨갛게 달궈져 있다. 실내 공기가 조금 썰렁하긴 하지만 초가을에 전기난로라니. 카메라를 받아드는 이는 나이가 적잖아 보이는 노인이다. 두꺼운 돋보기를 썼다 벗었다 하며 한입에 씹어 삼킬 듯 물건을 살핀다.

"어떻게 쓰시려고."

"뭘요?"

"뭐긴. 돈 빌리러 온 거 아니셔?"

"아아. 그게 저, 아껴 써야죠. 최대한."

"뚱딴지같은 소리하곤."

츱츱 혀를 찬다.

"월 7푼이야. 하겠으면 고 앞에 대출신청서랑 이거랑 별도로 작성하시고."

선반 위에 필기구와 양식 용지가 놓여 있다. 받아든 서류의 제목인즉 카메라 관련 기기 전용 대출 신청서이다. 성명. 거주지역. 연락처. 제품 원산지. 모델명. 구입년도. 구입가격. 메이커(NIKON/CANON/YASICA/OLIMPUS/ MINOLTA/기타). 촬영방식(수동/반자동/오토포커스). 셔터속도 등등.

"이제 됐나요."

"신분증."

얼마나 주실 수 있나요, 물으려다 말고 바지 뒷주머니에서 지갑을 꺼내들었다. 그러면서 처음으로 노인의 얼굴을 내려다보았다.

처음이라고는 할 수 없고, 그러려는 의지를 가지고 제대로 주시했다는 편이 정확하겠다. 그런데 이상하다. 어딘지 낯이 익다. 누구지? 분명히 아는 얼굴인데. 누구더라. 어디서 봤더라. 그러다가 숨이 콱 막혔다. 뒤통수에서 데엥, 길고 나직한 종소리가 울린다. 차연은 양손으로 철썩 얼굴을 감쌌다. 붉은 하늘 검푸른 강물이 흐르는 다리 난간에 기대어 선 어느 뭉크러진 남자 혹은 나홀로 집에 남겨진 사내아이가 그렇게 했듯 소리 없는 절규를 꽤액 내뱉었다. 이 노인은, 원 세상에, 908호 주응달 노인 아닌가!

"신분증 주시라니까?"

"어, 어어."

비슷한 사람이 아니다. 잘못 본 것도 아니다. 그런 착각은 맹세코 아니다. 908호 노인이 분명하다.

"공민증 없으면 여권이라든가 운전면허증이라든가. 이거 봐요, 물건 안 맡길 셈이야?"

"저기. 저기."

입이 말을 듣지 않았다. 아는 사람을 불쑥 마주쳐도 놀라기 마련인데 하물며 죽은 사람이라니. 목구멍에 찰밥 걸린 것처럼 버엉하게 서 있는 차연을, 노인이 마뜩찮은 눈으로 쏘아보고 있다. 대춧빛 뺨과 고집스럽게 다문 입술, 강렬하게 살아 있는 눈매는 예전보다 오히려 건강해 보인다.

"나중에 다, 다시 올게요."

도망치듯 화닥닥 전당포를 빠져나왔다. 뒤에서 뭐라고 투덜대는 소리가 들렸던 것도 같다. 카메라며 가죽 케이스며 지갑을 챙겨들고 어떻게 신발을 갈아 신었는지, 좁고 가파른 계단을 구르지 않고 어떻게 뛰어내려왔던지 기억이 나지 않는다. 건물에서 뛰쳐나와 뒤도 돌아보지 않고 걸었다. 한참을 걸었다. 뛰듯 걸었다. 죽은 사람을 봤다아! 소리를 지르고 싶었다. 콧구멍으로 더운 숨이 바쁘게 들락거렸다. 가슴이 왈랑거리다 못해 시큼한 위액이 찔끔 넘어왔다.

죽은 모습을 직접 본 것은 아니다. 해골섬의 머리 깨진 귀신. 상한 두부처럼 흘러나온 뇌. 국과수가 배양한 초록 괴수. 모두 입에서 입을 통해 전해들은 이야기들이다. 그러나 눈으로 확인 못했으니 사실이 아니라고 우길 상황이 있고 그렇지 않은 상황이 있다. 노인의 죽음은, 적어도 K시 임대아파트와 그 주변의 사람들에게는, 이론의 여지가 없는 진실이었다. 30분 전만 해도 그랬다. 무참히 살해당했던 사람이 여전히 살아 있다고 믿을 자 누구인가, 정신이 어떻게 되거나 대단히 독특한 종교 사상에 심취한 사람이 아니라면.

  발바닥이 아플 정도로 걸었다. 갈 길도 몰랐다. 저무는 거리 위에서 쉬지 않고 다급한 걸음을 옮기는 차연은 머리에 대검이 꽂힌 사람 같았다. 종이 쇼핑봉투를 쥔 손에 피처럼 찐득찐득한 땀이 배었다.

  쌍둥이일까. 그럴지 모른다. 어렸을 때 헤어진 쌍둥이 형제일 수도. 한날 한 시 한 배에서 태어난 두 아이가 강제로 이별을 맞았다. 그렇다면 1930년대, 노인의 나이를 생각하면 그쯤의 이야기다. 그 시절, 대관절 무슨 일이. 세계 대공황이 있었고 항일 민족운동세력은 부르주아 민족주의 좌우파와 진보적 민족주의 등으로 나뉘고. 일제 치하의 궁핍한 시대상을 엿보려면 채만식의『탁류』정도를 읽어주면 되겠지. 찢어지게 가난한 집에서 함께 태어난 죄로 헤어져서는 서로 연락이 끊긴 채 성장하고, 세상 어딘가에 자신과 똑같은 얼굴을 가진 형제가 살고 있다는 사실조차 잊으며 그만큼 나이를 먹고, 곡절 끝에 한 명은 전당포 업자가 되고 한 명은 K시 외각의 임대 아파트에서. 도플갱어. 세상 어딘가에 또 다른 내가 존재하고 있다. 자기 자신의 유령 또는 분신. 도플갱어에게는 그림자가 없다. 그래서 그림자 들지 않는 깊은 숲속에 숨어 지내다 밤이면 나타나곤 한다. 우주 저편에 똑같은 시공간을 소유한 또 하나의 우주가 있다. 쌍둥이별 쌍둥이별. 지상의 모든 것마다에 그와 닮은 존재 있어, 머나먼 하늘로부터 우리의 인생을 그대로 흉내내노라.

그런데, 그게 아니라면?

전당포의 그가 908호 노인의 쌍둥이 형제나 도플갱어가 아닌, 죽은 908호 노인이 분명하다면, 그렇다면 어떻게 되는 것일까. 33세에서 나이가 멈춘 어느 나사렛 청년의 죽음과 그 이후. 예수의 부활을 사람들은 믿는다. 믿지 않는 사람도 있다. 둘 사이에 논리적인 충돌은 없다. 그렇다면 908호 노인의 경우는? 노인의 부활을 믿는 사람들과 그렇지 않은 사람들. 제기랄. 내 주위에 누군가 있어. 차연은 정신이 나간 사람처럼 중얼거렸다. 누군가 날 가지고 장난을 치고 있는 거야.

9층에 멈추어 선 엘리베이터가 활짝 열렸다. 복도는 어둡고 조용하다. 무섭다. 집으로 돌아오는 길 내내 가슴 졸이며 두려워했던, 바로 그 순간이다.

집안에 들어가 문을 잠그고 나면 좀 나을 것이다. 끔찍한 문제는 엘리베이터에서 내려, 어둔 복도를 걸어, 열쇠로 현관문을 열고 들어설 때까지이다. 되도록 아무 생각도 떠올리지 말 것. 행여나 908호 쪽으로는 시선도 돌리지 말 것. 잔인한 공포가 심장을 움켜잡을지도 모르니까. 집을 나설 때와 상황은 똑같다. 달라진 것은 없다. 그러니 두려워 말지어다. 겁 많은 퇴마사처럼 조마조마 주문을 외운다. 허공을 허우적거리는 발끝이 좀처럼 나아가지 않는다. 현관문 손잡이에 열쇠를 집어넣는다. 덜컥. 문은 열리지 않았다. 보조키가 잠겨 있는 것이다. 열쇠 꾸러미에서 보조키를 집어드는 손이 달달 떨린다. 하마터면 들고 있던 종이봉투를 떨어뜨릴 뻔한다. 목덜미에 쌀알만한 소름이 돋았다. 의지와 상관없이 시선은 조금씩 오른편을 향하고 있다. 908호. 불이 환히 켜져 있다. 아니다. 불은 꺼져 있다. 지금 저 집에, 누가, 살고 있을까. 탁탁, 탁탁. 고무 패킹 닳은 수도꼭지가 끊임없이 눈물 떨어뜨리는 소리를 들으며, 누군가가.

심야 방송이 잠든 시간. 밤은 깊고 이불 속은 황량하다. 허황한 생각 속에서 차연은 수십 번도 넘게 옛날의 거리를 헤매 다녔고 오래된 3층 건물의 좁고 가파른 계단을 오르내렸으며 영광전당포의 문을 두드렸다.

잠은 오지 않는다. 이불을 걷어내고 일어섰다. 차라리 잠을 떨쳐내는 편이 낫겠어. 집을 나선다. 밤 공기가 쌀쌀하다. 집 근처 놀이터에 이르렀을 때이다. 저편에 누군가 보인다. 한두 사람이 아니다. 유심히 보니, 한 명을 가운데 두고 집단구타를 하는 중이다. 퍽! 퍽! 아픈 매질이 쉬지 않고 이어진다. 무슨 짓들이야! 소리를 치며 달려갔다. 모여 선 이들이 뿔뿔이 도망친다. 흙바닥에 누군가 엎어졌다. 고통스럽게 어깨를 떨고 있다.

괜찮으세요? 나쁜 놈들 같으니.

차연은 그를 부축해 일으켰다. 908호 노인이다.

조심히 좀 다뤄줘. 난 이미 죽은 몸이니까 말야.

누가…… 할아버지를 죽인 거죠?

누구긴 누구야 당신이지. 기억 안 나? 피가 모자라 피가 모자라. 아이고 죽갔다.

백 워드 마스킹. 노인의 목소리는 카세트테이프를 뒤집어 재생시킨 것처럼 괴상하다. 화가 치밀었다. 느닷없는 적개심이 끓어오른다. 정말이지 당신은 언제나 날 화나게 만드는군. 내가 이렇게까지 성질 나쁜 사람은 아니었는데. 분노로 손이 떨린다. 퍽! 뭘 쥐고 있었는지는 확실치 않다. 단단하고 뭉뚝한 돌멩이 또는 쇠붙이 종류인 것 같다. 퍽! 퍽! 백발 성성한 노인의 정수리는 멀쩡하다. 있는 힘을 다해 내려쳤건만 피 한 방울 나지 않는다. 고개를 숙이고 있던 노인이 쿡쿡 웃기 시작한다. 치밀어 오르는 웃음을 참느라 어깨가 들썩거린다.

한심한 자식 같으니. 그걸 매라고 치는 게야?

헉! 반사적으로 몸을 일으켰다. 이불이 아니라 물 속에서 막 올라온 것처럼 숨이 가쁘다. 땀에 젖은 잔등이 축축했다. 창 밖을 보았다. 밤은 아직 길다. 멀리서 오토바이 소리가 들린다. 우유 배달원일 것이다. 마루로 나와 냉장고 문을 연다. 찬물은 조금밖에 남아있지 않았다.

오랜 시선들

 일요일 3시. 외가 쪽 먼 친척의 결혼식이 있다. 그 집 큰딸이 스물아홉 먹었는데 그날 시집을 간다. 참으로 오래간만에 전화를 걸어온 어머니는 어떻게 지내느냐 어떻게 연락 한번 안 하고 내려올 생각 한번을 안 하느냐, 묻지 않았다.
 사람 귀한 집이다. 꼭 가봐야 한다. 그날 별 일 없지?
 별 일 없었으므로 차연은 머뭇거렸다. 이를테면 집안 대표로 얼굴을 비치는 역할. 결혼식장의 떠들썩한 풍경을 생각하니 생머리가 쑤셨다. 생경한 소란 속을 서성거리다가 어른들 마주치면 꾸벅 인사 올리고. 건강하시죠, 잘 지내고 있습니다, 부모님도 물론 안녕하시구요, 고무풍선 같은 대화를 주고받으며 웃어줘야 하고.

요즘 뭐하니.

놀아요.

통장 번호 그대로지?

예.

……20만 원 넣을 테니 10만 원만 해.

식이 있는 7층에는 모두 3개의 행사장이 있었는데 빈 곳 없이 결혼식을 치러내는 중이었다. 참석한 하객과 다음 식을 기다리는 사람들까지 그야말로 발 옮겨놓을 틈이 없는 데다 사방에서 쏟아지는 비디오 카메라 불빛이 정신을 더욱 빼놓는다. 혼주 어른은 처음 보는 얼굴이었다. 누구네 아무갭니다, 인사드리자 단박에 반가워서 참을 수 없다는 듯 손을 움켜쥐고 흔들어댄다. 웨딩드레스 입은 신부를 구경하거나 주례사를 듣고 서 있을 마음은 전혀 없었다. 피로연장으로 갔다. 식이 끝나기 전이었음에도, 이미 많은 사람들이 자리를 차지하고 수다스러운 식사를 나누고 있었다. 불행하게도 뷔페식이었다. 갈비탕이나 한 그릇 얻어먹을까 했던 차연은 잠시 고민에 빠졌다. 음식 테이블 주위로 와글와글 몰려든 사람들. 접시를 들고 저 속에 끼어들어야 할 것인가. 결국 나무젓가락 한 번 만져보지 못하고 피로연장을 나섰다.

옥외주차장까지 몰려나와 있던 울긋불긋 하객 무리는 결혼식장에서 멀어지면서 조금씩 옅어졌다. 화난 사람처럼 넥타이를 끌러 양복 주머니에 집어넣은 차연은 편의점에 들어가 컵라면과 꼬마김치를 사먹었다. 그리고 강변 쪽으로 천천히 걸었다.

강변 통행로는 바람이 거셌으며 쌩쌩 지나쳐 가는 차 소리가 몹시 시끄러웠다. 산책할 만한 길이 아니었다. 강변 호텔 쪽으로 올라왔다. 호텔을 지나 민주혈맹공원의 야트막한 돌담길을 내처 걸었다. 시립오페라회관 분수대에 앉아 담뱃갑을 꺼냈다. 간만의 외출이었으므로 어디고 전화를 걸어볼까 궁리한다. 그럴 만한 사람은 생각나지 않았다. 일요일 오후가 저물어가고 있다.

제약회사 건물 지하의 대형서점을 찾았다. 사람들로 북적이긴 여기도 마찬가지. 음반 코너에 들러 새로 나온 시디들을 실컷 뒤적였다. 그리고 잡지 판매대 쪽으로 자리를 옮겼다. 잔등을 보이고 선 사람들 사이를 소매치기 같은 행색으로 서성일 때다. 누군가 가까이 다가와 냉큼 팔짱을 낀다. 차연 씨 되시죠, 같이 좀 갑시다.

"어어."

"좀 놀랐나? 잘됐군."

장난스러운 표정. 원형이었다.

"이런 데서 다 만나다니. 잘 지냈어?"

"어…… 응."

"책 사러 나온 거야?"

"아니, 그게."

분명 원형이며, 그리하여 불쑥 나타난 원형과 마주 서 있다는 상황만이 아득할 뿐, 순간 아무 생각도 떠오르지 않았다. 원형이 단단히 붙든 팔짱을 잡아끌었다.

"따라와. 정신 좀 차리고."

외국서적 매장 맞은편에 간이 테이블 스낵바가 있다. 설탕 넣지 않은 원두커피를 차연은 연신 홀짝였다.

"얼마만이지?"

"글쎄. 석 달?"

"……."

"화요일이 열두 번은 더 지나간 셈이네. 아아, 그놈의 화요일."

"잘 지냈어?"

"뭐 그냥. 차연은?"

"나도 그냥 저냥."

어색하고 얼떨떨하고 조금은 쑥스럽고, 그 와중에 반가움이 아주 조금씩 고개를 쳐들고. 설탕 가득 묻은 도넛을 와그작 깨무는 기분.

"난, 아직도 꿈을 꾸는 것 같아서."

"좋다는 거야 뭐야."

"말 그대로."

"걱정 마. 꿈은 아닐 거야."

원형이 웃었다.

"아니면 나랑 같은 꿈을 꾸는 거고."

"아까 있잖아, 시디 파는 데서 한참 있었거든. 그러다 잡지 있는

데로 막 갔던 참이라고."
"그래서?"
"그 순서가 뒤바뀌었다면 원형을 못 마주쳤을 거 아냐. 그랬다면 여기서 몇 시간을 같이 보내고도 만나지 못했을 테지. 만나기로 약속한 게 아니니 서로 찾아보거나 기다리지도 않았을 것이고."
"그래? 그런가?"
원형은 변했다. 머리를 짧게 잘랐으며 화장도 예전과 달랐다. 옷차림도 여느 화요일 저녁의 그것과는 많이 다른 분위기다. 아니. 그 정도가 아니다. 얼굴이 어딘지 변한 것 같다. 뭐가 어떻게 달라진 거지?
"나, 턱 깎았거든."
"오오, 어쩐지."
"이상해?"
"그건 물어보지 마. 그런데 턱은 왜. 티셔츠 입기 불편해서?"
"이뻐보일라구. 실은 코도 약간 높였어."
"고생했네. 원형이 연예인이야?"
"다른 사람 같아?"
"아니. 원형 같아. 고친 원형."
"히히."
오렌지주스를 홀짝 들이키더니 상을 찌푸린다. 여기, 주스에 물을 탔어.

"재미있는 얘기 해줄까?"

"재미있는?"

"놀라지 마. 아냐. 마음껏 놀래도 좋아."

"도대체 무슨."

"우리, 아까 잡지 코너에서 처음 만난 게 아냐."

"그럼?"

"그전부터 차연을 봤다구. 오래 전부터."

"오래 전부터? 나를?"

"나가야겠다. 여기 너무 시끄럽네. 나가서 얘기 해."

"오래 전부터 나를 봤다니, 화요일 말야? 906호?"

"그놈의 화요일 소리 좀 꺼내지 말아. 아직도 소매에서 식모 냄새가 나는 것 같으니까."

"그러면."

"강변예식장."

"……어."

"피로연장에서 왜 그랬어? 어차피 돈 내고 먹는 건데 죽기 살기로 달라붙어야지."

"거기 있었어?"

"결혼식장 앞에서 넥타이 풀어헤치는 모습 매우 웃겼어. 뭐라고 후까시를 잡고."

편의점에서 컵라면을 사먹고 바람 부는 강변로를 홀로 걷고 시립

오페라회관 벤치에 앉아 담배를 피우고. 원형은 한 시간 넘게 차연의 뒤를 쫓았다. 처음부터 그럴 생각은 아니었는데, 얼른 달려가 등을 치고 싶었는데, 이제 그만 아는 척을 해야지 해야지 하며 쫓다 보니 그렇게 되었다.
"형사들 그런 재미에 미행하나봐. 하도 신나고 즐거워서 노래가 다 나오더라."
"어이가 없네."
"원래 둔해? 어쩜 바보 같이 그렇게 눈치를 못 채는지. 그런데 뭐? 시디 매장이랑 잡지 매장이랑 뒤바뀌었으면 못 볼 뻔했다고? 몇 시간을 함께 지내도 마주치지 못해? 푸흐."
"어쩐지."
"어쩐지 뭐."
"어쩐지 내내 뒤통수가 따끔거리더라니."
"체."
"정말이야."
계속 바보 취급을 받을 수는 없었으므로, 과연 그런지 아닌지 따져볼 겨를도 없이 둘러댔다.
"내내 그랬어. 누군가 보이지 않는 곳에서 숨어 내 뒷모습을 훔쳐 보는 것 같은, 그런 기분 말이야."
"믿어줄게. 어쨌거나 억울하게 생각할 거 없어. 당연한 일이니까."

"당연한?"
"깊은 산 속에 나무 한 그루가 벼락을 맞아 두 쪽으로 갈라졌어. 너무 깊은 산 속이라 세상 어떤 사람도 아직까지 그 나무를 본 적이 없대. 그 나무가 벼락을 맞았을 때 소리가 났을 거 같아 안 났을 거 같아?"
"넌센스 퀴즈야, 심리 테스트야?"
"우리들 모두, 차연이고 나고, 언제 어디서나 다른 누군가의 시선 안에서만 존재할 수 있다는 뜻이야. 사람은 혼자가 아니거든. 혼자일 수도 없지. 세상은 그래서 온갖 시선과 시선들이 얽혀 돌아가는 거고."
"하긴, 나도 그런 적이 있어. 누군가를 몰래 지켜보았던."
"그래?"
"바로 원형이었어. 아마 지난달이었지?"
"헤이, 이 아저씨가 어디서 사기를 치려고."
"정말이야."
"나 믿어, 그 거짓말."
"진짜라니까."
"속아줄게."
"지난달일 거야. 성당동 북아프리카 유학원."
"……"
"오후 네 시쯤? 모르겠다. 1층 찻집의 창가 자리였지. 어떤 남자랑 단둘이."

"어라?"

왼손 엄지손가락을 세워든 원형은 오른쪽 눈썹을 살살 긁적이기 시작했다. 어린 집토끼의 머리털을 쓰다듬듯 조심히.

"날, 정말 봤구나?"

"흐흥. 이제 좀 믿어지나."

"세상에 세상에."

"아, 이거 정말로 재미있네."

"머리 감다가 강간당한 기분이야. 기가 차서. 어떻게 된 거지?"

"원형 말대로야. 온갖 시선들이 뒤얽혀 돌아가는 데가 세상이라며."

남색 앞치마를 두른 아르바이트생이 잠시만요, 처덕처덕 대걸레질을 하며 그들 사이를 지나쳐갔다. 차연은 비좁은 공간을 비껴주느라 의자를 당겨 앉아야 했다. 내가 졌어. 나가자 우리. 지상으로 연결된 계단을 올라서며 원형이 다시 팔짱을 꼈다. 말캉한 가슴이 조심성 없이 팔꿈치를 건드렸고, 그게 차연을 숨쉬기 불편하게 했다. 샴푸 냄새가 아찔했다.

잘 가는 데, 라며 자리를 옮긴 곳은 백화점 식당가의 일식집. 색과 결이 다른 생선 서너 종류가 섞인 회 접시는 하도 예뻐 젓가락 대기가 부담스럽고 새우튀김은 하도 바삭해서 씹기조차 조심스러웠다. 그나저나 지갑 속에 든 만 원 열 장이 고맙고 고마웠다. 불편했던 휴일 예식장 노역의 대가. 그마저 없었다면 집어넣는 음식마다 볼펜 뚜껑처럼 목에 걸리고 말았을 것이었다.
"아까, 누구 결혼식이었던 거야?"
"아는 사람."
"여자?"
"응."
"누구?"
"사귀던 년."
"오호라."
"원형은?"
"으응, 조금 알던 새끼."
 매실이 들어 있는 초록 술을 거침없이 들이킨다. 그러고 보니 원형은 차연을 만나기 위해, 만나서 술 마시고 수다 떨기 위해 일부러 시간을 낸 사람 같다.
"그동안 어떻게 지냈어. 아까 물어봤던가?"
"응. 그래서 여전하다고 대답했지."
"온종일 집 지키고 앉아서 늦잠 자고 컴퓨터 뚜들기고 야동 보고?"
"그렇지."
"차연 진짜 신선이야. 부러워. 회 좀 먹어라."

"할 일이 없다보면 싫어도 그렇게 살게 돼."
"아무리 할 일 없어도 난 그렇게 못 살아. 단 하루도."
"부러워하는 거야 한심해 하는 거야."

그때다. 문득 떠오르는 게 있으니 908호 노인의 죽음과, 그리고 전당포에서의 믿을 수 없는 재회로 이어지는 일련의 이상한 이야기들. 그것은, 어디선가 행색 꾀죄죄한 걸인이 다가와 식탁 위에 시커먼 손을 내미는 것처럼, 참으로 바람직하지 못한 개입이었다. 불편한 속내를 숨기기 위해 고구마튀김을 집어들고 치와와처럼 아작아작 씹기 시작했다.

매실주 세 병을 비우고. 지하 술집으로 자리를 옮겨 맥주를 마시고 노래를 부르고 미친 척 껴안고 블루스를 추고. 진이 빠져 거리로 올라서니 11시가 넘었다. 원형은 눈 밑 발갛게 술이 올랐다. 차연은 그보다 더 취했다.

택시 좀 잡아봐.

도로턱 아래로 내려선 차연이 달려드는 불빛들을 향해 Y시, Y시를 외쳤다. 빈 차 일곱 대를 놓치고 합승 다섯 대를 보내고 20여 분 만에 택시를 잡아 세우는 데 성공했다. 정말이지 그러려고 작정을 한 사람처럼 술 마시고 수다 떨고 노래를 불러대던 원형은 택시에 들어선 이후에도 차연의 손을 놓아주지 않았다. 그러려고 작정을 한 사람처럼.

갈 거야?

그럼.

같이 가.

어딜?

오오, 그렇게 정색을.

재워줄 건가.

1000-7번 다닐 시간까지.

새벽 시장 번잡한 의류 전문상가 거리를 지나 강서 고가도로를 타고 도색 공사 한창인 7호 터널을 벗어나자 택시는 제대로 속도를 냈다. 밤의 시간들이 차창 밖으로 날렵하게 비껴갔다. 원형은 의자 등받이에 머리를 기대고 눈을 감았다. 잡은 손을 여전히 놓지 않고 있다. 잠이 든 것 같기도 하고 그렇지 않은 것 같기도 하다. 함께 밤차를 타고 어딘가를 달리는 상황. 이유없이 가슴이 답답했다. 그래서 창문을 내리고 크게 심호흡을 했다. 원형이 깍지 낀 손아귀에 힘을 주었다. 꽈악, 꽈악, 꽈악. 세 번 연달아. 침몰한 선체 밑바닥을 향해 아득한 모르스 부호를 보낸다.

솔직히 말해.

뭐를.

나 생각하면서 혼자 한 적 있어?

……?

혼자 말야. 휴지에다.

아이 씨, 별 소릴.

번쩍 눈 뜬 원형이 세차게 목덜미를 잡아끌었다. 어어, 잠깐. 따뜻하고 축축한 혀가 저항할 새도 없이 입술 사이로 불쑥, 해삼 요리처럼, 비집고 들어왔으므로 차연은 어깨를 조금 떨었다. 들큰한 매실주 냄새가 별빛처럼 쏟아졌다. 어느 틈에 바지 속은 실컷 발기가 되어 황당하고 불편했으며 원형의 불룩한 블라우스 위에 손을 가져가는 꿈을 다독거리느라 운전기사의 눈치를 볼 새도 없었다.

대림 슈퍼마켓에 다닐 때이다. 매일 아침 여덟 시 정각이면 집을 나와 재래시장 앞으로 지나가는 마을버스를 탔다. 가게는 아홉 시 넘어 문을 열었지만 그 전에 준비해 둘 것이 많았으므로 직원들은 늦어도 여덟 시 반까지 출근을 해야 했다. 보이지 않게 비가 뿌리는 아침이었다. 정류장 근처의 가로수 아래에서 비를 피하며 마을버스를 기다렸다. 스물여섯이던 차연은 그날 아침 처음으로 화장품 가게를 발견했다. 정류장 근처의 상가 어디쯤에 예전부터 있었지만, 아마 그랬을 것이지만, 그리하여 수련 화장품은 차연에게 그날 아침 세상 처음으로 존재하게 되었다. 가게 문을 막 연 모양인가. 활짝 열린 유리문에 '국산 3종 30~45% 할인!' 매직펜 글씨의 노란 형광용지가 붙어 있고, 여자는 가게 앞 가판대에 물건들을 부지런히 날라 옮기는 중이었다. 플라스틱 바구니마다 담긴 것은 헤어스프레이며 싸구려 색조화장품과 샴푸, 브러시 같은 물건이었다. 이른 아침부터 보이지 않게 뿌리던 비 한 방울이, 한순간 여자의 팔등이나 목덜미에 똑 떨어진 모양이다. 바쁘던 움직임을 문득 멈추더니 어라? 하는 표정으로 하늘을 올려다본다. 가게 앞에 물건을 진열해도 좋을지 고민하는 여자의 미간이 아주 조금 찌푸려졌고, 그 얄미운 윤곽이, 아무 준비도 되어 있지 않은 차연의 시야 속으로 콱 들어왔다. 한순간 시간이 멈추었다. 기다리던 8번 마을버스가 마침 도착했고, 기사가 운전석에서 내려 담배 한 갑을 사 오고, 그리고도 꽤 오랜 시간 승객을 기다리다가 출발했지만, 차연은 여전히 멈춘 시간 속에 있었다.

그날 저녁. 8번 마을버스를 타고 같은 장소에서 내린 차연은 태어나 처음으로 화장품 가게란 곳을 찾아갔다. 왜 자신에게 이런 일들이 일어나고 있는 건지 알 수가 없었다.

피에르가르뎅 또니끄 퓨리피앙 중지성용. 슈퍼마켓 여직원이 일러주다 못해 쪽지에 적어 건네기까지 했던 이름을 대자 여자는 의심 없이 서랍장을 뒤져 우윳빛 유리병 하나를 케이스에 담았다. 계산을 치르고 거스름돈과 화장품 회사 로고가 찍힌 종이봉투를 건네받고 그리고 묘한 시간이 남아 흘렀다. 면접관 앞에 선 사람처럼 뻣뻣하게 고개를 쳐든 차연이 자기 이름을, 나이를, 어디에 살며 하는 일은 무엇인지 등등을 쉬지 않고 늘어놓았다. 여자는 고개를 갸웃거렸다. 그게 무슨 소리죠? 찾으시는 게 더 있으세요?

남자친구 있나요.

......예?

농담하는 거 아닙니다. 남자친구 있나요.
혹시 누구와 닮았다는 소리 들은 적 없나요, 그렇게 묻고 싶었는지도 모른다. 한참만에 여자는 웃었다. 고민 끝에 자기 잘못을 털어놓는 사람처럼 말이다. 그리고 차연은 아득하게 놀랐다. 그 웃음. 온종일 혼란스럽던 의문의 대답을, 그 웃음으로부터 찾아낼 수 있었던 것이다. 느닷없이 떠오른 얼굴은 엉뚱하게도 Y였다. 화장품 가게의 여자와 Y가 닮아 있다는 것. Y. Y라니. 아니, 왜 갑자기 나에게 이런 일들이 일어나는 거지?
건물 귀퉁이와 담벼락이 비좁게 마주선 통로. 세 채 나란히 늘어선 반지하층의 마지막 집. 땅 밑으로 내려가는 시멘트 계단에 LPG 가스통이 비스듬히 서 있다. 형광등이 껌뻑껌뻑 집안을 밝혔다.
들어와. 나 되게 못 살지?
그런 거 같네.
차 줄까?
아니.
씻을래?
나중에.
……그럼 이리 들어와.
순순히 손 잡힌 채 방으로 들어섰다. 반 접힌 이불이 구석 자리에 밀쳐져 있다. 방바닥은 따뜻한 편이다. 헤어지던 날 생각나? 차연 집에서 말야. 블라우스 단추를 끄르며 원형은 종알거렸다. 마지막으로 한 번 하자고 했더니 거절했잖아. 얼마나 서운했는데. 하고 싶은 거 못해서가 아니라, 하여간 야속했다구. 러닝셔츠를 벗고 벨트를 끄르고 바지를 벗고 팬티를 벗던 차연은, 뚫어질 듯 함빡 젖은 팬티 앞부분이 부끄러워졌다. 미안해. 그땐 정말 그랬어. 갑자기 어깨에 힘이 빠져서, 도저히 못할 것 같았거든. 사막처럼 벗은 몸을 쓰다듬는다. 어둔 시야 속으로 천장의 벽지 주름이 보였고 칠이 벗겨진 장롱 모서리가 들어왔다. 슬픔. 은밀한 슬픔. 모래와 먼지의 바다. 뒤에 가 아주 작은 기억으로 남게 될 섹스의 느낌들. 원형을 만나고 있으면, 정말 이상해. 그동안 알고 지냈던 여자들을 모두 만나는 것 같아. 한 명씩 한 명씩, 반가워할 새도 없이 그들 속으로 정신없이 빠져 들어가는 느낌 말야.

좋은 소리야?

모르겠어. 느껴질 뿐이야.

오후 반지하 셋방

눈을 떴다. 간유리창 밖이 뽀얗게 밝아 있다. 시계를 보았다. 오후 세 시. 집 앞 골목에서 심야할증 택시를 내린 것이 새벽 한 시쯤이다. 오랜 섹스가 지나간 뒤 어둔 방에 누워 이런저런 이야기를 주고받았다. 중간에 화장실을 한 번씩 갔다 오고, 그리고 잠이 들었을 것이다. 그렇다면 적어도 열 시간 이상 꿈도 없는 잠에 빠져 있었던가. 두런두런 사람들 소리. 발소리 여럿이 창문 가까운 근처를 저벅저벅 지나가고 있다. 이웃집 아낙들인 모양이다.

옆자리. 알몸의 원형이 팔등으로 얼굴을 가린 채 누워 있다. 고무장갑처럼 늘어진 팔을 치우자 잠든 얼굴이 드러난다. 화장품 가게 점원을 닮은, Y를 닮은, 이제는 더 많은 나이를 먹었을 그들의 죽은 듯 눈 감은 얼굴이.
 일어나. 잠깐 일어나 봐.
 어깨를 잡아 흔들었다. 한참 만에 끄응, 소리를 낸다.
 일어나라니까.
 왜.
 잠 기운 가득 묻은 목소리.
 세 시야.
 그런데.
 이러다가 굶어 죽겠어.
 아아, 아아아
 누운 채 온몸이 찢어져라 기지개를 켠다.
 스무 시간만 더 잤으면 좋겠네.
 이렇게 자보긴 처음이야. 방안에 수면제 가루가 떠다니나 봐.
 배고프지?
 응.
 뭐 먹을까.
 이불을 들추고 일어선 원형은 전화기 쪽으로 무릎걸음을 했다. 반지하 창문을 타고 들어오는 오후 햇살에 적당히 나이 먹은 알몸이 부끄러움 없이 드러났다.
 우리, 이렇게 하면 어떨까.
 어떻게.

일단 피자 한 판 시켜먹자. 이따가 밥 해줄게.
이불을 쓰고 엎드려 배달되어 온 피자를 먹었다. 선글라스 쓴 토끼들이 등장하는 TV 만화영화를 보며 차연은 두 쪽 원형은 한 쪽 반. 피자 어때? 좀 짜. 치즈가루 많이 뿌리지 마. 안 뿌렸어. 그럼 콜라 마셔. 먹은 자리를 대강 치우고 원형의 노란색 칫솔로 번갈아 이를 닦았다. 창문을 열고 그 앞에 나란히 서서 담배를 피운 뒤, 달리 할 게 없었으므로, 다시 자리에 누웠다. 그새 방안은 어둑해졌지만 불을 켜지 않았다.
또 졸렵네.
나도.
우리 조금만 더 잘까?
응.
돌아누워도 돼? 그게 편해서.
좋을 대로.
몽롱한 잠 기운이 거미줄처럼 가볍게 얼굴을 덮는다. 한 발 두 발. 희미한 의식 속으로 걸어 들어가며, 차연은 잠 속에 빠져드는 자신의 뒷모습을 멀리 바라보았다. 잠든다. 잠들고 있다. 잠으로부터 감쪽같이 죽임을 당하고 있다. 얼마 후 잠에서 깬 나는 지금의 나와 전혀 다른 사람이다. 잠은 죽음이다.
하늘이 보이지 않을 정도로 우거진 숲길이다. 한참을 걸었다. M&B의 전나무 길이다. 짙은 안개가 길 앞을 흐릿하게 가리우고 있다. 왜 다시 이 길을 걷게 되었을까. 2318호 수면장애 임상실험? 하지만 얼마 전에 프로젝트가 중단되었는데? 그러다가 잠에서 깨었다. 방안은 어둡다. 몇 시나 되었을까. 늦은 저녁이거나 혹은 새벽 나절일 것이다. 등 뒤에 원형의 맨살이, 그만큼 가까워진 체온이 느껴진다. 원형도 잠에서 깬 모양이다. 손 하나가 차연의 팬티 안에 들어와 있다. 두 손가락으로 늘어진 살덩이를 만지작거리고 있다.

깼어?

응.

우리 아기. 엄마가 손으로 해줄까.

에이 참. 됐네요.

그럼 돌아누워.

싫어.

어허, 반항을?

아야!

날이 밝았다. 이틀째이다. 늦은 아침 식사를 준비하는 동안 차연은 이불을 개고 방을 치웠다. 둥근 2인용 밥상 위에 된장찌개와 오이김치와 가지나물과 계란찜과 구운 김이 올라왔다.

"반찬 진짜 없다. 뭐 좀 사올까?"

"나 혼자 있을 땐 꿈도 못 꿀 음식들이야. 오오, 이 찌개!"

"왜."

"죽을 것 같아. 맛있어서."

상을 물리고 다시 원형의 노란 칫솔을 빌려 이를 닦고, 장롱에 등을 기대고 앉아 담배를 물고 신문을 뒤적였다. 그새 오후가 찾아왔다. 반지하 방에 오후 햇살이 머물고 가는 시간은 턱없이 짧다.

"오늘이 화요일?"

"응."

"만난 지 벌써 이박 삼일이네."

"그동안 뭘 했나."

"먹고 자고 자고 먹고."

"하여간, 고마웠어."

"뭐가."

"사실 그저께 말야. 나 되게 우울했거든."

"그저께면 일요일이잖아. 우리 만났던."

"그렇지."

"왜."

"……."

"말해 봐."

"일이 하나 있었어. 오래 전에 예정된."

"예정된?"

"말하자면, 사전에 정해졌던 날짜가 어김없이 찾아왔던 거야. 갑

작스러운 사건은 아닌 셈이지."

"무슨 일인지는 모르겠는데, 그렇다면 우울해 할 일은 아닌 것 같네. 문제가 있다면 피할 수 없는 날짜가 애초에 정해지던 때일 테니까. 우울은 그 날짜로 보내버리면 되고."

"알아. 말처럼 쉽지가 않아서 그렇지."

원형의 얼굴이 어두웠으므로, 더 이상 캐묻지 않았다.

"어쨌거나 다행이야. 덕분에, 차연이 같이 있어줘서."

전화가 울었다. 마루 쪽이다. 냉장고 옆 콘센트에 휴대폰 충전기가 연결되었고, 그쪽으로부터 풀벌레 소리가 연달아 이어지고 있다. 커피 잔을 내려놓은 원형은 마루로 달려 나갔다. 여보세요. 아 예, 안녕하셨죠. ……잊기는요. 예, 알아요. 오늘 다섯 시에. 그래요, 그럼 이따가 봐요 ……. 가서 말씀드릴게요. 예, 예. 그럼. 예, 들어가세요.

"어디 나가?"

"응."

"바쁘네."

"피자 남은 거 데워 먹으면서 TV 보고 있어. 늦지 않게 돌아올 테니."

"집을 보라고?"

"왜, 싫어?"

"싫다기보다, 이제 가봐야지. 어영부영 저녁 되면 가기가 또 어려워질 텐데."
"가봐야 꼬리 흔들어 줄 개새끼도 한 마리 없으면서."
"나중에 또 올게."
"알아서 해. ……실은 부탁할 게 있어서."
"부탁?"
"아르바이트 같은 거라고 생각하면 되겠네. 그 얘기 좀 할까 했지."
"아핫."
"왜 그래?"
"반가와서. 실은 나, 굶어 죽기 일보직전이었거든."
"그런 거 같았어."
"뭐든 할게. 시체 닦는 일도 좋고 매품팔이도 할 수 있어."
"매품팔이라. 차연이 무슨 흥부야?"
"흥부보다 나을 게 없으니."
"아무 일이라도 좋다 이거지."
"그렇다니까."
"죽는 일도?"
"물론이지. ……뭐라고?"
"남 대신 죽는 일 말야. 대신 매를 맞는 게 아니라."
"그건, 어어, 생각 좀 해봐야겠는 걸."
"아무거나 할 수 있다며?"

"그야 그렇지만. 에이, 말도 안 돼."

"왜 말이 안 돼."

"생각해 봐. 달랑 통조림 하나 살 돈밖에 없는 사람이 그 돈으로 냉큼 깡통을, 아니, 깡통따개를 샀다 이거야."

"아니 왜?"

"왜는 왜. 통조림 따려고 그랬겠지."

"하지만, 그러면 통조림 살 돈이 없어지잖아. 그 바보 누구야? 혹시 차연 아냐?"

"바로 그런 경우라 이거지. 말이 이상한가? 어쨌거나 그런 일은 아니었으면 좋겠어."

"설마 아니겠지. 뭐, 크게 다를 것도 없지만."

"다를 게 없다고?"

"산다는 일이 그렇잖아. 매사에 혁명을 치르는 거니까."

"혁명?"

"응."

"혁명이라?"

"그렇다니까."

"원 세상에."

"아니 왜?"

"그런 말을 하는 사람이 우리 옆집에 살거든."

우하하, 원형이 소리 내어 웃었다. 양손을 펼치더니 덥석 차연의 얼굴을 잡는다. 배구공 잡듯, 철썩 소리가 날 정도로.
"차연은 순수해. 젖 뗀 강아지처럼 보들보들. 그게 마음에 들어."
네 시쯤 함께 집을 나섰다. 큰길 버스 정류장까지 차연을 태워준 원형이 운전석에 앉아 손을 흔들었다. 들어가, 전화할게. 차비 있지? 차연은 차 안을 향해 허리를 굽히고 세차게 손을 흔들어 주었다. 그러지 마, 제발 그렇게 하지 마, 외치듯. 원형의 흰색 승용차가 오후의 거리 속으로 천천히 스며들었다. 좌회전 신호를 받아 굽은 길 저편으로 사라진다. 오래지 않아 1000-7번 좌석버스가 도착했다.

여자는 늘 피곤했다. 수련 화장품은 매일 여덟 시에 문을 열어 밤 아홉 시에 닫았다. 주인 여자는 오후 서너 시에 한 차례 들러 기껏 한 시간 가량 장부를 뒤적이다가 일어서곤 했다. 고등학교를 졸업한 뒤로 일자리로부터 놓여난 적이 단 하루도 없다는 여자는 할로겐 불빛이 지나치게 밝은 수련 화장품 안에서 하루의 절반을 보냈다. 퇴근 후 여자를 만나기 위해서는 늘 수련 화장품으로 찾아가야 했다. 가게문을 닫을 때까지 많은 시간이 남아 있었으므로 근처 식당에서 부대찌개 따위를 시켜 함께 저녁을 들었다. 동그란 플라스틱 보조의자는 차연의 차지였다. 2평이 될까 말까한 가게 안에서, 다탁에 신문지를 깔고 시켜온 찌개를 나누어 먹고, 진열장 구석의 조그만 흑백 TV를 같이 보고, 이런저런 이야기들을 나누고, TV를 보고 이야기를 나누며 그러다가 키스를 하고, 그러다가 몸을 더듬고. 늘 피곤해서 그랬을까 여자는 키스나 신체 접촉에 적극적이지 않았다. 싫다기보다 귀찮아하는 눈치였다. 격주 일요일마다 가게는 문을 닫았다. 놀이공원. 영화관. 고궁. 축구장. 백화점. 락 콘서트. 교외의 강가. 불행히도 여자는 돌아다니는 것을 좋아하지 않았다. 수련 화장품 아닌 곳에서 더 오랜 시간 여자를 가까이 하고 싶었던 차연은 그래서 첫째 셋째 일요일이면 마음이 더욱 바빠졌다. 휴무를 앞둔 어느 토요일 늦은 저녁, 도시에서 멀리 떨어진 놀이동산에 여자를 이끌고 갔다. 야간개장을 기념하는 세계 가면불꽃놀이 행사가 있었다. 밤 11시쯤, 내내 말이 없던 여자는 끝내 엘리스 가면을 벗어 던졌다. 슬픈 얼굴이었다.

나 집에 갈래.

응?

피곤해. 쓰러질 거 같아.

……싫은 거구나.

무슨 소리야. 집에 가 쉬고 싶을 뿐이라고.

정말이지 우린, 문제가 조금 있다.

이해를 못하네 차연.

이해를 못해? 내가?

난 지금 입을 놀리기도 힘들 정도야. 지난 일주일 내내 50시간을 정신 나간 여자처럼 일만 했어. 그리고 지금은 죽은 사람처럼 잠을 자야 한다고. 왜 이렇게 날 괴롭히는 거야?

사우전드 캐슬 쪽 밤하늘로부터 마침 초록 불꽃 한 다발이 환히 피어올랐다. 퍼엉. 그 빛에 여자의 얼굴이 더욱 창백해졌다.

내가 잘못했어. 그럼 우리 가자. 바래다줄게.

비오는 아침의 출근길, 난생 처음 세상에 나타난 마을버스 정류장 근처 화장품 가게. 그때 차연은 여자를 보았고 그 속의 Y를 발견했다. 퇴근 후 망설임 끝에 화장품 가게를 찾아간 것도 그 점과 무관하지 않았다. 왜 갑자기 자신에게 이런 일들이 일어나고 있는 건지 알 수 없었다. Y는 TV에서 뉴스를 진행하는 여자 앵커였다. 개인적으로 아는 사이는 물론 아니었다. 그럼에도 매일 저녁 어느 시간이 오면 차연은 Y를 만났다. 홀로 저녁식사를 하며, 마루에 비스듬히 누운 채, 늘어지게 하품을 하고 사타구니를 긁적이며, 혹은 칫솔을 물고 세면대를 오가며. MBC 아홉 시 뉴스. 데스크에 앉아 단정히 두 손을 모으고, 단정한 표정으로 단정하게 입을 놀리며 뉴스를 전달하는 Y의 단정한 미소를. 그럼으로 Y와 닮은 누군가와 문득 마주쳤을 때, 그 사람으로부터 Y의 인상을 냉큼 떠올렸다 해서 이상할 것은 없으리라. 그렇다면 Y를 흠모했던가. 흑백영화 속 금발미녀를 짝사랑하는 중학생처럼, 그랬던가. 그런 것 같지는 않다.

봄날의 한가운데. 처음 원형을 만났을 때이다. Y와, Y를 닮음으로 해서 사귀게 된 어느 여자와, 과장되거나 소실된 채 남겨진 기억들 앞에서 한순간 머리가 복잡해졌다. 그리하여 보도블록 틈새에 발목이 빠진 사람처럼 한참을 그 자리에 서 있었다. 내게, 또다시 이런 일이.

집 동네에 도착할 때까지 해는 저물지 않았다. 며칠 만에 돌아온 아파트 단지는 조금 생경했다. 드러난 풍경 속의 모든 것들이 들키지 않을 정도로 조금씩 위치를 바꾼 것 같다. 저편 101동 건물 모서리가 눈에 들어온다. 참으로 따분하구나. 2박 3일, 그보다 몇 배 더 한 시간이 흘렀다 해도 마찬가지이다. 일상으로 돌아오는 길 앞에 서는.

"어디 댕겨오셨나봐요?"

엘리베이터를 기다리고 있을 때이다. 고동색 제복의 아파트 경비원이 다가왔다.

"예, 며칠 어디 좀."

"으쩐지. 기신가 안 기신가 906호로 뒈번 찾아갔거등요. 초인종을 누르고 문을 두들기고 해도 대답이 없걸래 어디 가셨는갑다 했지."

"왜……"

나이 든 경비원은 금니를 드러내며 웃었다.

"엇저냑에 손님이 찾아왔더랬어여."

"손님이요?"

종이조각을 내민다.

"906호 쥔냥반 어디 갔냐더라구여. 낸들 알 턱이 있나. 그랬더니 이놈을 주고 가는데 내가 주머니에 느놓고 댕기다 이자뿔까봐 어제도 들르고 오늘도 들르고…….."
"누구지?"
"허여멀건하게 생겨서 다리를 좀 절든데. 무어 거기로 즈나 걸어 보시문."
"다리를 절어요?"
명함은 눅눅하게 구겨져 있었다. 남부 경찰서 수사과 형사2계 임숭도. 아니, 이 사람이 왜 또? 차연의 석연찮은 표정을 읽은 경비원이 한마디 거들었다.
"동네에 요상스런 일이 또 생겼어요."
"요상스런 일이요?"
"말하자면 그래여. 아이구우, 멀쩡한 늙은이가 머리가 깨져 죽지를 않나, 내가 온 살다가 살다가…….."
무슨 일인데요 물어보려다 입을 다물었다. 누군가와 마주 서서 이야기를 주고받아야 한다는 것이, 순간 몹시도 피곤하게 생각되었던 것이다. 한바탕 수다를 뱉어낼 기세이던 경비원 역시 무슨 일로 마음이 바뀌었는지 공연히 샐쭉한 표정이 되어 슬그머니 물러서고 만다. 엘리베이터가 열렸다.

생물학적 소재의 유전자 합성인간

여깁니다.

소방서 사거리의 3층 찻집에 들어서자 구석 자리에 있던 임 형사가 엉거주춤 일어서는 시늉을 했다. 약속 시간보다 20분이 늦은 차연은 바쁜 걸음으로 실내를 가로질렀다. 바쁘실 텐데 죄송합니다. 그러자 휘휘 손을 내젓는다. 저도 막 왔는 걸요. 차 시키시죠, 난 사이다나 한 잔. 종업원이 조심히 대꾸했다. 저기, 잔으로는 안 파는데. 그럼 병으로 가져오쇼. 차연은 눈언저리를 고양이처럼 자꾸 쓰다듬었다. 이부자리에서 눈을 뜬 게 고작 30분 전이다. 그 흔적이 얼굴 위에 눈곱처럼 달라붙어 있을 것만 같다. 잘 지내셨나요, 하자 절레절레 고개를 흔든다. 잘 지내기는요. 그럴싸한 단서 하나

잡히는 게 없고 위에서는 적당히 마무리하라고 성화고. 아래위로 짓눌려서 삶은 감자처럼 으깨지다 보면 별 황당한 사건이 툭 튀어나와 사람을 오도 가도 못하게 맨들고. 실례합니다, 종업원이 껴들었다. 아이고 목 탄다. 따라 마시라고 얼음 채운 잔을 함께 가져왔건만 음료수 깡통에 입을 대고 벌컥벌컥 들이킨다. 크으.

"황당한 사건이요?"

908호 혹은 영광전당포의 노인이 불쑥 떠오른다. 노인의 부활이, 그 사실이 발견되었을까. 결국 그렇게 된 것일까.

"김시민이 죽었습니다."

"어."

"사흘 전이었습니다. 슬픈 일이죠."

"……."

"놀라시는군요. 그러지 마십시오. 다음 이야기를 꺼내기가 부담스러워집니다."

"다음 이야기가, 또, 있나요?"

"물론이죠. 명색이 형산데, 고작 사람 죽은 걸 황당하다고 했겠습니까."

"그럼 무슨 이야기가. 혹시, 부활?"

"농담을 다 할 줄 아십니다 그래. 부활이라니. 백두산도 시나위도 아니고."

"그럼요?"

"그게…… 거 참, 입 밖에 내기도 골 까는 소리라서."

고개를 빼들고 실내를 휘둘러본다. 오후의 찻집은 텅 비어 있다.

"놀라지 마십시오. 아니, 놀라도 할 수 없습니다."

"……."

"김시민 그 친구, 사이보그더군요."

"사이보그?"

"과학수사국 사람들이 자세히 설명을 하던데, 레플리컨트? 그게 정확한 명칭이랍니다. 생물학적 소재로 만들어진 유전자 합성인간. 어렵죠?"

"그 사람이 그럼."

"사람이 아니었던 거죠. 완전히 속았지 뭡니까. 이건 플라스틱 꽃을 보고 예쁘다 향기롭다 감탄했던 꼴이니."

"아이구 머리야."

"고정하세요. 더 들으셔야 할 말이 많습니다."

끄르륵, 탄산가스 트림을 뱉어낸다.

"우리가 잘 몰라서 그렇지, 네덜란드 같은 나라는 이미 국민 1만 명당 한 명이 레플리컨트라는군요. 그 얘기 듣고 저도 되게 놀랐습니다. 물론 광물 채취 단지나 핵 처리 시설 등 허가된 지역 외에 거주할 수 없게 되어 있죠. 문제는, 그 관리가 불법체류자 다루는 만큼이나 힘들다는 겁니다."

"왜요?"

"사람과 구별이 힘들기 때문이겠죠. 그렇지 않습니까. 우리만 해도 김시민이, 뭐냐, 사람이 아닐지 모른다는 의심을 꿈엔들 가져봤냐고요."

"그렇군요."

"보이트캄프 머신이라는 기계로 동공 근육의 움직임을 감지하는 게 통상적인 색출법이랍니다. 그러니 찻길 막고 음주 단속하듯 레플리컨트를 골라내는 일은 거의 불가능하다 이거죠. 여권 같은 거야 돈 3만 원이면 얼마든지 위조할 수 있는 문제고. 쌍소리 좀 하자면 이거 졸라 불공평한 일 아닙니까? 나처럼 로봇 다리 하나 해 넣은 놈은 척 보기에도 다리 병신인지 알 수 있고, 몸 전체가 인조 유기물질로 만들어진 그것들은 섹스파트너조차 정체를 눈치채지 못한다니."

101호 경비원의 침울한 표정이 떠올랐다. 내가 원 살다가 살다가……

"누가 그를 죽였나요."

"죽여요?"

"김시민 말입니다."

"아하. 회덕 지나 대전까지 앞서가셨구만. 살해를 당한 게 아닙니다."

"그렇다면 교통사고? 연탄가스 중독? 아니면,"

"아니면 뭐요."

"자살을 했다던가."

"에이구, 자살이라면 차라리 났겠네요. 비록 그가 들뢰즈나 전혜린은 아니었지만."

임 형사의 얼굴은 뜻밖에 어둡다. 레플리컨트와 뜻밖의 사랑에 빠지고 만 추적자 블레이드러너.

"자연사였습니다. 말 그대로 수명이 다했던 거죠. 건전지 떨어진 리모컨이 더 이상 TV를 조정할 수 없듯, 할당된 죽음을 통해, 아무 저항도 없이, 그렇게 자신의 정체성을 세상에 드러낸 겁니다."

K시 시립도서관 4층 인문학 자료실. 분류기호 199.2-223.55〈경구. 비구종교. 불교일반〉의 13번 책장과 분류기호 188.5ㅂ-199.1ㅎ〈윤리학. 도덕철학. 심리학〉의 12번 책장 앞. 열람용 탁자 두 번째 칸에 엎드린 채 김시민은 숨을 거두었다. 사서의 진술에 의하면 오후 세 시경부터 두 시간 이상을 그렇게 엎드려 있었다고 했다. 누군가 두꺼운 책을 베개삼아 곤한 토막잠에 빠지곤 하는 것은, 열람실에서는 종종 볼 수 있는 모습이었으므로 별다른 의심을 가질 이유가 없었다. 마지막 시간을 맞은 김시민이 탁자 위에 쌓아 올린 책들은 『한국전쟁사 제4권-낙동강에서 압록강으로』 『자기 의식과 존재사유-칸트 철학과 근대적 주체성의 존재론』 그리고 『루터-하나님과 악마 사이의 인간』 등 세 권이었다. 모두 그곳 인문학 자료실의 현대 한국사, 철학 형이상학, 기독교 성서 코너에서 뽑아온 것들이었다. 미심쩍은 징조가 시작된 것은 5시 15분경. 자료실 안

은 딸꾹질 소리가 울려 퍼질 정도로 조용했다. 아르바이트생이 손수레를 드르르륵 밀며 서고 사이를 오가고 칸막이 너머 복사실에서는 복사기 움직이는 소리가 불빛 그림자에 맞추어 위잉 철컥 이어졌다. 창 밖으로는 저편 초등학교 운동장의 아이들 함성 소리가 가을바람을 타고 살랑거렸다. 그렇게 고요한 오후 속이었다. 어디선가 타는 냄새가 나기 시작했다. 냄비 바닥이 눌거나 낙엽 태우는 냄새와는 다른, 페놀 계통 열경화성 플라스틱이 연소할 때처럼 고약하고 기분 나쁜 종류였다. 이게 무슨 냄새지. 어디서 불이 났나 봐. 냄새만큼이나 빠른 수군거림이 열람실 주위로 퍼져나갔다. 책에서 고개를 쳐든 열람객들은 사막의 파수꾼 수리카타처럼 길게 목을 빼고 좌우를 두리번거렸으며 불안해진 사서 한 명이 벌떡 일어서 사태 파악에 나섰다. 그때였다.

흐익, 저 연기 봐!

사물함에서 가방을 꺼내어 메고 돌아서던 여학생 한 명이 소리를 질렀다. 김시민이었다. 그가 엎드려 누운 자리 주위로 희푸른 연기 두어 줄기가 가늘게 피어오르고 있다. 사서는 순간, 매우 이상하다고 생각은 하면서도, 정신없이 잠에 빠진 남자의 바지 주머니 속 어떤 물건이, 라이터나 성냥 혹은 주머니 난로 같은 것이 혼자 불타고 있는 것 아닌가 얼핏 넘겨짚었다. 이거 보세요. 일어나세요. 아이, 이거 봐요. 등판을 몇 차례 잡아 흔들다가 감정 따라 거세진 강도로 어깨를 밀쳤다. 김시민의 사체가 물 채운 고무 인형처럼 의자 아래로 철벅 쓰러졌다. 사서는 물론 놀랐다. 사태를 예의 주시하던 주위 사람들도 마찬가지였다. 그러나 바닥에 모로 쓰러져 누운 남자의 몰골을 확인했을 때의 충격에 비할 정도는 아니었다. 부릅뜬 눈과 콧구멍과 입가. 흰 연기는 그로부터 스멀스멀 새어나오고 있었다. 쐐애애액! 사서는 듣기 민망한 고함을 길게 내질렀고, 돌아서 놀라운 속도로 달리기 시작했으며, 불행히도 출구 앞에서 어느 청년과 딱 소리를 내며 충돌하고는 벌렁 나자빠졌다가, 다시 정신을 차리고 복도로 뛰쳐나갔다.

"레플리컨트들은 일생에 단 한 번, 죽는 순간에만 고통을 느낀다고 합니다. 정밀하게 조합된 생체 회로가 끝내 작동을 멈추고, 신경 전류 수치가 급속히 올라가고, 독립된 조직들은 오류 데이터를 받아들이며 기계적인 손상을 일으키고, 과열이 되고. 뇌 조직의 활동이 멈출 때까지 연소 시간은 10분 안팎?"

"끔찍한 일이군요."

"끔찍하죠. 세상 구경을 한 지 7년 만에 처음으로 몸이 타들어가는 고통을 접하며, 생을 느끼며, 그렇게 삶을 마감했으니."

"7년?"

"최대 7년으로 생명이 제한되어 있다더군요. 기술적인 문제 때문에 그 이상 견디는 유기 생물체는 아직 만들지 못한답니다. 그래서 설계 당시부터, 아예 수명을 7년으로 제한하는 장치가 내장되어 있다는 거죠. 통조림 바닥에 유통기한을 찍어 넣듯."

"그럼 김시민이, 일곱 살이었다는 말인가요?"

"애매한 문제네요. 만들어질 적부터 이미 20대 초반의 신체와 지식수준 등이 프로그램 되었을 거 아닙니까. 그 상태로, 말하자면 20대 초반으로 7년을 살아갔으니. 이걸 일곱 살이라고 해야 하나 20대 초반이라고 해야 하나. 아니면 20대 후반이라고 해야 맞는 건가."

금테 안경 속 눈동자가, 한순간 초록빛으로 슬프게 흔들리고 있다. 잘못 본 것일까.

"죽은 사람은 속 편합니다. 아널말로 죽은 사람은, 교수대에 매달리든 자살을 했든 생산된 지 7년이 지나 몸 안 유기물질이 자연 연소를 했든, 밥숟가락 내려놓는 순간 그걸로 끝이니까요."

"형사들은 그때부터 일이 시작되겠지요."

"바로 그겁니다. 세상에 널려 있기로 따지자면 죽음만큼 흔한 게 없거든요. 하지만 막 쪼개진 배추 속처럼 깨끗하고 예쁜 죽음은 찾아보기 힘들다 이거죠."

"김시민…… 그의 죽음이 깨끗하고 예쁘지 못하다는 말씀인가요."

"남겨진 것이 그렇지요. 죽음이 아니라."

"남겨진 것이요?"

"그가 죽어간 자리에, 짧은 메모 한 장이 남겨져 있었습니다."

복사용 대출 신청용지. 5개월 된 신참 형사가 사건 현장에 놓인 책을 집어 들고 무심코 갈피를 뒤적이지 않았더라면 조악스러운 김시민의 유서는 발견되지 않았을지 모른다. 주민등록번호와 이름과 연락처와 복사할 자료 제목과 분류기호를 적는 노란 대출 용지. 그 뒷면에 그의 것으로 생각되는, 성의 없는 날림 글씨가 휘갈겨져 있었다.

신연동 임대아파트 노인 살해사건의 범인은 나다. 내가 노인을 죽였다. 이 글을 읽은 당신은, 하마터면 미제로 분류되었을 뻔한 살인사건의 범인을 알게 되었다. 그게 나다. 그런데 내가 누구인지, 나는 모르겠다. 누군지 모를 당신의 앞날에는 부디 이런 혼란의 순간이 찾아오지 않기를 바란다. 죽음을 앞두고, 어쩌면 이미 그 경계를 넘어섰을지 모를 시점에 이런 글을 남기는 것은 살인사건의 처리를 두고 밤낮으로 머리가 아플 사람들을 위해서이다. 나의 작은 배려에 쓸모 없는 의심을 끌어들여 아까운 시간을 낭비하는 이가 없기를.

"아니 그럼. 그러면."
"예. 908호 주응달 노인을 살해한 자는 김시민이었습니다. 누가 팔을 비틀며 강요한 게 아니라 그가 스스로 자백한 내용입니다. 믿지 않을 이유가 없겠죠."
"……"
"사건 수사는 이렇게 종결되었습니다. 그리고 이 같은 사실은 앞으로 적지 않은 시간 저를 비롯한 많은 사람들을 당혹스럽게 만들 겁니다."

"……."

"언젠가 그런 말씀을 드렸을 겁니다. 908호 주응달 노인의 죽음이, 앞으로 닥칠 많은 불행들에 앞선 징조가 될 수도 있다고."

"사건이란, 먼 미래의 가능성들이 시간을 거슬러 보내오는 신호라고 하셨지요."

"대단한 기억력이군요. 그렇습니다. 이런 일이 있을려고 제가 그렇게 입 방정을 떨었나봅니다. 사건 현장에 거주하던 주민의 죽음. 그로써 밝혀진 의외의 진실들. 일련의 사건을 통해, 대단히 상징적이면서 동시에 현실적인 무엇이 그 정체를 슬쩍 드러낸 것만 같은 기분을 저는 좀처럼 지울 수 없습니다. 알 수 없는 음모. 그런 징조 말입니다."

"음모?"

"누군가, 누군가 있습니다. 정교하게 만들어진 시한폭탄을 사용할 줄 아는 누군가가. 그런 의심이 들지 않으십니까."

유도심문일까. 이유 없이 속이 메스꺼워졌다.

"잘 모르겠군요."

"실은 저도 마찬가지입니다. 이렇게 잘난 척을 하고 있지만 말이죠."

"……."

"지금 확실한 것은, 다만 죽음이라는 현상뿐입니다. 그러니 보십시오. 세상의 죽음들 앞에 형사란 얼마나 저주스러운 직업인지를."

그 무게를 감당하기 힘들다는 듯, 임 형사가 맥없이 고개를 떨구었다.

무연고사체인도동의확인서, 피사체를 포함한

자동차 엔진룸이나 프레임에 고유의 차대번호가 있듯 레플리컨트의 신체 어디쯤에는 영문자와 숫자로 조합된 10자리 기기번호가 표시되어 있다. 관련법에 명시된 사항이다. 레플리컨트가 관련된 민형사 사건의 경우 주민번호 대신 쓰이는 것이 그 기기번호이다. 김시민에게는 그게 없었다. 기기번호가 없는 경우 두 가지 경우를 생각해 볼 수 있다. 허가 받지 않은 생산사의 제품이거나 제3자가 사전에 번호를 지웠을 때. 여하한 경우이건 제품에 관련한 기본적인 정보를 알 길이 없어진다. 기기번호가 없다는 것은 그러므로 제품과 관련한 정보가 추적되지 않기를 바라는 누군가가 있다고 보면 틀림없다. 과학수사국의 설명은 그랬다.

"그럼 김시민도."

"그가 누구였는지, 현재로선 전혀 알 길이 없는 거죠. 생산년도, 제작국가, 기종, 제작사, 제작년식, 사용목적, 사용연한, 주거허가 지역, 제작일련번호 등."

김시민이 누구였는지 전혀 알 길이 없다? 아니 왜? 커피잔을 집었다가 내려놓은 차연은 물잔을 들어 벌컥벌컥 들이켰다. 타는 갈증은 조금도 가시지 않는다. 씨근덕씨근덕 어깨 숨을 쉬었다. 임 형사가 황황히 일어섰다. 아이고 오줌 매려. 잠깐 화장 좀 고치고 오겠습니다. 창 밖. 3층 아래 거리가 화창하다. 젊은 남자가 어린아이를 안고 길을 건너고 있다. 길모퉁이에 교복의 여고생이 환한 얼굴로 휴대전화 통화를 하고 노란 챙모자 쓴 노인이 느릿느릿 짐 자전거를 굴리고 간다. 그 풍경 속으로 우중충한 표정의 청년 한 명이 뚜벅뚜벅 걸어 들어올 것 같다. 작은 키에 창백한 얼굴, 청색 긴 팔 셔츠의 하얀 단추를 목까지 채운.

임 형사가 돌아와 앉았다.

"그럼, 도대체 어떻게 되는 건가요."

"뭐가 말입니까?"

"그에 대해 제가 알고 있었던 것 말입니다. 김시민이라는 인물에 대한. 이를테면……."

"이를테면?"

"21살의 휴학생 청년이고 무화과로 유명한 남쪽 지방에 부모님과 여동생이 있다는. 백화점 지하의 제과점에서 하루 10시간씩 아르바이트를 했으며, 또 저녁이면 야학 교실에 가서 아이들을 가르쳤던.”
"사라지겠죠. 시간과 함께. 빗속의 눈물처럼.”
"그런 것들이 모두 거짓이었나요? 임의로 설정되었던 가상에 지나지 않았다는 건가요?”
혼란에 빠진 추적자 블레이드러너.
"거짓이란 뭔가 참은 또 뭔가. 결국 그런 문제겠지요.”
"거짓? 참?”
"제가 혜암 선사 노인네는 아니지만, 이런 질문을 드려보겠습니다. 예를 들어, 선생이 전부터 그를 짝사랑하고 있었다 이겁니다.”
"제가요?”
"아니 뭐, 개인적인 성적 취향을 들먹이려는 것이 아닙니다. 이건 그저 하나의 예를 드는 거니까.”
"계속하시죠.”
"자. 참입니까 거짓입니까. 당시의 애틋한 느낌, 먼발치에서 그를 생각하며 품어온 아련한 감정, 그런 것들.”
"거짓이겠죠. 아니, 참이겠죠. 아니 아니. 저도 잘 모르겠습니다.”
"거 보세요. 자기도 그렇게 헷갈리는 걸 남에게 물어보다니.”
남은 사이다를 벌컥벌컥 들이켠 임 형사는 커어, 소주잔 비운 소리를 내뱉었다.

"이거 아십니까. 레플리컨트에는 두 종류가 있다는."
"두 종류요?"
"요번 일로 많은 도움을 준 과학수사국의 누가 해준 말입니다. 그 친구 시를 쓴다던가, 나만큼이나 싸이코더군요."
 자신이 레플리컨트라는 사실을 모르는 레플리컨트와 그렇지 않은 레플리컨트. 한쪽은 자신의 정체를 정확히 알고 있으며 또한 얼마 남지 않은 마지막 순간까지를 거의 정확히 예측할 수가 있다. 한쪽은 정 반대로 자신의 생명이 그렇게나 짧아, 언제 어떻게 비명횡사하고 말리라는 것을 전혀 모르는 처지이다. 신체 조직이 타 들어가 의식 회로가 멈추는 순간까지. 그 이후까지.
"내가 그놈의 레플리컨트였다면, 글쎄, 나 같으면 어느 편이 행복할까."
"김시민은 어느 쪽이었을까요?"
"실은 그 이야기 듣고 저도 그 생각을 제일 먼저 했습니다. 에에, 일단은 알고 있었다고 봐야겠죠. 죽을 장소를 미리 봐두고 유서를 남겼다는 추측이 가능하니까. ……젠장!"
 손바닥으로 테이블을 세차게 내려친다. 탁.
"하긴 그런 게 뭐 중요하겠어. 이제 없는 작잔데. 안 그래요?"

 임 형사가 차연을 만나고자 한 이유는 달리 있었다. 보증인이 필요했던 것이다. 무연고 사체(피살체 포함) 인도 동의 확인서. 풋내기 보험설계사처럼 어색한 얼굴로 그런 제목의 서류 두 장을 내민다. 9층에서 일어난 두 차례의 죽음, 한 구의 시신과 한 덩어리의 잔해를 처리하고자 도움을 청하는 중이었다.

"제가 알기로 이 나라에서 가장 한심스러운 요식 절차의 하납니다."

가족 한 명 없이 홀로 죽어가는 무연고자가 국내에만 연간 3천 명을 넘는다. 대부분의 경우 그들은 향나무 관이 아니라 의대 실험실 신세를 지게 된다. 사망을 확인한 후 일주일이 경과하여도 시체의 인수자가 없는 때. 치과의사 포함 2인 이상의 의사가 진료하던 환자가 사망한 경우 진료에 종사했던 의사 2/3가 사인 조사를 할 필요가 있다고 판단했을 때. 6촌 이하 방계혈족이 사체의 의학실습용 매도를 요청하였고 이에 부시장급 이상의 승인이 있는 때. 시체해부및보존에관한법률이 정한 이상의 경우에 따라 세상의 많은 시신들은 해부 실습용 교재가 된다. 주웅달 노인의 경우 병사가 아니라 변사자이므로 담당검사의 의뢰로 부검이 실시되어야 하는데, 그 절차가 필요치 않다고 판단되면 의대 실습실로 보내질 수 있다. 그러기 위해 담당 경찰 공무원 외에 인도 보증인 1인의 동의 확인 절차가 필요했다.

"김시민의 몸은 어떻게 되는 건가요."

"글쎄요. 저는 넘기기만 하면 되는 입장이라서 잘. 의대가 아니라 공대 실습실로 가지 않겠습니까. 여기 이름 좀 써주시죠. 여기.

예. 그리고 여기엔 지장 좀…… 고맙습니다. 여기 휴지 있습니다."
"이제 된 건가요?"
"그렇습니다. 이만 일어서실까요."

집에 돌아온 차연은 독성물질에 노출된 의복을 다루듯 활활 옷을 벗었다. 고작 두어 시간의 외출이었지만 북한산 인수봉에라도 올랐다 온 것처럼 힘이 빠졌다.

창밖으로는 아직 화창한 오후가 한창이다. 뜨거운 물로 샤워를 하고 방에 들어왔다. 컴퓨터를 켠다. 드륵 드르륵 지루한 부팅이 진행되는 동안 집 앞에서 사온 초콜릿우유팩에 빨대를 꽂고 땅콩크림빵 비닐을 뜯는다. 그날의 첫 번째 식사다. 엄지손가락에 인주를 묻혀, 같은 아파트 같은 층수에 살았던 이웃 둘을 간단히 보내다니. 모니터에 구름 낀 파란 하늘이 떴다. 마우스를 잡은 손이 빠르게 움직였다. 인조인간이라. 망할 놈의 로봇을 집으로 불러들여 술을 마시고, 로봇의 고민과 꿈에 대해 이야기를 나누었다니. 커뮤니티 사이트로 찾아 들어간다. 아이디. cha76youn. 패스워드.*****. 오랜만에 접속하는 인터넷이다. 마지막으로 모니터 앞에 앉은 것은 일요일, 결혼식장에 갔다가 서점에서 원형을 만났던, 그날이 시작되던 새벽 시간이었다. 그로부터 꼬박 삼일하고도 반나절이 지나갔다. 동의 확인서에 뻔뻔하게도 서명을 하다니. 정신이 어떻게 된 거 아냐? 멀쩡히 살아 있는 것을 두 눈으로 확인한 주제에. 아아, 아아아. 전자메일함에는 10통도 넘는 이메일들이 젖은 낙엽처럼 쌓여 읽혀질 순서를 기다리고 있다. 물론 스팸메일 일색이다. 내용을 열어보지 않고 제목째 삭제한다 해도 보낸 쪽이나 받은 쪽 모두 섭섭하지 않을. 약삭빠른 광고 문구들을 건성으로 훑으며 미련 없이 삭제 버튼을 눌러대기 시작한다. 레플리컨트였다는 사실을 일단은 알고 있었다고 봐야겠죠. 죽을 장소를 미리 봐두고 유서를 남겼다는 추측이 가능하니까. 뭐, 공대 실습실로 가지 않겠습니까. Delete. Delete. Delete. 수 천 수 만의 알지 못할 주소를 찾아 날아든 익명이 가벼운 속도로 지워져간다. Delete. Delete. 한순간. 땅콩크림빵을 크게 한입 베어 물던 차연의 시선이, 마우스를 쥔 손이, 오른손 검지 손가락이, 문득 얼어붙는다.

〈9월 **일 02:43 발신: 김시민 제목: 없음〉
잠시 정신을 잃는다. 혼절? 그랬을 것이다. 4~5초가량 숨이 멎었다. 자판 위의 손을 힘없이 떨구었다. 추리닝 허벅지 위에 빵이 짓눌리고 땅콩크림이 허옇게 삐져나왔다. 일요일 이른 새벽에 보내온 메일이다. 쏴아아, 귓가에 환청 같은 바람 소리가 몰아쳤다.

인사도 못하고 떠납니다. 할 말이 아직 남았다는 사실을 위안 삼을밖에.
908호 노인을 제가 죽였습니다. 어쩌면 이 글이 아니라도 이미 알고 계실 테지요. 하지만, 908호 노인은 아직 죽지 않았습니다.

그 역시 이미 알고 계실는지. 아는 것과 그렇지 않은 것과의 경계란 이처럼 모호하군요.

생이 참으로 짧습니다. 벌써 죽을 시간이라니.

차연 님은 좋은 분입니다. 알게 되어 기뻤습니다. (어쩔 수 없이 과거시제를 사용하는 점 용서하십시오.)

원형 님에게, 부디 크고 깊은 힘이 되어 주시리라 믿습니다.

세상을 남기고 떠납니다.

— 김시민

구토

원형에게 전화가 왔다. Y시 외곽의 버스정류장 앞에서 헤어진 지 열흘 정도가 지났을 것이다. 전날이 일요일이었고 그날은 법정공휴일이었다. 무심코 TV를 튼 차연은, 예를 들어 창사특집 자연 다큐멘터리 재방송 같은, 평일 낮 시간에 기대할 만한 그것과는 다른 프로그램들이 웬일인가 싶었다. 그러다가 달력을 보았고 빨간 글자로 쓰여진 그날치 숫자를 확인했다. 말하자면 그날은, 연휴 둘째 날이었다.

뭐해? 노는 날인데.

수화기 너머 목소리가 끔찍스럽도록 태연하다.

난 매일 노는 날인 걸.

저번에 잘 들어갔고?

응.

바로 전화 해준대놓고 시간이 너무 지났네. 많이 기다렸지?

신경이 연필 끝처럼 날카로워진다. 원형은, 이제 차연에게, 알 수 없는 의혹 너머의 낯설고 이상하고 불편한 누군가였다. 우연히 그 모습을 떠올렸을 때 반가움이 아니라 막연한 두려움이 울컥 찾아오는.

오늘 좀 보자.

왜.

왜라니. 그렇게 말하면 기분 좋아?

그게 아니라. (제발 전화 좀 끊어줘, 원형을 더 이상 만나고 싶지 않다고!)

아르바이트 말야. 확실하게 되면 내가 연락 준다고 했잖아.

…….

어디서 만날래?

밤의 거리에서 멀지 않은 곳. 한 세기 전 민족봉기의 발상지로 이름 알려진, 국보에 지정된 10층 석탑과 조각벽화와 동상과 연못과 시비(詩碑)가 있는, 지금은 갈 곳 없는 도시의 노인들이 무임 지하철을 타고 찾아와 종이컵에 소주를 마시고 장기를 두고 낮잠에 빠지고 호주제 폐지 반대시위를 하며 시간을 보내는 공원, 그 어름이다. 돌담을 끼고 큰 거리 반대편으로 걷다 보면 지은 지 오래된 악기 상가가 나온다. 상가와 찻길 바투 붙어선 통행로 귀퉁이에 값싼 술집 일고여덟 군데가 늘어서 있다. 공원의 노인들을 상대로 돼지의 값싼 부위를 삶고 연탄불에 구운 생선과 1천 5백 원짜리 해장국을 안주로 내놓는 집들이다. 좀 지저분한 동네지만, 옛날 생각도 떠올릴 겸 한번 가보고 싶어서. 괜찮겠지?

골목 안쪽 네 번째 집. 낙원 뼈다귀감자탕 간판이 보인다. 역한 내장 냄새가 어디랄 것 없이 풍겨 흐른다. 주방은 출입문에 바투 붙어 있고 좁은 실내에는 나무탁자가 넷, 신발을 벗고 올라가 앉는 자리에 상 두 개가 펼쳐졌다. 구석 자리에서 얼굴 벌게진 노인 둘이 빈약한 안주접시를 놓고 소주를 마시고 있다. 주인 여자가 다가와 더 오실 분 있어요? 하더니 시키지도 않은 술 한 병과 깍두기 보시기를 놓고 돌아선다. 10분 정도 지났을까 드르륵 문을 밀고 원형이 들어섰다.

"왔네."

"응."

"잘 지냈지? 아유, 이 동네 정말로 오랜만이군."

지난 추억들이 지저분한 술집 구석 어디쯤에 숨겨져 있다는 듯 실내를 이리저리 휘둘러본다. 낯설다. 이상하고 낯설다.

"차연 가고 며칠 동안 얼마나 혼났다구. 이불 속에서 차연 냄새가 어찌나 나던지."

"원형에게 할 말이 있어."

진지해져야 해. 그렇지 않은가. 이제 정신 바짝 차리고 이야기를 시작해야 한다. 그럼에도 한껏 가라앉은 자신의 목소리에 절로 가슴이 내려앉는다.

"그래?"

"저번에 만났을 때 하지 못한 말도 있고 그 사이에 새롭게 생긴 이야기도 있어. 하지만 순서 같은 건 상관없을 거야. 어차피 한 가지 내용이라고 할 수 있으니까."

"뭔데?"

"놀라지 마. 행여 속일 생각도 하지 마."

"말 해. 무섭게 하지 말고."

"한 달쯤 되었을 거야. 우리 아파트에,"

"여기요 아줌마, 감자탕 작은 거 하나 주시구요. 소주 이거 말고 다른 거 없어요?"

이런, 조금도 긴장을 하지 않고 있구나. 긴장한 사람은 오히려 나구나. 진땀이 났다.

"미안, 이제 말해 봐. 아파트가 어떻게 됐다고?"

"아파트에……."

"아파트에 뭐."

"사람이 죽었어."

지난 여름. 횡단보도 앞 1층 찻집 창가자리에서 원형을 목격했던 그날. 해골섬에 두개골이 부서진 채 죽어 있던 사체. 형사의 방문을 받고 김시민을 만나고, 우연히 영광전당포에 찾아가고 죽은 노인을 만나고. 순번을 정한 듯 이어지던 이상하고 이상한 일들. 속이 울렁거리고 가슴이 뛰기 시작했다. 기억의 흐름을 따라가지 못하는 혀의 속도가 답답했으며 그간의 이야기를 죄다 꺼내놓기도 전에 행여 무슨 일이 생기면 어쩌나 조바심이 일었다. 냉큼 소주잔을 비운 원형은 크으, 젓가락을 집어 들었다. 아무 말도 듣지 못한 사람처럼 태연하게 깍두기를 아작거린다.

"내 말, 지금 듣고 있는 거야?"

"물론이지. 여기 차연의 말을 들어줄 사람이 나밖에 더 있나."

"그렇군. 그렇다면 왜 놀라지 않는 거지."

"그래야 해?"

"노인이 죽었다니까."

"들었어."

"908호 그 노인네 말야. 놀랍지 않아?"

"사람은 누구나 죽는 법이잖아."

"그거야 그렇지. 그렇지만."

잠깐만요. 식당 여자가 냄비를 가져와 가스 버너 위에 올려놓았다. 고기는 익었어요. 감자는 좀 더 있다가 드시고.

"말했잖아. 죽은 노인을 다시 만났다고. 내가 두 눈으로 똑똑히 봤다니까."

구토 155

"들었어."

"내가 지금 거짓말을 하는 것 같아?"

"아니, 차연의 말을 믿어."

"이거 참, 아아."

원형의 눈빛이 잠깐 흔들린다. 몹시도 안쓰러운 장면을 어쩔 수 없이 지켜보고 있는 사람처럼.

"솔직히 말하면 나, 막 소리를 지르고 싶어. 지금 원형이 아니라 나무토막을 상대하는 기분이라고."

"흥분하지 마, 차연."

"이러고 싶어서 이러는 게 아니야."

"일단 한 잔 해. 시간 많아."

"도대체……."

"어서 마시라고."

내키기 않은 술잔을 비우자 돼지 등뼈에 붙은 살점을 집어 입에 들이민다. 됐어. 도리질을 하자 나직이 중얼거린다. 빨리 입 벌려. 젓가락이 부끄러워하잖아.

"씹으면서 들어. 한마디만 할 테니까."

"내 얘기, (우물우물) 아직 안, (꿀꺽) 끝났는데."

"내 말부터 들어. 그게 도움이 될 거야."

바글바글, 가스버너 위의 냄비가 작은 함성을 지르고 있다.

"세상에 놀랄 일은 없어 차연. 어떤 일로 우리가 놀라는 것은, 그 너머의 전혀 놀랍지 않은 근거를 모르거나 이해 못해서야."

"그게 무슨 의미지?"

"거리에서 마주치는 수녀들은 왜 모두들 키가 작고 허리가 굵은지. 핸드폰 안테나는 왜 모두 오른쪽에 달렸는지. 왜 이 나라 대통령이란 새끼들은 죄다 듣기 싫은 사투리를 사용하는 인물들뿐인지. 9시 뉴스는 왜 늘 3개월 간격으로 UFO 관련 소식을 내보내는지. 그런 현상들이 실은 전혀 이상할 게 없다는 이야기지. 지금 무슨 말을 하는지, 굳이 설명하지 않아도 이해할 때가 있을 거야. 그 날이 빨리 오길 바래."

"잠깐만."

"나 한 잔 줘봐."

"……."

"자. 말해. 할 말이 더 남았다면."

이제 김시민의 죽음에 대해 이야기할 차례이다. 그의 죽음과 함께 밝혀진 의외의 사실들. 생각 못했던 이메일 한 통. 그럼에도 더 무슨 이야기를 꺼내야 한다는 것이, 차연은 문득 덧없게만 생각된다. 서글프고 피곤하고 비참했다. 세상에 이상한 일은 없다고? 제기랄.

할 수 있는 이야기가 모두 끝났다. 조금도 후련하지 않았다. 두려웠다. 원형을 제대로 쳐다볼 수가 없다. 순대 몇 점을 썰어온 주인 여자가 국자를 집어 들었다. 국물 다 쫄아붙네. 왜들 안 잡숫고. 차연의 어두운 표정을 힐끔 보더니 두 말 않고 돌아선다. 어디선가 플라스틱 타는 냄새가 나는 것 같다. 도서관 열람실의 사람들을 긴장시킨, 이런 종류의 냄새였을까.
"설명 좀 해봐. 도대체 어떻게 되는 일들인지."
"어떻게 되다니?"
"오오, 미치겠군. 정말이지 이상한 나라에서 이상한 사람들을 만나 인터뷰를 하는 것도 아니고."
원형이 소리 없이 웃었다.
"제발 웃지마. 난 지금 울고 싶은 사람이야."
"정말로 울 생각은 아니겠지."
"나, 원형이 908호 노인의 살인과 어떤 식으로든 관련되어 있다고 밖에는 생각 못하겠어. 아니라면 정말로 미안한 일이지만 차라리 그래서 뺨 한 대 맞는 편이 낫겠어."
"……"
"하나만 물어보자."
"두 개 물어봐도 돼."
"장난 좀 하지마. 원형의 태연한 얼굴을 보고 있으면 나, 속이 뒤집어지는 것 같아."
어김없이 잔을 들어 술 반 모금을 베어 물고, 냄비 속 감자를 수저로 토막내 후후, 입에 가져간다.
"뭘 묻고 싶은데."

"원형과 김시민, 그리고 908호 노인. 도대체 어떻게 되는 사이지? 이렇게 물어봐야 하는 내 처지가 나도 괴로워. 저주스러워. 하지만 의심이란 거, 하고 싶어서 하고 싫다고 안 할 수 있는 건 아니잖아."
"정말 어수룩한 질문이군."
"어수룩하다니."
"딱딱 떨어지는 거 몰라? 네가 그를 죽였는가. 그게 언제인가. 뒤통수를 무엇으로 내려쳤는가. 버르적거리다 숨 끊어지는 모습을 보니 기분 좋던가. 그런 거."
"이런."
"하여간, 물어봤으니 대답은 해야겠지. 알았어. 말한다구."
"……"
"그 전에 나도 뭐 하나만 물어봐야겠어. 아르바이트 말야."
아르바이트. 전혀 엉뚱한 소리는 아니다. 지난번에 이미 그런 제안이 있었으며 오늘 만나기로 한 것도 실은 그런 구실 때문이었다. 뜻밖의 소리를 늘어놓고 있는 사람은, 그러고 보면 오히려 차연 쪽인지도 모른다. 원형이 상을 찌푸렸다. 검지를 세워 탁자 어느 곳을 가리킨다. 손가락 가리키는 쪽에, 물 가득 채워진 유리잔이 놓여 있다. 그거 마셔버리든지 치우든지 좀 해. 내 쪽으로 넘쳐흐를 것만 같아. 차연은 가스버너 뒤로 황급히 잔을 숨겼다.
"그 문제부터 결정짓자. 할 거야 말 거야?"

"그건, 나 참, 지금 그게 중요한 문제가."

"뭐야. 굶어죽기 일보직전이랄 때는 언제고."

"……."

"생각 안 나? 시체 닦는 일도 좋고 매품팔이도 할 수 있다고 큰소리쳤잖아."

"……."

"천 이백 줄게."

"시간당?"

피식 웃는다.

"할 사람이 없어서 차연에게 일을 맡기려는 건 아냐. 나무 울타리에 페인트칠을 하는 것 같으면 나라도 달라붙어서 뚝딱 끝내버렸겠지. 말하자면 모든 일에는 그 성격에 맞는 적임자가 따로 있는 거니까."

"?"

"중세 교회의 카스트라토를 생각해 봐. 음악적 재능이 있다고 아무나 거세를 하고 성가대의 소프라노 자리를 차지할 수 있었던 건 아니었어. 아름다운 음성과 함께 동정의 순결을 유지한 미소년이어야 하며, 무엇보다 반교회적인 위협으로부터 영혼이 물들지 않은 존재여야 했지."

"성가대에서 하는…… 그런 일이야?"

"성스러운 일이지. 내가 지켜본 차연은 그 점에서 나무랄 데 없는 적임자야. 그러니 차연. 돈 천 이백 만원을 위해서라고 생각 말고 자부심을 가져. 보다 많은 사람이 행복해지는 일에 앞장서는 거니까."

"처, 천 이백 만?"

"그래, 시간당 천 이백이 아니라."

"가만, 도대체 무슨 일을 해야 하는 거지?"

"노인을 죽여줘. 영광전당포의 노인네."

"어."

"선금은 5백이야. 뒤는 확실하게 봐줄게. 곧 알게 되겠지만 우리, 그렇게 호락호락한 사람들 아냐."

"……."

"908호가 죽었을 때 생각해 봐. 짭새들이 나서긴 했지만 사건은 흐지부지 없는 일이 되고 말았지. 다 이유가 있었다고."

"자, 잠깐."

연탄재처럼 창백한 얼굴로 차연이 일어섰다. 원형의 눈빛을 차마 바라보지 못한 채 등을 돌린다. 천천히 식당 문을 열고 나섰다. 어디 가는 거야. 등 뒤에서 원형이 물었지만 따라 나오지는 않았다.

돼지고기 삶는 훈김이 골목 가득히 찌들어 있다. 도로턱에 멈추어 선 차연은 전신주를 짚고 허리를 꺾었다.

우억!

하수구에 대고 속엣것을 게워내기 시작했다. 먹은 것이 없었으므로 끈적하고 고통스러운 점액질만이 찔끔찔끔 식도를 타고 넘어왔다. 음식물 쓰레기봉투를 들고 나오던 옆 식당 여자가 인상을 찌푸렸다.

남루한 현상수배 전단

사람을 죽일 수 있을까.

차연은 잠을 잃었다. 생각을 잃었다. 식욕을 잃고 의지를 잃고 시간 감각을 잃었다. 하루가 가고 하루가 지났다. 자신을 병적인 인물이라고 단정지었던 어느 지하생활자처럼 차연은 의식의 감옥 속에서 한 발짝도 헤어날 수가 없었다. 시간들이 조금씩 흘러갔지만 상상의 불길함은 조금도 나아지지 않았다. 원형으로부터, 살인에의 제안으로부터, 감자탕 팔던 식당 골목의 돼지고기 노린내로부터 하루의 한순간도 놓여날 새가 없었다. 아이 씨팔. 왜 이렇게도 끔찍한 일이!

1천 2백만 원. 지금으로서는 그 이상을 생각할 수 없을 만큼 큰돈이다. 적어도 1년, 그 이상은 관리비 영수증이나 쌀값 걱정 따위 잊고 지내도 좋을 정도의. 그렇다면 사람을 죽일 수 있을까. 그럴 수 있을까. 대다수의 남들처럼 지극히 온전하고 정상적인, 평상시의 내 것이라고 믿어지는 정신 상태를 가지고, 말하자면 순간적으로 미치거나 환각 또는 착란증세에 빠지지 않은 채, 다른 누군가의 목숨을 단숨에 빼앗을 수 있을까. 과연 그런 일을 벌일 수 있을까.

오랜 번민은 판단을 지치게 만든다. 도덕성이란 원주율과 비슷하다. 명확한 듯 보이지만 모호하며 한계를 알기 어렵다. 그리하여 언제부터인가, 차연은 뜻밖의 상상 속에 빠져드는 자신의 뒷모습을 문득 발견하곤 했다. 늦은 저녁. 무서운 얼굴을 하고 영광전당포로 찾아가는. 날렵하게 벼려진 과도 끝을 노인의 명치 아래에 쑤셔 넣는.

칼이 아니라면 질긴 나일론 끈이나 치명적인 주사약도 좋다. 행동을 개시한 후 5분, 그 정도면 충분하다. 젊은 차연의 기세에 노인은 아무런 반항도 못할 것이다. 손아귀에 힘을 모아 단 한차례. 성난 소의 급소에 일격을 가하는 멋쟁이 마타도르처럼. 신속하게 현장을 빠져나온 뒤에 할 일은 준비된 알리바이 속에 유유히 몸을 숨기는 것이다. 낮 경기가 있는 축구장도 좋고 저수지 붕어낚시터나 성인 전화방도 좋다.

잠깐만. 도대체 지금, 무슨 생각을 하고 있는 거지? 빌어먹을. "죄책감 가질 필요 없어. 죄를 짓는 것이 아니니까. 백해무익한

벌레를 없애는 거라고 생각해."

"그래서 김시민을 사주해서 노인을 죽였군."

"우리와 같은 뜻을 가지고 있었던 거야. 그는 인류사에 유전되는 혁명 정신을 가장 치열하게 간직하고 실천한 인물이었어. 혁명은 그에게 고갱의 타히티섬과 같았다고. 레플리컨트라는 점은 큰 문제가 아니었지. 정신이란 어차피 학습되고 주입되는 부분이니까. 더운 피가 흐르는 인간 중에 그렇지 못한 작자들이 얼마나 많은데."

"기기번호를 지운 건? 그건 어떻게 설명할 수 있어?"

"그의 뜻이었어. 자기를 세상에 있게 만든 제조사가 불이익 당하는 것을 원하지 않았던 거지. 못 믿겠으면 믿지 마. 보여줄 증거도 없으니까."

"죽었던 노인이 어떻게 살아났지? 노인도 레플리컨트였나?"

"복제인간."

"복제인간이라, 클론?"

"맞아. 조금 다르긴 하지만."

"세상에."

"김시민은 가짜를 제거했던 거야. 그의 실수 이전에 내 실수였지. 그쪽까지는 미처 상상을 못했으니. 아아, 라엘 클로네이드 한국지사가 설립된 게 벌써 몇 년 전인데. 하여간 못하는 짓거리가 없는 새끼들이라니까."

"실수로 애꿎은 생명 하나를 쳐죽였다는 거군."

"할 말 없어. 하지만 그 불안정한 생명을 만든 건 우리가 아냐. 신도 아니고 배란기의 자궁도 아니지."

"불안정한 생명이라."

"생명체의 기억 세포 등 정보 체계를 복제물에 이식하는 신코딩 기술은 아직 실용 단계가 아니거든. 908호에서 차연이 본 노인은, 말하자면 70세 후반 노인의 신체적 유전 특성과 3살 정도의 지능을 가진 단백질 껍데기였지. 죽일 놈. 서유기인 줄 아나. 지가 뭐라고 같잖은 분신을 내세워?"

그랬던가. 경비실 앞 계단에서 단지 산책로에서 9층 복도에서 무수히 마주쳤던 노인의 굽은 어깨. 상한 우유같이 흐릿하던 눈매와 검버섯 가득한 뺨. 느리고 불편한 걸음. 해질 무렵처럼 쓸쓸하고 남루하던 노인의 뒷모습이 그럼?

"노인의 나이는 그럼."

"뜻밖에 어릴 거야. 그 정도 규모의 용적량을 채우는 세포 복제는 두어 달이면 가능하다니까. 나보다도 어리고 차연보다도 어릴 거야. 어쩌면 시체를 발견한 아이들보다도."

"이제 알 것 같아."

"뭘?"

"파출부 일 말이야. 그랬군. 그게 다 이번 일의 연장이었군."

"탐색 작업이었지. 사전에 정보가 충분해서 나쁠 건 없잖아. 안전기획원과의 루트라든가. 무턱대고 제거했다가는 어떤 문제가 생길지 모르니까."

"……."

"결국은 헛고생만 한 셈이야. 빨래하고 이불 터느라고 팔뚝만 굵어지고. 아아, 바보지 내가."

"내게 접근했던 것도 그, 그런 목적이었나."

"말했잖아. 1000-7번 때문에 그런다고."

말을 멈춘 원형이 웃을락 말락 볼을 일그러뜨린다.

"물론 차연이 좋기도 했고."

"난감하군. 믿을 수도 없고, 안 믿으면 화를 낼 테고."

"알아서 해, 그런 건."

"그런데 안전기획원이라고? 그렇게 말한 거야?"

"노인이 여전히 영향력을 행사하고 있는 곳이지. 아니, 908호 껍데기가 아니라 영광전당포 그 작자 말이야."

"안전기획원이라."

"몰라?"

"모르는 게 아니고. 거기 이름이 바뀌었잖아."

"왜 그렇게 생각해?"

"신문에서 봤지. 몇 년 됐잖아. 뉴스에서도 이제 안전기획원이란 명칭은 쓰지 않는다구."

"맙소사. 중앙정보부라고 했으면 큰일났겠네. 신문 뉴스에 나온 걸 가지고 남을 설득시키려 들다니, 이거야 원 순진한 건지 농담을 좋아하는 건지."

"……."

"차연, 차연은 이 나라가 자유민주주의 사회라고 생각해?"

"그건 또 무슨 소리야."

"독재와 불의, 그리고 폭력."

"그게 뭔데."

"이 사회를 규정짓는 본질들에 대한 이야기야. 왜 그런 표정을 짓고 있어?"

"하지만 그건 너무."

"그건 뭐."

"너무…… 뜻밖이잖아. 갑자기 그런 원론적인 얘기를."

"원론이라고? 차연, 지금 내가 고부 농민봉기나 멕시코 민족주의 혁명을 말하는 것 같아? 진지할 때는 좀 진지해봐. 이건 현실이라고."

독재와 불의, 그리고 폭력?

"체제 수호라는 이름으로 자생하는 공안기관들. 상징이자 현실인 악의 세력들. 때가 되면 쓰러지고 새롭게 서는 게 정권이지만 그들이 가진 힘은 영원하지."

"글쎄, 난."

"국가 규모의 조작극에 앞장서고 비자금을 긁어모으고 로비 청탁을 일삼고, 국회의원이란 새끼들과 붙어서 민간단체에 압력을 행사하고 폭력배를 동원하고 온갖 이권 사업에 개입하고, 주가를 조작하고 악성루머를 퍼뜨리고 여론을 호도하고, 무고한 사람을 납치하고 거짓 진술을 강요하고 가혹 행위를 하고 목숨을 빼앗고. 사회의 악이 시작되는 곳에 늘 존재하는 게 그들이지. 남자를 여자로 바꾸는 일만 빼고 못하는 짓들이 없으니. 알겠어?"

"……."

"그들의 탄압에 시달리다 죽어가는 사람들이 한 달에 몇이나 되는지 듣고 나면 귀를 씻고 싶어질 거야. 아니. 지나간 격동기를 말하는 게 아냐. 5년 전에 비해, 10년 전 30년 전에 비교해 상황은 나아진 것이 전혀 없다니까. 믿기지 않아?"

"잘 모르겠네."

"이 사회는, 이제 누군가의 부당한 고통과 희생이 끊임없이 이어지지 않으면 유지되지 못할 수준에 이르고 말았어. 거대한 몸체의 벼룩처럼 말야. 이대로는 안 돼. 이대로 가다간 머지않아 엄청난 비극이 찾아올 거야. 그때가 오면 극소수 몇을 제외한 우리 모두는 살아가야 할 이유 자체가 없어지고 말겠지. 이해가 가?"

"말끝에 그렇게 물어보지 좀 마. 머릿속 울렁거려 죽겠어."

"나를 봐. 이 나이에 뭐 얻어먹을 게 있다고 반란군처럼 숨어 다니며 이러겠어. 눈먼 군자금이 생겨서? 반골의 피를 타고나서? 지리산에 조상이 있어서? 아냐. 나나 나와 같이 일하는 사람들이 이 험난한 길을 택한 이유는 한가지야. 분노를, 분노를 참지 못해서

지. 분노를 통해 혁명을 꿈꾸는 거라고."
혁명. 혁명. 아, 김시민. 차연은 고개를 떨구었다.

전형근. 908호 복제 노인의 모체. 영광전당포에서 잠깐 보았던. 이상한 일이다. 그 이름이 묘하게도 귀에 익는다.
"당연하지. 한때 대통령 둘째 아들보다도 유명했으니."
"그랬어?"
"얌전히 일 잘하는 사람 끌고 가서는 미친 공순이쌍년이 별 염병을 다 떤다고 옷 벗기고 붙들어 매고 뚜드려 패고 콧구멍에 물주전자를 들이붓고. 가면 귀신. 그놈이야. 바로 그 자식이라고. 내가 열다섯 살 공순이쌍년이었고 그 자식은 쉰이 넘은 나이였지."
"아아, 그…….."
가면 귀신. 잠시 숨을 멈춘 차연은 크게 천천히 고개를 끄덕였다. 아련히 떠오르는 기억이 있다. 그래, 생각이 나. 고등학교. 그 시절. 수학여행을 갔다. 신라 고도에서의 고단한 일정들. 동트기 전부터 토함산에 걸어올라 해맞이를 했고 전세버스로 내처 바람 드센 문무대왕릉을 들렀으며, 야간 초소를 바삐 돌며 순찰 사인을 남기듯 시내 곳곳의 유적지마다 잠깐씩 머물러 단체사진을 찍어야 했다. 저녁식사를 앞두고 짧은 자유시간이 있었다. 관광단지 귀퉁이의 여관 골목을 어슬렁거리며 기념품을 사고 집에 전화를 걸고 역시 수학여행을 온 여고생들에게 수작을 붙이고. 저녁에 몰래 마실

캡틴큐며 나폴레옹을 양말 틈에 집어넣고 숙소로 돌아오던 즈음이다. 담벼락, 혹은 매점의 유리문 어디쯤이었을 것이다. 느닷없는 수배전단 한 장에 걸음을 멈추었다. 민주화 특별법 관련 현상수배자. 붙여진 지 오래 되었을까. 척 보기에도 그것은 오래된 나무 상자처럼 남루하고 초라했다. 하긴 현상수배 전단이 뮤지컬 공연 포스터처럼 화려할 수는 없는 일이니까. 수배자로 낙인찍힌 이들의 면면을 무심히 살폈다. 군 출신 전직 장관의 얼굴도 보였고 지방경찰청장의 얼굴 아래에도 몇 백만 원의 수배 금액이 붙어 있었다. 뭘 보냐. 지들끼리 짜고 도는 수작을. 이미 얼큰하게 술이 된, 키 큰 친구 하나가 차연의 어깨를 쳤다. 여기, 이 사람은 누군데 얼굴이 안 나와 있지? 모두 여덟 명의 현상수배자 이름과 죄명이 소개된 가운데, 사진 들어갈 자리가 하얗게 비어 있는 사람이 있었다. 전형근. 안기원 대공수사국 차장. 불법 감금 및 독직 가혹행위. 그렇게 쓰여 있다. 가면귀신 몰라? 어린노무 자식 같으니.

  가면귀신. 그때 처음 그의 이름을 들었다. 잘 자던 아기도 그 이름만 들으면 가짓빛으로 경기를 일으킨다는. 취조실에서 그를 만난 사람이라면 누구든, 길어도 사흘 안에 그들이 원하는 답안대로 자백을 하게 만드는 고문 기술의 소유자. 피고문자 앞에 모습을 드러낼 때 그는 흰 마스크로 코와 입을 가리는 것으로 유명했다. 가혹행위를 당했던 수많은 피해자 가운데 그 얼굴을 확실히 기억하는 사람이 없는 것은 그 때문이었다.

그의 소식을 다시 접한 것은 그 해 겨울이었다. 특별법 관련자 처벌 사안이 흐지부지 잊혀지던 그 즈음, TV 뉴스에 그의 이름이 다시 등장했다. 수배 중이던 고문 기술자 전형근 씨가 오늘 오전 교통사고를 일으키고 즉사했습니다. 국도를 이용해 의정부 방면으로 음주운전을 하던 전씨는 논길에 차가 굴러 떨어져……. 뉴스를 접하며 차연은 경주의 남루한 수배전단과 얼굴 없이 하얗게 비어 있던 빈칸을 은밀히 떠올렸다. 기분 묘했다. 반가움은 아니고, 슬픔이나 분노도 아니었다. 도피자로 잊혀지던 이의 죽음. 세상 누구의 관심도 끌지 못하는.

"한번은 교통사고, 또 한번은 복제인간. 그러고도 아직 살아 있으니 그 인간 명줄이 질기긴 질기네. 하긴 이제 그 종말이 멀지 않았지만. 안 그래?"

10여 년 전의 일이다. 어쨌거나 그랬다. 그가, 바로 그였다. 그가 바로 908호 노인이었고, 그 이전에 영광전당포의 그였다. 세상에. 원 세상에.

쿠사나기 모토코 소령

누군가 현관문을 두드리고 있다. 늦은 밤 시간이다. 이른 새벽인지도 모른다. 잠결에, 차연은 누군가 곤경에 빠져 있다는 것을 직감했다.

누구세요?

다급하게 쿵쿵거리던 현관의 기척이 딸꾹 멈추었다.

누구시냐니까요.

……접니다. 904호.

세상에. 김시민 씨?

죄송하지만 무, 문 좀 열어주시겠습니까.

그가 왜 나를 찾아온 것일까. 이렇게 늦은 시간에. 불길했다. 그러나 다급하게 문 두드리는 사람을 밖에 두고 어떻게 하나 무작정 고민할 수는 없는 일이다. 현관문을 밀치며 화닥닥 뛰어 들어온 김시민은 제 집인 양 서둘러 문을 잠갔다. 철컥, 철컥.

죄송합니다. 정말로 죄송합니다.

이런. 무슨 일 있으신 겁니까.

쫓기고 있습니다. 저 좀 도와주십시오.

창백한 얼굴 위에 공포와 절망이 뒤엉켜 있다.

누구에게 쫓긴단 말씀입니까.

독재와 불의, 그리고 폭력을 자행하는 자들이죠. 그들이 내 존재를 송두리째 제거하려 덤비고 있습니다.

하지만 당신은 이미.

당신은 이미 제거된 존재 아니던가. 그렇군. 그래서 내가 무연고 사체인도동의확인서에 서명을 했었는데. 차마 그런 말을 꺼내지 못하고 머뭇거리는데 불쑥 손을 내민다.

제발 도와주십시오. 거짓 없는 영혼을 가진 분만 저를 도울 수 있습니다.

어어, 연기. 연기가.

플라스틱 태우는 냄새가 지독하다. 어디선가 푸른 연기가 피어오르고 있다. 김시민은 고통스럽게 몸을 움츠렸다. 희고 가는 손가락 사이로 피 묻은 전선줄이 드러났다.

살려주세요. 트랜지스터 라디오에 들어가는 부품을 얻기 위해 그들이 내 몸을 분해하려고 합니다. 혁명을 꿈꾼 죄밖에 없건만, 이게 무슨 꼴이지.

사람을 죽일 수 있을까. 그럴 수 있을까. 하루가 가고 하루가 지났다. 어둔 밤의 창문을 통해 하루가 밝아왔고 베란다 맞은편 아파트 너머로 지하생활자의 하루해가 저물었다. 술 취한 토끼처럼 벌겋게 충혈된 눈으로 밤 시간을 뒤척이다가 깜빡 잠에 빠지면 이상하고 기괴한 꿈들이 쉴새없이 출몰했다. 사람을죽일수있을까. 사, 람을, 죽일, 수, 있, 을까.

사람을 죽일 수 있다면. 그리하여, 실제로 사람을 죽였다면?

언제부터인가. 불길한 상상력은 거기까지 앞서가고 있었다. 내 나이가, 내 이름이, 거울 속 내 얼굴이, 내가 쓰던 집안의 물건들이, 내 자신이 낯설어지지는 않을까. 살인자가 된 내 자신을 변함없는 나로서 받아들일 수 있을까. 살인사건 용의자로 공개 수배된 TV 속 내 얼굴을 내 것이라고 순순히 인정할 수 있을까. 남의 피를 묻혔던 내 손이, 이따금 무섭거나 역겨워지지는 않을까. 준비한 흉기로 누군가를 내려치던 순간의 기억이 말끔히 지워지려면 얼마나 시간이 흘러야 할까. 5년, 10년, 그보다 많은 세월이 지나면 살인에의 죄책감을 씻은 듯 털어 낼 수 있을까.

"그를 제거한다고 달라질 게 뭐지? 과거의 상처를 되돌릴 수 있는 것도 아니잖아."

"피해당사자와 가족들의 심정을 몰라서 하는 소리야. 40년 가까이 고문 수사관으로 있으면서 그는 2천여 명의 무고한 사람을 반역 반동 죄인으로 만들었어. 병들고 죽고 불구가 되고 정신병자가 되고 가정이 파탄 나고 덩달아 불이익을 받은 친지 이야기까지 하자면 끝도 없겠지. 전형근의 피살 소식이 그들의 다친 가슴을 위로해 줄 수 있다면? 하다 못해 그거 속 시원하구나, 기뻐하는 사람이 있다면?"

원형은, 마치 조선혁명선언문을 낭독하는 사람 같다.

"썩은 살은 잘라내는 게 올바른 치료법이야. 성경 구절 줄줄 읊으며 값 비싼 기도를 바친다고 얼어붙은 땅에 새싹이 돋는 건 아니라고."

"법이 있잖아. 어느 종교의 교리보다도 현실적이고 강력한. 그자를 법 앞에 끌고 갈 생각은 왜 하지 않는 거지?"

"지난 대통령 재임기에, 형사 사건으로 잡혀 들어간 정관재계 인사가 모두 379명이었어. 사회와 개인을 혼란과 고통에 빠뜨리는 걸로 따지자면 소매치기나 유부녀 강간범보다 못할 게 없는 작자들이지. 그들 가운데 가석방이나 보석 따위로 풀려나 언제 그랬냐는 듯 활개치고 다니는 것들이 지금까지 얼마나 되는지 알아? 374명이야. 무슨 소린지 알겠어?"

"나머지 다섯은 뭐 하는 사람들이람."

"죄질의 정도가 심한 사람일수록 대개는 법으로부터 자유롭지. 약자에게는 늘 뒤통수만 보이는 그런 법 앞에, 그를 갖다 바치라고?"
"이거야 원."
"부동산과 증권 등 전형근이 소유한 재산은 50억이 넘어. 웬만한 사람들은 0이 몇 개 붙는지도 헷갈리는 액수지. 알겠지만 그거, 그의 돈이 아냐. 평생 죄 없는 사람 잡아 족치느라 볼 일 못 봤을 인간이 무슨 수로 그런 재산을 모았겠어. 더 떠들어야 목만 마르니까 그만 할게. 그를 제거한 후 우리는 그 돈을 깨끗이 접수할 거야."
"접수해서?"
"사회에 환원하는 거지. 남김없이 말야. 그런 식으로 양로원과 장애인 복지시설 등에 매달 들어가는 돈이 얼마나 되는지 알면 차연도 우리에 대한 시각이 달라질걸."
"좋아. 좋다구."
30초 작전타임을 요청하듯, 급하게 오른손을 쳐들었다.
"지금까지 들은 말들, 모두 인정할게. 좋다 이거야. 그런데, 그런데 왜 나지? 도대체 왜."
"올해 안에 그는 죽어. 내가 장담해. 그러므로 차연이 아니라면 누구라도 그 일을 하겠지. 차연이 일을 맡아준다면, 그게 다른 사람이 아니라 차연일 뿐인 거야. 말이 이상해?"
"이상해. 그리고 내 질문의 대답이 될 수 없어."
"그래. 차연이 아닐 수도 있어. 이를테면 그 작자에게 고통받았던, 나를 비롯한 누군가가 이번 일에 칼을 빼들 수도 있고 말야. 하지만 그렇게 된다면, 이 일은 저급한 복수살인극으로 전락하고 말 거야. 그건 우리 모두에게 치명적인 문제로 남겠지. 누군가 실존적인 사명감으로 이 일을 맡아줄 사람이 우리에겐 필요해. 그 적임자가 바로 차연이고."

"이해할 수가 없군."

"김시민도 기뻐할 거야. 지금 우리 옆에는 없지만."

"그게, 무슨 말이지?"

"아이 참, 이 말은 미뤄두려고 했는데."

"말해 봐. 김시민이 기뻐하다니?"

"우리들 앞에서 그가 마지막으로 했던 이야기가 있어. 자신이 어이없이 놓친 일을 차연이 맡아준다면 더 바랄 게 없겠다고. 마음의 고통을 덜 수 있을 것 같다고."

"아니, 그게……."

"예정된 생의 끝을 앞두고 그는 크게 절망했어. 피할 수 없는 생의 끝이라서가 아니라 그에 대한 준비가 뜻밖에 어긋났던 게 문제였지. 다행히 그의 이웃 가운데는 차연 같은 사람이 있었어. 그는 차연을 좋아했어. 처음 만남부터 좋아했고 또한 믿었어. 사람을 정확히 알아본 거지."

그가? 그가 나를? 아니 왜? 맙소사.

차연은 잠을 잃었다. 생각을 잃었다. 식욕을 잃고 의지를 잃고 시간 감각을 잃었다. 하루가 가고 하루가 지났다. 나는 미쳤다. 공전하는 자의식 속에, 그런 의심이 불쑥 찾아오곤 했다. 나는 미쳤다. 지금, 혹은 아주 오래 전부터 줄곧 미쳐왔다. 본 것을 못 본 것으로 여기고 있지 않은 일을 겪었다고 착각하며 그리하여 원형이나 김시민 혹은 전당포의 노인에 대한 기억들 모두 그 같은 광기의 결과이다. 철저하게 미쳐 있으므로 자신이란 존재가 지금 어느 시간대의 어느 공간을 떠돌고 있는지 역시 알지 못한다. 알고 있다면, 그렇게 믿어지는 것들이 근거 없는 허상일 뿐이다. 지금 컴퓨터 책상에 앉아 인터넷 검색사이트를 뒤적이고 있는, 유통기한 하루 지난 흰우유를 마시며 이틀 동안 전기면도기를 대지 않아 까칠해진 턱수염을 매만지는 나는, 실은 내가 아니다. 진실의 나는 거친 천으로 만든 원피스형 잠옷을 입고 벽난로 앞에 앉아 졸고 있는 16세기 북유럽인이다. 피격을 당한 후 어린 소녀의 의체(義體)를 빌어 재생된 공안9과의 소령 쿠사나기 모토코이다. 떡갈나무로 만들어진 길다란 코의 꼭두각시 인형이다. 나는 지금 잠들어 있다. 깊은 꿈에 빠져 있다. 견고한 꿈의 돌담에 갇혀 둘 더하기 셋이 다섯이 아니라 여섯이며 사각형에는 네 개가 아니라 일곱 개의 변이 있다는 사실조차 모르고 있다. 나란 존재는 세상에 없다. 손도 눈썹도 뺨도 발가락도 입술도 팔뚝도 허벅지도 존재하지 않는다. 그 모든 것을 고스란히 소유해 왔으며, 이 순간도 변함없이 유지하고 있다고 잘못 믿는 중이다. 나는 미쳤다.

2061년 달의 성

차연에게서 다시 전화가 걸려왔다. 잊고 있었지만, 차연은 쉽게 그를 기억해 낼 수 있었다. 지난번처럼 이름 가지고 아까운 시간을 낭비하는 일은 그래서 다시 벌어지지 않았다. 잠깐만요, 가스 불 좀 끄고 오겠습니다. 늦은 점심으로 라면을 끓이고 있었다. 냄비의 물이 마침 끓기 시작했으며, 김치를 찾아 냉장고를 뒤지는 참이었다. 면을 미처 넣지 않았던 게 얼마나 다행인가. 이런, 식사하시는 걸 방해했군요. 상관없습니다. 생각도 없었으니까. 전화 속 목소리로부터 차연은 뜻밖의 위안을 얻는다. 아무런 이야기라도 거리낌 없이 나눌 수 있을 것 같은.

"잘 지내셨나요."

"전혀요."
"저런. 어째서 그런."
"요 며칠 제 주위에 하도 요상한 일들만 생겨서 말이죠."
"요상한?"
"사람들이 이상해요. 제 주위에 사람들이. 뭐랄까, 소극장 무대에서 침을 튀기며 열연하는 연극배우들 같기만 하고."
"대단히 소중한 삶을 건너고 계시는군요."
"그래서 오죽하면 내가, 예? 소중한 뭐요?"
"말하자면 그렇다는 겁니다. 계속하시죠."
"오죽하면 그 사람들이 아니라 내가 이상한 거 아닐까 하는 생각까지 들더라 이거죠. 그런데 방금 뭐라셨나요?"
"아무 말 아니었습니다. 저어, 사람들이 차연 님 앞에서 연극을 하는 이유가 무엇일지, 혹시 생각해 보셨나요."
"아직요."
"어서 해답을 찾으셔야 할 텐데."
이유를 알 수 없는 어떤 예지적 확신이, 그때 차연 안으로 성큼 찾아들었다. 아, 이 남자는 알고 있구나. 그간 있었던 일들. 원형을 만나 반지하 셋방에서 함께 며칠을 보내던, 그 이전과 이후의 내게 찾아온 알 수 없는 사건들 모두를. 놀랍거나 불쾌하지는 않았다. 그에 대해 따져 묻고 싶은 생각도 없었다.
"계신 곳이 티베트라고 하셨던가요."

"그렇습니다."

"거기…… 어떤가요."

"사람이 살고 죽어가는 곳이죠. 산에 묻히고 성지순례단의 발소리에 묻히고 해발 5천 미터의 야박한 공기에 묻혀 잘 보이지는 않지만."

"……"

"달의 성이라는 계곡이 있습니다. 여기서 멀지 않죠."

"달의 성?"

"미국의 그랜드캐니언을 생각하시면 될 겁니다. 유가 다르기는 하지만."

풀 한 포기 없는 적갈색 바위 덩어리와 흙바람으로 이루어진 협곡. 마치 수많은 불상들을 줄지어 세워놓은 듯한 모양새이다. 16세기 역사 속으로 홀연히 사라진 구게 왕국 궁궐터가 보존된 그 근처에, 구도자들의 이상향 샴발라가 있다. 그리고 그곳으로 들어가는 길은 달이 뜨면 나타난다. 전설에 의하면 그렇다. 그것도 말띠 해의 4월 보름달에, 샴발라 주민의 초청을 받은 이의 눈에만.

"언제 나오실 계획이라도."

"곧 때가 올 겁니다. 아직은 아니지만."

매우 먼 거리임을 증명하는 작은 소음이, 수화기 너머 공간에 모래바람처럼 떠돌았다.

"2061년입니다. 지금은."

"2061년?"

"여기 사람들이 쓰는 네팔력은 서양력보다 50여 년이 앞서거든요."

"그렇군요."

전화기를 쥔 손이 뜨거워지고 있다. 차연은 숨을 죽였다.

"저, 뭐 하나 여쭤도 될는지요."

"물론이죠."

말해야 한다. 그에게 말해야 한다.

"원형이 제게, 제게 무슨 부탁을 한다면, 그렇다면, 그것을 들어줘야 하겠습니까. 그게 원형을 위한 일이겠습니까."

"부탁?"

"그 비슷한 거라도."

"글쎄요. 어떠한 종류의 부탁인지가 중요하겠지요."

"맞습니다."

"더욱 중요한 문제가 그 이전에 있습니다. 과연 그 부탁을 거절할 수 있는지, 그런 결단을 내릴 수 있는지 하는 문제 말입니다."

"……."

"그나저나 너무 늦은 고민 같군요."

"늦다니요."

"길 잃고 헤매는 원형 씨의 길 위에, 차연 님이 이미 들어서 계시니 말이죠. 아닐지도 모르지만, 제가 느끼기엔 틀림없이 그렇습니다."

"아이, 또 그놈의 길 이야기."

"원형 씨는 지쳤습니다. 그간 너무 멀고 험난한 길을 걸어오며 몸과 마음을 혹사시킨 때문이겠죠. 이제 와서는, 그래서 정작 중요한 것을 보지 못하고 있죠."

"차연 님이 누군지, 저는 모릅니다."

이게 아닌데. 할 말은 다른 곳에 있는데. 목이 탄다. 냄비 속 뜨거운 물이라도 벌컥벌컥 들이키고 싶다.

"솔직히 말씀드리는 겁니다. 예전에도 이렇게 통화를 했지만, 나와 똑같은 이름을 가진 사람이 정말 있는지도 의심스럽고. 사실 말이지, 등본 한 통을 떼어본 것도 아니고."

"이해합니다. 저 역시도 그랬으니까."

"하지만 차연 님이라면 저를 도와주실 수 있을 것 같습니다. 왠지 모르겠지만, 그럴 것만 같은 생각이 자꾸 듭니다. 어떻게 하면 좋겠습니까. 저 요즘, 정말이지 끝도 없는 혼란을 밥알 씹고 국 떠마시듯 하며 살고 있습니다. 이런 경험은 평생 해본 적이 없습니다. 6개월 넘게 사귀었던 여자와 갑자기 헤어질 때도, 아버지가 돌아가셨을 때도."

"……."

"저를 만나주실 수 있겠습니까?"

"당장은 곤란합니다. 지금 저는 2061년 달의 성 계곡에 있으니까요."

시간이 잠깐 흐르고, 전화 속 차연은 말을 이었다.

"모든 것은 차연 님에게 달려 있습니다. 세상 누가 다른 사람의 의지에 간섭할 힘이 있겠습니까. 다만 하나, 거부하지 마십시오. 드리고 싶은 말은 그것입니다. 비껴 서지 마십시오. 먼 거리로부터 자신을 향해 다가오는 모든 것들을, 앞장서 받아들이셔야 합니다. 그 무수한 대상들의 울음소리에 귀를 기울이셔야 합니다. 모든 절망에는 이유가 있으니까."

통화가 끝났다. 기껏해야 10분가량이 지나갔을 것이다. 전화기를 내려놓은 차연은 베란다 창 너머로 잠시 시선을 던졌고, 잊고 있었다는 듯 씩씩하게 부엌으로 갔다. 그리고 볼일 급한 사람처럼 가스레인지 불꽃을 피워 올렸다. 식지 않은 냄비 속의 물은 빠른 속도로 끓기 시작했다. 난리가 난 것처럼 끓어대는 수면을 1~2분 정도 지켜보다가 라면 봉지를 뜯었다. 꺼내든 면발과 스프 봉지를, 역시 그만한 시간에 걸쳐 뚫어져라 노려본 뒤, 봉지 속에 다시 집어넣었다. 찬장에 라면을 올려놓고 가스레인지를 껐다. 베란다 밖으로 나갔다. 담배를 꺼내든다. 맞은편 아파트의 네모반듯한 창문들을 바라보는 얼굴은 바보스러울 만큼 평안하다. 기억의 용량이 10분을 넘지 못하는 단기기억상실증 환자 같다. 나는, 지금 어디서 무엇을 하고 있는 누구일까. 밑 빠진 강박증이 잠시 고개를 쳐들었지만 더 이상 차연을 괴롭히지는 못했다.

정확히 10분 뒤. 아무것도 기억 못하는 사람처럼 태연한 얼굴로 집을 나섰다. 상가 건물 지하의 슈퍼마켓에 들어섰다. 주머니를 몽땅 털어 값싼 국산 양주 한 병과 치즈와 육포와 양상추를 샀다. 바쁜 걸음으로 집에 돌아왔다. 현관문을 잠그고 전화선을 뽑고 커튼을 치고 컴퓨터와 TV를 껐다. 오후 날씨가 여전히 더웠으므로, 홀렁훌렁 셔츠와 바지를 벗어젖힌 뒤 런닝셔츠와 팬티 차림으로 마루바닥에 퍼질러 앉았다. 사온 것들을 꺼냈다. 지갑 속의 지폐 몇 장으로 바꾼 마지막 음식이다. 허겁지겁 육포를 씹고 치즈를 우물거리고 병째 양주를 들이켰다. 씻지도 않은 양상추 잎을 뜯어 우적우적 삼키고 다시 양주를 마셨다. 조난당한 산악인처럼 맹렬히 음식을 구겨 넣는 동안 머릿속에는 아무것도 떠오르지 않았다.

 얼마나 잠이 들었을까. 눈을 떠보니 마룻바닥이다. 창밖은 캄캄했다. 화장실로 달려갔다. 변기를 붙들고 먹은 것을 죄다 토하기 시작했다. 시큼한 양주 냄새가 쏟아지고 독수리에 뜯긴 살점 같은 육포 찌꺼기들이 넘어왔다. 눈물을 닦고 방으로 돌아와 자리를 깔고 누웠다. 어둔 천장이 빙글빙글 맴돌았다.

 어두운 공간. 퀴퀴한 시멘트 냄새. 어디선가 물방울 떨어지는 소리가 들린다. 탁탁, 탁탁. 천천히. 끊임없이. 사지가 묶여 있음을 깨닫는다. 의자 등받이 뒤로 팔이 묶여 꼼짝할 수가 없다. 추웠다. 철문이 열리고, 누군가 천천히 계단을 내려온다. 시멘트 바닥을 질그럭 질그럭 밟는 구둣발 소리.

"고개 들어."

낮은 목소리. 키가 큰 남자다. 백열등을 등지고 서 있어 얼굴은 보이지 않는다.

"내가 누군지 아나."

모질게 묶인 손목이 끊어질 듯 아프다. 온몸이 욱신거린다. 정신을 잃기 전, 아마도 여러 시간 구타를 당했을 것이다.

"나를 아느냐고 물었다."

힘없이 고개를 저었다. 그를 기억할 수가 없다. 이름도 얼굴도, 언제 어쩌다가 이렇게 마주하게 된 건지도 전혀 생각나지 않는다.

"한심한 자. 며칠 동안 자기를 감금한 사람이 누구인지 모른다니. 냄새나는 지하실 바닥에서 물 한 모금 먹이지 않고 팔다리 부러질 정도로 매질을 한 상대가 누구인지조차 모른다니."

차갑게 지껄이던 남자가 백열등 빛 한 켠으로 비켜섰다. 희미하게 드러난 얼굴에, 반사적으로 눈을 감고 말았다. 차마 그를 볼 용기가 나지 않는다.

"똑똑히 기억해둬. 나는 네 육체가 참아낼 수 있는 최악의 고통이자 정신이 감당할 수 있는 극한의 모멸이다. 사람과 사람 사이에 있을 수 있는 가장 지독한 관계 속에 너와 나는 놓였다. 이곳에 끌려오는 순간, 너는 파괴되었다."

아침 일찍 눈을 떴다. 머리가 조금 무거웠지만 그런대로 몸은 가

뻔했다. 세수를 마치고 간만에 면도를 했다. 그리고 수화기를 들었다. 열 번 넘게 이어지던 신호 끝에 잠 기운 가득한 원형의 목소리가 들려왔다. 여보세요.

"나야."

"……차연이구나."

"응."

"지금 몇시지? 아침 일찍 웬일이야."

"하겠어."

"응?"

"원형이 말한 것 말야."

점심 약속을 청하듯 차연은 담담히 말했다. 잠자고 있던 냉장고 컴프레셔가 위이잉, 울기 시작했다.

"사람을 죽일 수 있을 것 같아. 생각해 보니 그럴 수 있겠어. 그러니 이제 망설일 필요가 없겠지. 안 그래도 모자란 잠을, 이제는 찾아야 할 테니까."

지옥 같은 상상에 발목이 잡혀

 화창한 날이다. 새털구름 얇게 흐르는 하늘은 수성물감처럼 파랗다. 얇은 홑겹 점퍼를 입고 걷기에 맞춤하게 상쾌한 날씨. 들뜬 거리는 토요일 오후의 7호선 경마장 역 주변같다. 두 시 사십 분. 이제 20분이 남았다. 버스에서 내린 차연은 적당히 빠른 속도로 걸음을 옮겼다. 돗자리와 김밥과 사이다와 과일을 싸들고 시민 공원 잔디밭에 소풍을 가는 기분이다. 종이 쇼핑백 안에는 김밥 도시락이 아니라 파비아 RB67S가 들어 있다. 언제 어떤 계기로 손에 넣게 되었는지, 중고라고 해야 할지 골동품이라고 불러야 할지 모를 그 물건을 얼마 정도에 팔면 적당할까 고민할 필요는 이제 없다. 그리고 점퍼 안쪽에는, 가죽끈에 매달린 물건이 언제고 필요한 순간이면

보안관의 권총보다도 재빠르게 끄집어낼 수 있는 위치에 단단히 고정되어 있다. 등산용 손도끼이다. 길이 32cm의 나무자루. 가로 14cm 세로 10cm의 도끼날. 자루는 흰색 반창고가 단단히 감겨 손아귀의 힘을 빈틈없이 전달하며 턱수염도 깎을 만큼 잘 갈린 도끼의 날은 강철의 고운 결을 따라 은색으로 빛나고 있다. 전날, 원형은 현찰 5백만 원과 당분간 은신해 있을 곳의 약도와 함께 그 물건을 내밀었다. 기분 어때? 손도끼를 만지작거리던 차연이 새벽안개에 홀린 사람처럼 웅얼거렸다. 모르겠어. 슬프지는 않은데, 눈물이 날 것 같아.

일제시대에 지어진 단층 은행 건물 앞. 횡단보도가 열리고 사람들이 우르르 도로에 내려섰다. 빠아아앙. 무리하게 끼어든 승용차 꽁무니에 대고 시내버스가 길게 경적을 울린다. 행인들의 시선이 버스 꽁무니를 힐끔힐끔 뒤따른다. 저 안에, 지금 몇 사람이 타고 있을까. 하루에 몇 명의 사람들이 저 버스를 타고 내릴까. 매일 일곱 차례 운행을 나서고, 종점에서 종점까지 멈춰서는 정류장이 20군데 정도 되며, 각 정류장마다 승차하는 사람들 숫자가 평균 잡아 다섯 명이라고 가정했을 때, 그리고 출퇴근 혹은 등하굣길에 같은 버스를 이용하는 승객 숫자를 전체의 2/3로 잡으면, $7 \times 20 \times 5 \times 2/3$는. 난데없는 암산에 빠진 차연의 걸음이 조금씩 처진다. 뒤따라 횡단보도를 걷던 사람들이 차례로 어깨를 비켜간다. 다음 문제.

버스에서 한 번 만났던 사람을 다시 만날 가능성은? 어느 날 어느 시간에 버스를 탔던 사람이, 며칠 후 비슷한 시간대에 같은 버스를 탄다. 이때, 며칠 전 버스 안에서 만났던 사람을 다시 만나게 될 확률을 구하시오. 사건 A가 일어날 수학적 확률을 P(A)라고 했을 때, P(A)=(A에 속하는 근원 사건의 개수)/(근원 사건의 총 개수)로서, 아, 그 이전에 '사건'의 한계가 명확해야 할 것인데 즉, 처음의 버스 안에 같이 있었던 사람이면 아무나 괜찮은 건지, 운전기사도 상관없는 건지, 아니면 두 번째 버스에서 재회할 것으로 기대되는 특정 인물이 있는지. 그에 따라 확률은…… 가만. 내가 뭘 하고 있는 거지.

영광전당포. 걸음을 멈추었다. 약국 안쪽, 개량 한복 가게 몇 집이 연달아 늘어선 골목 끝이다. 구멍가게와 꽃집이 있는 건물 3층에 붉은 글씨의 아크릴 간판이 눈에 들어온다. 왼쪽 가슴을 더듬어본다. 손도끼의 견고한 감촉이 놀란 심장처럼 파닥거린다. 거리 위로 느린 오후가 내려앉고 있다. 오가는 사람들은 그다지 많지 않다. 길모퉁이에 선 차연은 거무튀튀한 벽돌 길이 멀리 뻗은 너머로 시선을 던졌다. 외롭구나, 그다지 어울리지 않는 대사를 중얼거려본다.

계단은 좁고 가파르고 어둑하다. 창문을 넘어온 햇살이 계단참에 숨어 떠돌던 먼지 한줄기를 게으르게 비춘다. 3층. 텅 빈 신성라사 가게터를 지나 기역자형 복도를 꺾어 들어간다. 걸음을 내디딜 때마다 복도 바닥이 수상 가옥처럼 출렁이고 있다. 어지럽다. 복도

끝. 304호 간판이 눈에 들어온다. 그렇지 않아도 얼어붙은 가슴이 선뜻 내려앉는다. 똑똑. 똑, 똑, 똑.

누구요.

들릴 듯 말 듯한 목소리. 차연은 목청을 높였다.

무, 물건을 가져왔습니다.

물건?

예.

……들어오슈.

현관문 손잡이를 비틀어 열기 전, 점퍼 주머니에서 가죽장갑을 꺼내 낀다. 장차 사건 현장이 될 곳에 여기저기 지문을 묻혀놓을 수는 없다. 신을 벗어 신발장에 밀어 넣고 알루미늄 창살문을 밀어젖히는 손끝이 형편없이 떨리고 있다. 어져오집지오. 침을 모아 삼켜보지만 입안은 새벽녘처럼 말라 있다. 흔들리면 안돼. 뿌옇던 눈앞이 조금씩 트이며 실내 풍경이 드러났다. 칸막이 너머, 굽은 어깨 사이로 꺼부정히 고개를 빼고 앉은 노인이 차연을 올려다보고 있다. 석연치 않은 표정으로 천천히 눈을 껌뻑인다. 그 시선을 맞출 자신이 없다. 저번의 내 얼굴을 혹시 기억하는 것은 아닐까. 그래도 할 수 없는 일이지.

"내놔보셔, 멀거니 서 있지 말구."

"예?"

"잽힐 물건 말이야. 어디 안 좋아? 안색은 허예가지구설랑."

"아, 아뇨."

뺨을 더듬었다. 그러다가 계절에 맞지 않는 가죽장갑을 끼고 있음을 깨닫고, 얼른 손을 감추었다.

"며칠 동안 바, 밥을 못 먹어서 그렇습니다."

"바압?"

"돈이 없어서요. 이거나 잘 좀 쳐주십쇼."

한심한 것 같으니, 하는 시선을 못마땅하게 던지던 노인이 카메라 케이스를 받아들었다. 과연 908호 노인과는 다른 생기가 또렷하다. 이거 써주셔. 물품양도증 양식을 내밀고는 돋보기를 찾아 쓴다. 카메라를 살피느라 고개 숙인 정수리, 성성한 백발 사이 맨 이마가 허옇게 드러났다. 칸막이에 몸을 기댄 차연이 거리를 어림한다. 1m 안팎. 그쯤 될 것이다. 스트라이킹 디스턴스. 우리말로 가격 거리.

종잇장을 내려놓은 차연은 점퍼 속으로 슬그머니 손을 집어넣었다. 쉴 새 없이 째깍거리는 벽시계 소리뿐 실내는 끔찍하도록 조용하다.

조심히, 들키면 안 되지.

노인의 손 가까운 책상 모서리에 작지만 견고한 비상 단추가 설치되어 있다. 전기 신호로부터 변환된 경보음이 때르르릉 복도를 찢어놓을 듯 울려 퍼지고, 건물을 채 도망치기도 전에 사설 경비업체의 힘 좋은 청원경찰들이 들이닥칠 것이다. 덥다. 얼굴이 홧홧

달아오른다. 도끼 자루를 움켜쥐었다. 시간이 아득하게 멈추어 선다. 가죽 끈으로부터 조심조심 자루를 빼낸다. 숨이 막혔다. 상상속에서 얼마나 연습했던 순간인가. 손아귀에 힘이 빠지고 있다. 도끼를 떨어뜨릴 것만 같다. 파비아 알비육칠, 이거 고물이구만. 요샌 거래도 안 되는 건데. 이리저리 카메라를 살피며 노인이 중얼거린다. 더 이상 지체할 시간이 없다. 가난에 지친 누군가, 아끼던 물건을 품에 안고 언제 이곳에 들어설지 모른다. 점퍼 밖으로 천천히 도끼를 꺼내들었다. 노인이 고개를 쳐들지 않기만을 빌고 또 빌었다.

고개 들지 말아!

눈이 마주친다면 온몸이 뻣뻣하게 굳어버릴 것이다. 끓인 설탕물처럼. 마이더스의 딸처럼 롯의 아내처럼. 전형근. 당신의 죄를 잊지 않았겠지. 이제내정당한심판을받아라늙고사악한가면귀신아. 도끼를 쳐들었다. 저요, 손을 들듯 머리 위로 높이. 그리고 정수리를 향해 힘차게 내리쳤다. 도통 힘을 쓸 수 없을 것만 같았는데, 도끼를 내려찍는 아주 짧은 순간 생각지도 못한 기운이 손목 가득 솟구친다. 퍽. 단 한차례 가격으로 충분했다. 노인이 외마디 비명을 질렀다. 그러나 극히 약한 소리였다. 두 손으로 머리를 감싸다가, 그 자세로 힘없이 쓰러진다. 한 손에는 여전히 카메라를 쥔 상태이다. 풀썩. 앉아 있던 회전의자 등받이가 빙그르르 돌아간다. 끝났구나. 목재 칸막이를 뛰어넘었다. 책상 아래에 벌렁 나자빠진 노인의 다리 관절이 잘려나간 곤충의 뒷다리처럼 간헐적으로 꿈틀거리고 있다. 그뿐이다. 노인은 이미 죽었다. 길게 벌어진 정수리 상처. 엎질러진 토마토주스처럼 꿀럭꿀럭 피가 쏟아지고 있다. 튀어나올 것처럼 눈을 부릅뜬 얼굴이 흉하게 일그러졌다.
"뭐해?"
노인이 투덜거렸다.
"월 7푼이라고. 이 양반이 아까부터 얼이 빠져서는…… 잡힐 테야 말 테야?"
"어, 예."
화들짝 정신을 차린 차연은 반사적으로 물러섰다. 왼쪽 가슴을 더듬었다. 도끼는 그 자리에 얌전히 숨어 있다. 그거 참, 지옥 같은 상상이로구나!
"할 생각 있으문 신분증 내놔. 이거 얼른 작성하시고."
"저기, 나중에."
"뭐야?"
"죄, 죄송합니다. 갑자기 몸이 안 좋아서. 어어."
황황히 등을 돌렸다. 알루미늄 이중문을 밀어젖히고 신발장에서 운동화를 꺼내, 신지도 못한 채 들고 내달렸다. 계단은 좁고 가파르고 위태롭다. 다리에 힘이 풀렸다. 속이 울렁거렸다. 노인의 자잘한 투덜거림이 들려오는 것만 같다. 어금니를 악물었다. 대체 이놈의 전당포란, 왔다하면 매번 도망치듯 등을 돌려야 하다니.

사람을 죽일 수 있다고 생각하다니. 내가 정신이 나갔지. 잠깐 미쳤던 거야. 덜덜 떨리는 손바닥을 내려다보던 차연이 시커먼 한숨을 뱉어냈다. 후끈 땀에 젖은 겨드랑이가 질척했다. 이런 주제에, 뭘 어떻게 하겠다고?

오후가 깊어갔다. 거리는 화창하고 또 소란스럽다. 길 위로 바쁜 걸음들이 길 위를 쉴새없이 오가고 있다. 전당포에 들어가기 전에 비해 세상은 150년 정도가 흘러간 것만 같다. 바람이 불었다. 신문사 건물에서 성당 쪽으로 꺾어지는 좁은 가로수 길. 패스트푸드 식당 창가에 앉은 여인들이 감자 튀김을 씹으며 소리 없는 대화를 주고받는다. 오후의 극장 매표소 앞은 다소 한산하지만 모여선 이들의 표정은 즐겁도록 가볍다. 가을날이 노랗게 저물고 있다. 원형을 떠올렸다. 독재와 불의, 그리고 폭력. 타히티. 혁명. 카스트라토. 1천 2백만 원. 그런 단어들은 지금 여기, 의 숨 막히는 현실성 앞에 아무 힘도 되어주지 못했다. 이 결과를 어떻게 설명해야 할 것인가. 힘 빠진 걸음을 옮기던 차연은 주춤 멈추어 섰다.

오오. 내 카메라.

입이 벌어졌다. 머리를 쥐어뜯고 싶어진다. 카메라를, 전당포에 두고 왔다. 허겁지겁 자리를 벗어나느라 챙길 생각도 못했었다. 뒤통수에 대고 투덜거리던 노인의 말은, 그렇다면 물건 가져가라는 소리였던가. 예상치 못한 손실이다. 난감했다. 애착이 가거나 추억이 있는 물건이어서가 아니다. 어딜 가도 20만 원은 받을 텐데. 최소한 10만 원 정도는 손에 쥘 수 있을 텐데. 10만 원 아니라 단돈 2만 원이라도 그렇지, 지갑 텅 빈 주제에 당장 돈으로 바꿀 수 있는 물건을 놓고 오다니.

포기해야 하나. 소기의 목적도 달성 못하고, 1천 2백만 원을 한순간에 날리고, 그러고도 모자라 멀쩡한 물건까지 냉큼 줘버려야 할 것인가. 마음만 조급해졌다. 에프킬러 맞은 파리처럼 보도블록 좁은 반경 위를 뱅뱅 맴돌았다. 맴돌면서 고민했다. 이걸 어째야 하나.

방법은 간단하다. 가서 찾아오면 된다. 물건 주인으로서 당연히 할 수 있는 일이다. 물론 귀찮고 그 이전에 죽도록 싫지만, 그러나 다른 방법이 없다. 아니할 말로 노인의 정수리를 향해 도끼를 쳐들었다가 들켜 도망친 것도 아니지 않은가. 다시 들고 나오는 게 눈치 보인다면 적당한 값에 카메라를 잡히는 방법도 나쁘지 않겠고.

두 번 다시 가고 싶지 않은 곳. 꿈에 나타날까 두려운. 하지만 다른 방법이 없었다. 발길을 돌렸다. 왔던 길을 고스란히 되짚어, 옛날의 거리를 향해, 정확히 10분 전 벌벌 떨리는 손으로 도끼질을 하려 했던 작자에게로 다시 찾아가야 하다니. 제기랄. 그 원수 같은 카메라! 슬프지는 않았지만, 눈물이 날 것 같았다.

살인의 감촉

죽을상을 하고 다시 영광전당포에 들어섰을 때, 창구에는 왜소한 여인 한 명이 등을 보이고 서 있었다. 감정 상담을 하는 모양이었다. 그래서 차연은 창가(문을 열고 들어서면 오른편 벽에 조그만 창문이 나 있다. 한 번도 열어본 적이 없는지 창틀에는 뿌옇게 먼지가 내려앉았고 들어오는 빛은 임종 직전의 형광등처럼 뿌옇다)의 비닐 소파에 앉아 차례가 오길 기다렸다. 발목까지 오는 검은 치마의 여자는 둥글게 처진 어깨를 가졌다. 그 뒷모습에 우물쭈물 자신 없는 기색이 가득하다. 헤헤이. 그렇게는 안 된다니까? 노인의 말끝에 여자의 상체가 더욱 오그라든다. 당장 필요한 데가 있어서. 이거 봐요 아줌마, 금값이 요새 안 그래요. ……아아니, 소중하긴 댁에한테나 소중한 거지. 전당포에서 소중한 거라고 더 쳐주고 훔친 물건이라고 헐값 받고 그러나. 한참을 우물거리고 서 있던 여인이, 침통하기 그지없는 기색으로 돌아선다. 핸드백에 집어넣는 것은 오래되어 보이는 금목걸이이다. 여인이 물러서길 기다린 차연은 조심스럽게 창구로 다가갔다.

"저기."

장부를 펴고 뭔가를 끼적거리던 노인이 돋보기안경 너머로 시선을 쳐든다. 여인과의 실랑이로 인한 짜증이 미간에 채 가시지 않았다.

"무슨 일이슈, 물건 잽히실라구?"

사람만 보면 물건 잽히실라구, 가 인사말 대신인가.

"아니 저, 아까 그거요. 그거 좀."

"아까 그거라니. 무슨 일로 왔냐니까."

"카메라요. 돌려주셨으면 해서."

"카메라?"

"예."

아아, 그거. 여깃수. 내 정신하곤. 그렇게 나오는 게 당연한 순서건만 노인은 얼굴은 완강하다.

"카메라라니. 그게 무슨 소리여?"

차연을 처음 본다는, 마치 그런 표정. 이런. 노인이 기억 못하는 게 아니라 내가 착각을 했구나. 아까 왔던 데는 여기가 아니었지.

그래. 오늘 집에서 카메라를 가지고 나온 적도 없는데. 순간 그런 혼란이 모기 소리처럼 귓가에 앵앵거린다.

"에이, 장난 마시구요. 카메라 어서 주세요."

"웬 제길. 뭔 카메라 말야?"

"파비아 알비육칠이요. 아까 한참을 들여다보면서 고물이라고 하셨잖아요. 요샌 거래도 안 되는 거라면서."

"누가?"

"누구긴 누구예요 할아버지지."

"누구한테?"

"저한테요. 그랬다가, 제가 급히 나가느라고 카메라를 놓고 갔잖아요. 성가시게 해서 죄송해요. 장난치지 말고 어서 주세요."

"그러니까 뭐야, 물건을 내놓으라 이거구만."

"제 거니까요."

"카메라를 두고 갔다, 그걸 다시 찾아내라?"

"그렇지요."

노인이 천천히 일어선다. 개애새끼, 중얼거리며 쥐고 있던 볼펜을 책상 위에 탁 내려놓는다.

"이 개애애새끼야. 너 누구야?"

"……예?"

욕설의 생생한 무게를, 몹시 의외였으므로, 얼른 실감하기가 쉽지 않다.

"너 누구냐구. 요런 개애새끼가 어디 와서 사기를 칠라고."

허리에 처억 손을 올려놓고는 맵게 쏴붙인다. 노기등등한 기세에 얼이 쏙 빠진다.

"아니. 아니."

"이런 그지새끼들을 하루도 안 볼 날이 없으니. 야 이 새끼야, 어여 안 꺼져?"

"카메라 주셔야."

"너 줄 카메라 없어 이 개애애새끼야. 주뎅이를 칵 찢어버릴라."

"어라?"

"어라 좋아하네. 그 눈구녁으로 어딜 노려보는 게야?"

사태의 심각성을, 그제야 깨닫기 시작한다. 의뭉스러운 노인은 물건을 내놓지 않을 심산이다. 그래서 처음 보는 얼굴인 양 시치미를 뗐고 그래서 공연히 열을 올리며 호통을 치고 있는 것이다. 개애애새끼의 생생한 어감이 그제야 불쾌해지기 시작한다. 정말이지 다르구나. 나쁜 인간은 뭐가 달라도 다르구나. 그 짧은 기회를 놓치지 않고 남의 물건을 삼키려 드는구나. 이러니 죄 없는 사람들을 그렇게 못살게 굴 수 있었지. 이러니 죽으면 좋아할 사람이 그렇게 나 많지.

"말씀 심하시네."

"안면에 힘 주면? 한 대 칠래? 신고할래? 해봐 개애애새끼야. 뒤로 묶여 흙바닥 박박 기면서 눈물콧물 짝짝 뽑고 싶으면 맘대로 질러봐 좆만한 마더뻐커 새끼야. 확 갈아서 덴뿌라를 튀겨먹을라."
 전화기를 들고는 차연 앞에 세차게 내려놓는다. 테엥. 화가 났다. 화를 잘 내는 성격이 아니건만, 세상에 화낼 일은 없다고 생각하는 편이었지만, 지금은 눈 밑 뜨끈해질 정도로 화가 치민다. 설익은 분노로 손이 부들부들 떨린다. 당신은 언제나 날 화나게 만드는군. 나쁜 인연이란 참으로 저주스럽다니까.
 "당신 정말, 아주 나쁜 사람이군."
 "허어. 이런 씨팔 같은 새끼가."
 "전형근."
 "뭐야?"
 "내가 모를 줄 알아?"
 "……."
 "얼마나 많은 사람들이 당신을 저주하는지 당신은 모를 거야. 모르는 편이 낫겠지."
 잠시 머뭇거리던 노인이 미치도록 야비한 미소를 짓는다. 그 미소가, 이내 독살스러운 표정으로 바뀌었다. 정말이지 그는 메피스토펠레스에 몰입된 연극배우 같다.
 "그랬구만. 그렇게 돌아가는 판이었구만. 미리 말씀을 주실 일이지."
 돌이킬 수 없는 어떤 상황 속으로 조금씩 들어서고 있음을, 차연은 아찔하게 실감했다.

"그러니까 네가 죽고 싶어 안달을 하는 새끼들의 하나였구나. 그럼 뭐야. K시 아파트의 내 귀여운 분신을 죽인 새끼가 바로 너였던가?"

"906호. 내가 그 옆집에 살았지."

"골통을 뽀갤 때 기분깨나 삼삼했겠구만. 어때, 황홀하든? 혁명의 피를 손에 묻힌 기분이든? 좆대갈님이 덩달아 벌렁거리든?"

서랍을 열고 뭔가를 꺼낸다.

"너 이 새끼 거기 있어봐. 세상맛 좀 보여줄 테니."

칸막이 구석의 출입문을 왈칵 밀치고 나온다. 성큼성큼 차연 앞으로 다가오며 냅다 손을 내지른다. 청년 장교처럼 날렵한 동작. 시커먼 권총이 쥐어져 있다. 놀란 심장이 덜커덕 멈춘다.

"아이언 이글 348이야. 쉬리 봤지? 최민식이 거기서 이 총을 썼어. 웬만해서는 사람한테 쏘지 않는 총이래. 사방으로 살점 뼛조각 터져 나가는 꼴 보다 오바이트 쏠리기 쉽대나. 곰 잡고 멧돼지 잡는 41구경 매그넘 탄을 쓰니까 그런가 봐. 하지만 걱정 마. 내가 사람 죽어 나자빠지는 거 한두 번 봐온 놈도 아니고."

안전장치를 풀고 노리쇠를 철컥 당겼다 놓는다. 탄창의 총알 한 발이 솟구쳐 장전되고, 드러난 뇌관 앞에 뽀족한 강철 격침이 팽팽하게 시위를 당기고 있을 것이다.

"손들라이. 내 손가락은 참을성이 별로 없으니깐."

저항할 상황이 아니다. 천천히 손을 쳐들었다. 짝! 왼쪽 뺨에서 파란 불이 번쩍인다. 얼얼해진 뺨에 손을 가져가던 차연은 정강이의 새큰한 통증에 허리를 꺾었다. 노인의 구둣발 끝이 정강이뼈를 연거푸 찍어 차고 있다.

"이 개아들새끼 동작 좀 봐. 똑바로 안 서?"

공포와 모멸감, 을 저만치 앞서는 통증. 눈앞이 뽀얗게 흐려졌다. 주춤주춤 물러서던 차연은 점퍼 안으로 손을 집어넣었다. 그리고 손도끼를 꺼내들었다.

"죽여 버릴 거야."

노인이 빙그레 웃었다.

"정말 유쾌한 새끼 다 보겠네. 아나, 그 장난감으로 니 여편네 밑구녁이나 틀어 막거라."

"가, 가까이 오지 마!"

"내 맘이다 개애애색귀야. 어여 그거 안 내려놔?"

한 걸음 두 걸음 다가오는 노인에게 떠밀려 뒷걸음질을 했다. 이윽고 알루미늄 문살의 가벼운 감촉이 등 뒤에 출렁 닿았다. 총구의 검고 동그란 입이 호오, 입김 불듯 차연을 노려보고 있다. 허공에서 바들바들 떨리는 손도끼는 과연 싸구려 장난감 같기만 하다.

때르르릉.

칸막이에 위태하게 얹혀 있던 전화가 울음을 터뜨리기 시작했다. 0.5초 가량의 빈틈이, 그때 찾아왔다. 등 뒤에서 느닷없이 터져 나온 소리에 노인이 아주 잠깐 집중력을 잃는다. 움찔, 두 눈동자가 보일락 말락 흔들렸다가 다시 주의력을 되찾기까지 0.5초가 될까 말까한 순간. 차연은 노인의 손목을 세차게 쳐냈다. 라켓으로 탁구공을 받아치듯. 어디서 그렇게 민첩한 판단력이 나왔는지 알 수 없다. 완강하던 조준 자세가 삽시간에 흐트러지고, 거의 동시에 손도끼가 날렵하게 공기를 갈랐다. 때르르릉. 첫 번째 전화벨이 울리고, 불과 1초 안팎 짧은 순간의 일이다. 묵직한 도끼날이 정수리 사이에 내려 꽂혔다. 퍽. 한마디 신음도 내뱉지 못한 노인이 무릎을 꺾으며 주저앉았다.

그 소리! 그 감촉!

숨이 막혔다. 귀가 먹먹했다. 시계바늘이 거꾸로 돌아가고 머릿속은 열차가 도착하는 지하철 승강장처럼 세찬 바람이 휘몰아쳤다. 원형이 떠올랐다. 김시민의 창백한 표정이 떠올랐다. 9층 어두운 복도가 떠올랐다. 죽음의 강을 건너갔다 돌아온 사람들이 진술하는 순간처럼 뜻밖의 장면들이 슬라이드 화면이 되어 철컥철컥 지나갔다. 그뿐 눈앞에 보이는 것은 아무것도 없다. 시무룩이 표정 잃은 노인이 털썩, 모로 쓰러져 눕는다. 철쭉빛 고운 액체가 주르륵 주륵 코를 타고 입술을 흐르고 사무실 바닥을 적신다. 그래. 언젠가 이런 경험을 한 적이 있어! 축축하게 번지는 기시감에 차연은 어깨를 떨었다. 언제였더라. 정신을 잃을 정도로 화가 나서 이렇게 사람을 쳐 죽였지. 그때는 지금처럼 당황스럽지 않았는데. 때르르릉. 때르르릉. 노인을 죽음으로 인도했던 전화벨 소리가 무참히 이어지고 있다. 때르르릉. 사람을죽였다. 때르르릉. 사람을죽였다. 쓰러진 노인을 내려다본다. 막 영혼이 빠져나간 눈동자는 박제 동물의 먼지 낀 그것 같다. 당신이 전형근인가. 가면 귀신으로 일컬어지던 그 사람 맞는가. 아까 검은 치마의 여인네를 풀 죽어 돌아가게 만들었던, 방금 전까지 내 눈앞에 총을 겨누고 생명을 위협했던 사람이 과연 당신인가. 그게 사실인가. 가만. 내가 지금 누구에게 중얼거리고 있는 거지? 전당포 안엔, 이제, 나밖에 없는데.

참으로 낯설구나 이러한 소리와 감촉. 도대체 사람의 머리에서 늙은 호박 깨지는 소리가 날 수 있다니. 그 소리를 듣고, 그게 사람 머리통 부서지는 소리라고 판별해 낼 사람이 어디 있을까. 그리고 감촉. 손도끼 자루를 통해 뭉클 전달되었던, 그리하여 오른손 바닥에 찐득하게 고여 있는. 뭔가가 묻은 것 같아 바지춤에 손바닥을 거듭 문질러보지만 감촉은 사라지지 않는다. 울상이 된 차연은 떨리는 손을 펴보았다. 눈에 보이지 않는 이물질이 끈적하게 배어있다. 때르르릉. 때르르릉. 쓰러진 노인의 상체 주변으로 검붉은 피의 원이 둥글게 커져간다. 피가 솟구치는 상처에서 꾸륵 꾸르륵 소리가 나는 듯하다. 때르르릉. 때르르릉. 등을 돌렸다. 죽은 사람처럼 넋 나간 얼굴로 전당포를 나섰다.

모리아 기도원

 도심의 골목 안쪽으로 해가 저물고 있다. 지하보도와 고층 건물에서 쏟아져 나온 걸음들이 바쁘다. 저녁을 맞은 9월 하순의 거리는 집 잃은 사람의 뒷모습을 닮았다.
 소방서에서 공평 미술관 사거리로 향하는 뒷길. 유리문 밖으로 식권 환영, 을 써붙인 식당 앞 노변에 은색 회사 택시 두 대가 보인다. 느린 걸음을 가진 남자가 있다. 여름 감기에 걸린 것처럼 지치고 자신 없는 표정이다. 잠시 서성이던 그가 유리문을 밀고 들어선다. 한끼 식사를 구걸하려는 사람처럼 조심스럽다. 주방 쪽으로 등을 돌린 여자가 어서 오세요, 웅얼거렸지만 잘 들리지 않는다. 남자의 시선이 좁은 식당 안을 선회한다. 구석진 4인용 식탁에 택시

기사 두 명이 마주 앉았다. 반 접어든 신문을 읽으며 수저질을 하는 사람, 식탁 위에 상체를 기대고 성의 없이 나물 반찬을 뒤적이는 사람. 그들 앞에 남자가 멈추어 선다.

밖에 택시, 운행하는 겁니까.

식당 안 분위기가 일순 경직된다. 쟁반을 받쳐 들고 배달 나가던 식당 여자가 남자의 뒤통수를 힐끔 쳐다본다. 이 사람이 지금 무슨 시비를 붙이려나.

왜요.

누군가 뜨악하게 되물었다. 스포츠 신문에 빠져 수저질을 하던 그이다.

어디 좀 갈 수 있을까 해서요.

어디요.

좀 멉니다. 태백.

태백? 강원도?

예.

두 운전기사의 얼굴 위에 복잡한 표정이 스친다. 저녁 시간을 맞이한 9월의 뒷골목, 누군가 길을 떠나기엔 너무 먼 지명이다.

요금 꽤 나올 건데. 따불 주셔야 하거든요. 톨비야 그렇다 쳐도.

맞은편 사내가 질세라 껴든다. 괜한 짜증이 배어 있던 처음의 목소리가 아니다.

돈은 얼마가 들어도 상관없습니다.

어어, 지금 바로 가시게요?

그렇습니다. 지금 당장.

태백이라. 그러면…….

두 사람의 눈빛이 부딪혔다. 은밀한 어떤 기운이, 식탁을 사이에 두고 바쁘게 오고간다. 나물 반찬을 뒤적이던 사내가 자진해서 양보를 내밀었다.

거기가 갔다 와. 난 피곤해서.

그래? 그럴까?

스포츠 신문은 급해진다. 뚝배기를 들어 남은 국물을 후루룩 들이키고는 호기롭게 일어선다. 오랜 친구를 대하듯 남자의 어깨를 감싼다.

급하신 것 같은데, 잠깐만요. 전화 한 통만 때릴 테니까 차에 좀 앉아 계세요. 저 뒤 찹니다. 아줌마 여기 계산!

카운터에 지폐 몇 장을 내려놓은 사내는 거스름돈을 기다리며 바삐 핸드폰을 누르기 시작한다. 그러면서 유리문 밖을 기웃거린다. 느린 걸음을 가진 남자가 차 뒷문으로 시적시적 들어서고 있다.

여보세요. 아, 나 정 기사.

소리를 지르기 시작한다.

다른 게 아니라, 오늘 장거리 뛸 거 같아서. ……태백에. 예? 아니 왜는. 가자는 손님이 있으니까 그렇지. 그런데 김찬일 씨랑 통화가 안 되네. 전화 꺼놨더라고. 예, 예예. 이따가 전화 좀 대신 해

달라구요. ……그래요.
 길게 트림을 뱉어낸다.
 예, 알았어요. 알아서 할 테니까 걱정 마시고. 낼모레 시간이나 잘 좀 빼줘요. 그래요, 그럼 끊습니다.

 하진을 지나면서 비가 흩뿌리기 시작했다. 어둔 길 위로 쏴아아, 위협적인 안개가 몰려들며 시야를 흐려놓았다. 그때마다 차는 급하게 속도를 줄여야 했다. 밤의 고속도로. 상행선 쪽에서 달려오는 차량의 전조등 불빛이 이따금씩 어둔 차안을 희뜩하게 밝혀놓고 멀어져갔다. 차가 터널에 들어섰다. 콰앙. 놀라운 소란이 몰아친다. 시속 110km. 터널 상단의 노란 등불들이 길다란 띠처럼 이어지고 있다.
 이게 저번에 새로 뚫린 건가 보네. 길긴 길다.
 운전기사가 혼잣말치고는 또렷하게 중얼거렸다. 터널 벗어나길 기다려 창문을 내린다. 차가운 빗방울이 얼굴을 때린다. 거센 들바람이 이따금 새 울음소리를 울며 차창을 흔들고 지나간다. 백미러 너머를 살핀다. 뒷좌석의 남자는 잠이 들었는가. 눈을 감고 의자에 길게 몸을 뉘었다. 등받이에 기댄 뒷덜미가, 차체가 덜컹거릴 적마다 죽은 살덩이처럼 흔들거린다. 미터기를 꺾고 길을 나선 지 다섯 시간. 기지개 한번 켜지 않은 채 내내 그 자세 그대로이다.
 잠이 든 것 같지는 않다. 지친 얼굴. 저물녘 도심으로부터 밤길을 달려 태백에 가려 하는 남자의 속사정을 상상한다. 모리아 기도원. 비행기 삯의 몇 배에 달하는 교통비를 지불하며 이 밤에 무리하게 다다르려는 그곳에 대해 지나가듯 묻자 남자는 대답했었다. 실은 저도 처음 가보는 뎁니다. 얼마나 절박한 사연이건 자신과는 무관한 일이다. 아무 사고 없이, 길을 잘못 들어 시간과 LPG 가스를 허투루 낭비하는 실수 없이 목적지에 손님을 내려주면 그만이다. 더욱이, 돌아오는 길에 방향이 맞는 손님을 운 좋게 만나기만 한다면.

밤새 비가 내릴 모양인가.

새로운 담배를 입에 물며 운전석의 사내가 다시 중얼거렸다. 들을 테면 들어라, 는 식이다.

손님도 손님이지만 나도 돌아갈 일이 깝깝하네요.

좁은 공간. 습하고 어둑한 지하실이다. 숨을 들이쉴 적마다 매캐한 시멘트 냄새가 코를 찌른다. 의자에 묶여 있다. 온몸이 쑤시고 아프다. 모진 구타에 시달리다가 정신을 잃었으리라. 속옷만 남겨진 채 옷이 벗겨져 있다. 땀 젖은 속옷이 차가운 살갗을 쓰리게 자극한다. 시멘트 바닥을 밟는 질그럭 질그럭 구둣발 소리가 들린다. 어둑한 층계로부터 누군가 내려서는 중이다. 키가 큰 남자다.

"고개를 들어."

또 이런 꿈을! 남자는 의자 뒤로 단단히 결박된 몸을 아프게 비틀며 외쳤다. 그 소리가 너무 작아 운전석까지는 들리지 않는다.

"놈을 어디로 빼돌렸지."

"누, 누구 말입니까."

"김시민. 모르지는 않겠지."

"김, 시민?"

"선택을 해라. 사회의 안정과 발전에 협조할 것인지 네 비참한 최후를 앞당길 것인지. 간단한 결정이지만 시간은 넉넉하지 않다. 현실에 만족할 줄 모르고 불평불만으로 인생을 허비하는 쓰레기들에게 더 이상 관용을 베풀 이유가 없다."

춥다. 악문 어금니가 부들부들 떨린다. 공포와 고통과 모멸감은 사사로운 감정일 뿐이다. 남자는 높고 험한 절벽의 환상을 끊임없이 떠올렸다. 이건 불공평한 일이다. 어딘지 모르는 곳에 끌려와, 의자와 한 몸으로 묶여 육체의 자유를 잃고, 옷까지 벗긴 채 몽둥이와 주먹 세례를 받고, 질문의 답을 전혀 모름에도 계속해서 대답을 강요받고, 게다가 남은 시간조차 넉넉하지가 않다니. 이 상황 속에, 내가 의도하거나 원했던 부분이 조금이라도 있는가?

"마지막으로 묻겠다. 김시민을 어디에 숨겼나."

키 큰 남자의 저음이 어둠 속을 쿵쿵 울렸다.

"정말 모릅니다. 정말."

"어리석은 것. 쓸데없는 용기가 너를 구속하고, 끝내 네 영혼을 파괴시킬 것이다."

"……하지만."

"똑똑히 봐둬라."

키 큰 남자가 옆으로 비켜섰다. 백열등 불빛이 그의 옆얼굴을 비춘다. 남자는 고개를 떨구었다. 그를 바라볼 자신이 없다.

"나는 네가 아니지만 너는 나다. 오래 전부터 나는 네 안에 있었다."

"왜, 왜 내게 이런 시련을 주는 겁니까. 무슨 권리가 당신에게 있는 겁니까."

"너는 나다. 모든 일은 네가 자처했다."

길은 어둡다. 비는 그치지 않고 안개도 여전했다. 멀리 앞서 달리는 소형차의 빨간 후미등이 이따금씩 나타났다가 사라지고, 간간이 맞은편 길로는 상향등을 밝힌 트럭이 아슬아슬 옆구리를 스쳐 지나간다. 너무 멀리 왔다고 남자는 생각한다. 매일 오후, 베란다 창틀에 팔꿈치를 기대고 서서 담배를 피웠다. 그럴 때면 바투 붙어 선 맞은편 아파트가 시야 가득 들어온다. 네모반듯하게 이어지는 창문 창문들을 바라보며 참으로 따분하구나, 습관처럼 중얼거리던 게 불과 어제 오후의 일이다.

좀 쉬었다 갈까요.

뒷좌석의 남자가 눈을 떴다.

그러시죠.

차가 서서히 속도를 줄였다. 길 오른편으로 완만하게 경사진 휴게소 진입로가 나타났다. 불 밝힌 휴게소 건물 앞마당에 고속버스와 승용차 몇 대가 모여 있다. 느릿한 걸음으로 서성이는 사람들이 보인다. 그 너머는 어둠이다. 하늘도 어둡고 산 그림자도 어둡다. 별은 뜨지 않았다. 차를 댄 기사가 안전벨트를 풀었다.
 아이고, 물 좀 버리고 와야겠네. 안 나오세요?
 여기 있겠습니다.
 한참은 더 가야 할 건데. 자판기 커피 한 잔 안 하실래요?

 산기슭, 주황색 가로등 불빛 속에 흙과 벽돌로 지은 건물 서너 채가 거대한 짐승처럼 엎드리고 있다. 등 뒤편은 깊이를 알 수 없는 숲이다. 2시 15분. 사위는 죽음처럼 잠들었다. 크게 원을 돌린 택시가 부르릉 엔진 소리를 흘리며 산길 아래로 멀어졌다. 빨간 후미등이 흔들흔들 사라져간다. 새벽 공기가 차갑다. 입김이 하얗게 흩어진다. 절망적인 피로가 허벅지로부터 몰려들었다.
 낯선 풍경의 어둠에 조금씩 눈이 익는다. 길 왼편에 돌계단이 있다. 계단 위, 키 작은 건물이 불을 밝혔다. 원형이 말한 접견실인가. 계단을 오른 차연은 조심히 미닫이문을 열었다. 오른편에 다시 현관문이 나타났다. 불빛은 그로부터 새어나오고 있다. 사무실로 보이는 공간. 쪽창문 너머에 책상과 의자가 놓여 있는데 사람은 보이지 않는다. 낯선 공간에 처음 들어섰음을 알리기엔 턱없이 늦은 시간이다. 계십니까. 한참 만에 용기 내어 외쳐보았다. 반응은 없다. 빈 사무실에 들어가 기다려야 하나. 그럴 수도 있는 일이지만 내키지 않는다. 기도는 힘입니다. 모리아 기도원. 음각 글씨가 새겨진 나무판자가 출입문 위에 걸렸다. 의미가 도통 와 닿지 않는 경구(警句)를 올려다보던 차연은, 잠시 잊고 있었을 뿐 끔찍스럽도록 혼란스러운 기억 하나가 불쑥 떠올랐으므로, 제풀에 한숨을 토해냈다.

사무실 저편에서 누군가 다가오고 있다. 겁먹은 유령처럼 서성이는 차연을 발견하더니 밝게 웃어준다. 기적 같은 일이다.

안녕하세요.

현관문을 열어준다.

들어오세요. 많이 기다리셨나요?

아뇨.

실내 공기는 훈훈하다. 은은한 석유난로 냄새가 향기치료제처럼 마음을 풀어놓는다.

이쪽으로 앉으세요. 음, 차 한 잔 드릴게요.

인스턴트 티백에 담긴 녹차를 종이컵에 담아온다. 많이 봐야 대학을 갓 졸업한 듯 보이는 여성이다. 자다 깼는지 피곤한 당직근무 탓인지 목소리가 조금 잠겨 있다.

오시느라 고생 많으셨죠, 이 늦은 시간에.

밤늦은 시간에 정말 실례가 많습니다.

천만에요. 저어, 일반 손님으로 오신 거죠?

……예?

이거 좀 적어주셔야 하거든요.

다탁 위에 종이 한 장과 펜을 올려놓는다. 기도원 방문신청서, 이다. 성함. 생년월일. 방문 목적. 방문일시. 인솔자 연락처(5人 이상 단체인 경우). 무심히 적어가던 차연은 펜을 멈추었다. 섬기시는 (천주)교회 주소. 교회? 난감했다. 섬기는 곳 없음. 그렇게 써서는 안 될 것 같다. 어쩐다. 원형의 당부가 그때 떠올랐다. 일단 접견실로 가봐. 알아서 해줄 거야. 그리고 시간 나는 대로 지천 신부란 사람을 찾아. 여러 모로 도움이 될 테니.

지천 신부님은 안녕하신지요.

아, 신부님을 아시나요?

아뇨. 그분을 소개 받아서 왔습니다. 서원형이란 분을 통해서.

그러셨군요. 진작 말씀을 해주시지.

여자의 얼굴이 더욱 환해졌다.

오신다는 말씀 들었어요. 내일, 아니다, 날이 밝는 대로 신부님과 인사 나누시도록 해드릴게요. 이거 안 쓰셨어도 되는데 그랬네.

방문신청서를 회수한 여자가 책상으로 돌아갔다.

여섯 시가 첫 예배거든요. 그때까지 눈 좀 붙이시는 게 좋을 거예요.

당직일지를 뒤적인다.

일반부 손님 숙소는 지금 빈자리가 없구요. 불편하시더라도 저희들 쓰는 방에서 하루 주무셔야 할 것 같은데. 괜찮으시겠어요?

감사합니다.

가시죠. 안내해 드릴게요.

함께 어두운 길을 올랐다. 비탈이 심한 곳은 드문드문 통나무를 박은 계단이 간간이 놓였다. 그렇지 않은 곳은 맨 흙길이다. 말없이 10여 분을 앞서 걷던 여자가 멈추었다. 건물들이 모여선 초입으로부터 가장 외지게 떨어진 어름. 숲을 깎은 평지에 비닐하우스가 보이고 흐릿한 가로등 아래 건물 한 채가 길쭈름이 누웠다. 돌과 시멘트로 지어진 단층 막사. 처마 밑으로 시래기 몇 줄을 널어놓았다. 막사 안으로 들어갔다. 복도 좌우로 방문들이 나란히 마주보고 있다.

여기예요.

방문 앞 시멘트 단에 운동화와 플라스틱 슬리퍼들이 가지런히 놓였다. 그로써 안에 든 사람 숫자를 짐작할 수 있다. 여자가 목소리를 낮추었다.

끼어서 주무셔야 할 거예요. 들어가 보세요.

밤길 안내해 준 여자를 돌려보내기 위해 내키지 않는 손을 문손잡이에 가져갔다. 문은 열려 있다.

그럼 쉬세요. 내일 뵐게요.

사람들의 냄새. 어둡고 조용한 방안은 그렇게밖에 표현할 길이 없는 냄새로 가득하다. 창문으로 주황 가로등 불빛이 물기 젖듯 스며들고, 구석 자리마다 모두 네 사람이 이불을 뒤집어쓰고 누웠다. 장롱 구석에 개켜진 여분의 이불을 조심히 꺼내 펼쳤다. 방바닥은 따뜻하다. 잔등이 그 속으로 조금씩 녹아내리고 있다. 눈을 감았다. 검은 망막으로 차창 밖 고속도로 불빛과 어둔 국도변 풍경이 휙휙 지나쳐 갔다. 누군가 몸을 뒤척이며 으음, 소리를 흘렸다. 알지 못할 감정의 응어리가 목구멍을 타고 울컥 넘어오는 것을, 겨우 눌러 삼킨다.

때앵. 때앵. 때앵.
깜빡 잠이 들었을까. 어디선가 길고 맑은 종소리가 울고 있다. 아침 예배를 알리는, 아마도 그런 종류일 것이다. 창밖은 아직 흐릿하다. 머잖아 날이 밝을 시간이다. 잠 깬 사람들이 부스럭거리는 기척이 들린다. 차연도 무거운 몸을 일으켰다. 기도원의 하루가 시작되었다.

쑥색 후드 점퍼

공동체 신앙생활 혹은 신앙 공동체를 지향하는 이곳의 나날은 군부대의 그것처럼 절도 있고 어딘지 날이 선 분위기를 닮아 있다. 혹은 고시원이나 스파르타식 대입 기숙학원을. 단체생활이란 어느 정도 그래야 하는 건지 모를 일이다.

다섯 시 오십 분. 그날의 첫 종소리가 새벽 공기를 깨운다. 삼종(三鐘)의 첫 번째, 산중의 아침은 아직 깊다. 잠 깬 사람들이 눈가를 문지르며 어둑한 예배당으로 모여든다. 여섯 시 아침예배 일곱 시 아침식사. 여덟 시 오전 작업모임. 정오 점심예배 열두 시 오십 분 점심식사. 두 시 오후 작업모임. 여섯 시 저녁식사 일곱 시 반 저녁

예배. 긴 하루가 그렇게 끝난다. 세 차례 예배와 식사시간에는 원내 모든 식구들이 대예배실 혹은 식당에 한데 모인다. 그날 방문한 일반 손님부터 설립자 지천 신부까지, 별다른 제재나 강요가 없건만 열외는 찾아보기 힘들다.

그 모든 생활의 질서와 보이지 않는 규율로부터 차연은 비교적 자유로울 수 있었다. 예배에 참석하지 않아도 되었고 각종 사역에 나서지 않아도 괜찮았다. 이른 기상 시간에 맞추어 일어나지 않아도 되었으며 심지어 일과 시간에 기도원을 벗어나 마을에 다녀오고 등산로를 산책하는 것까지 허용되었다. 지천 신부의 별도 지시가, 아마도 그 비슷한 무엇인가가 따로 있었으리라. 도착한 그날부터 수련생과 수사들은 머쓱할 정도의 관대함을 보였다. 처음 하기엔 험한 일입니다, 차연 형제님은 빠지셔도 됩니다. 기회가 닿으면 나중에 같이 하시죠. 그러한 배려는 그러나 조금도 마음 편한 종류의 것이 아니었을 뿐더러 차연을 그만큼 자유롭게 만들어주지도 못했다. 이를테면 하루에 세 번 울려 퍼지는 삼종 때, 대화를 나누던 사람들 길을 걷던 이들 모두 마술에 걸린 양 움직임을 멈추고 서서 헌신과 복종의 기도를 올리는, 더도 덜도 아니라 밀레의 '만종'을 빼다 박은 그 풍경 속에서 가던 걸음을 홀로 계속할 수는 없는, 그런 상황.

산중의 가을은 빠르다. 아침저녁으로 기온이 뚝 떨어지며 찬물에 손 담그기가 힘들어지더니 며칠 전에는 낙엽 위에 하얗게 서리가 내렸다. 숙소 건물마다 보일러를 손보는 작업이 대대적으로 시작되었다. 늦은 셈이지만 이제 세면실에도 온수가 공급될 것이었다.

밤 11시가 넘은 시간. 고단한 일과에서 벗어난 사람들 대부분 잠자리에 들거나 명상 기도에 빠져 있을 즈음. 불꺼진 방에 홀로 누웠다. 별실 2층에 차연을 위해 특별히 마련된 독방이다. 산 고개 하나를 넘으면 기도원에서 운영하는 목장이 있다. 낮에 거기를 다녀왔다. 가을 양털을 깎는 날이었다. 간만에 몸을 써서 조금 피곤했지만 잠은 오지 않았다. 어둔 천장을 멍히 응시하고 있을 때다. 누군가 문을 두드린다.

"차연 형제님 계신가요."

이 시간에 누굴까, 낮고 조심스러운 목소리. 문을 열었다. 발그레한 뺨을 가진 소년. 신부실에서 일하는 제랄드 형제이다.

"주무셨나요?"

"아니오."

"신부님께서요, 괜찮으시면 들르셔서 차 한 잔 나눌 수 있으시겠는가 여쭈라셨습니다. 방해가 안 되었으면 좋겠다고 하시면서."

"신부님이?"

"예, 형제님."

기도원에 도착한 첫날, 아침식사 시간이 끝나고 처음 그를 만났다. 종탑 아래 많은 사람들이 모여 앉아 쉴 만한 정자가 있다. 로사

자매, 어둔 새벽 접견실에서 차연을 맞아준 그이가 안내를 해주었
다. 첫 만남에서 그는 잘 오셨습니다, 이상의 인사를 하지 않았다.
그것은 차연도 마찬가지였는데 그 이상은 할래야 할 말이 없었다.
말씀 많이 들었습니다. 모쪼록 내 집이라고 편히 생각하시고, 혹시
불편한 점 있으시면 말씀 주세요. 얼마가 될지 모르는 기간을 무조
건 빌붙어야 할 입장으로서 지극히 의례적인 그 인사가 무작정 미
더웠고 한편으로 어리석은 경계심이 일기도 했다. 말씀 많이 들었
다니. 나에 대해서 무슨 말씀을 그렇게도 많이?

  그 뒤로 몇 차례 그를 마주치곤 했다. 휴게실 앞뜰에서. 숙소 뒤
편 비닐하우스 밭에서. 인가 쪽 산길을 내려가다가. 그는 대개 혼
자였다. 스포츠형으로 짧게 자른 머리와 건강한 피부. 40대 중반이
라는 게 믿기지 않을 청년의 외모를 가진 그가 활짝 웃을 때면 도너
츠 CF에 나오는 어느 남자 탤런트처럼 양 어금니가 하얗게 드러났
다. 어디 가십니까. 아, 그렇군요. 그럼 다녀오세요. 요즘 어떠신
지 모르겠네. 주무시는 데 춥지는 않나요. 같이 마을에 내려가서
비누며 치약 등을 사온 적도 있었다. 언젠가는 김장독 묻을 자리를
보러 산길을 함께 다니기도 했다. 여기 처음 들어설 땐 저기 자매
숙소로 바뀐 별관 건물하고 종탑 달랑 두 개뿐이었죠. 길도 엄청 험
했고. 그게 벌써 10년 전이네. 지금 대예배당? 그건 한참 나중에 생
긴 겁니다.

  그가, 차연은 솔직히 껄끄러웠다. 비싼 대접받으며 얹혀 지내는

처지로서 되먹잖은 노릇일 테지만 말이다. 대놓고 말을 하지 않아 그렇지 그는 알고 있는 것 아닐까. 이 외진 산골로 숨어들던, 그럴 수밖에 없었던, 그날 오후의 일을. 원형은 어떤 식으로 나를 소개했을까. 살인자 한 명 보낼 게. 내일 새벽쯤 도착할 거야. 잘 좀 돌봐 줘. 그랬을까.

신부실은 본당 오른편으로 넘어가는 산길 어디쯤에 있다. 길은 어둡고 고개를 꺾으면 현기증이 날 만큼 별들이 쏟아져 내린다. 언덕길을 10여 분 걸어가자 저편에 불빛이 드러났다. 옷소매에 축축한 한기가 배어들고 있다.

"아, 오셨군요."

하얀 어금니를 드러내며 활짝 웃는다.

"앉으세요. 모셔 오라 해놓고 괜한 짓을 하나 싶었습니다. 밤길이 쌀쌀하죠?"

"걸을 만 하더군요."

컨테이너 박스를 개조한 시설이다. 책상과 책장과 철제 침대와 서랍장 따위가 비좁게 들어선. 작은 전기난로를 차연 쪽으로 돌려놓는다. 전열선 두 줄 가운데 하나는 고장이 났는지 꺼져 있다. 책상 위에 읽던 책이 등을 보인 채 누웠다. 헤밍웨이 소설집이다.

"그래, 어떠세요 이곳 생활?"

"좋습니다."

"아이고. 그렇지 못하다는 거 다 압니다."

"정말인데."
"불편하신 점이 한두 가지 아닐 겁니다. 식사도 그렇고 잠자리도 그렇고, TV 같은 것도 없고. 저기, 차 드세요."
사기잔에 우려낸 차를 건넨다. 미리 맞추어 놓은 것처럼 마시기 좋은 온도이다.
"그래도 사람 살아가는 곳이니까요. 어쩌겠습니까, 공기 좋은 곳에 요양하는 셈치고 참으셔야지."
어쩌겠습니까 참으셔야지. 그런 의미가 아닐 테지만, 귀에 따끔 가시가 박히는 것 같다.
"친구는 좀 사귀셨구요?"
"다들 좋은 분들이더군요."
"인간적으로는 별 재미없겠죠. 다들 머리 나쁜 양처럼 순하고 양치식물처럼 욕심 없는 사람들이니까."
"별 말씀을요."
"불편한 데 없이 지내시나 좀 들여다보고 해야 하는데. 제가 하는 일 없이 늘 바빠놔서 그간 신경을 전혀 못 썼습니다. 옛 친구가 소개한 분이니 차연 형제도 따지고 보면 제 친군데 말이죠."
지천 신부가 일어섰다. 캐비닛을 열어 뭔가 꺼내들고는 자리로 돌아온다. 두툼한 쑥색 후드 점퍼이다.
"아까 시내에 나갔다 오면서 하나 샀습니다. 여기서 겨울 나시려면 꼭 필요할 겁니다."

"아이구."

"부담 가질 필요 없습니다. 리어카에 잔뜩 쌓아놓고 파는 싸구려니까."

"그럼…… 잘 입겠습니다."

뜻밖의 선물이 몹시 당황스럽다. 잔을 들어 후루룩, 입을 적신 신부가 대뜸 말했다.

"차연 님을 처음 뵈었을 때 말이죠, 음, 속으로 조금 놀랐습니다."

"예?"

"이런 이야기 어떠실지 모르겠네. 딱 뵈는 순간, 옛날 생각이 마구 나더군요. 옛날 제 모습 말입니다."

"……."

"어떻게 설명을 하면 근사할래나. 뭐랄까, 당시의 나를 만나는 듯한, 15년 16년 전의 나를 마주하고 있는 느낌 말입니다."

없는 소리를 지어내는 건 아닐 테고, 당사자가 그렇다면 그런가 보다 할 일이다. 그런데 무슨 의미일까. 다탁 위의 점퍼를 일없이 끌어당긴 차연은 매끈하고 까끌까끌한 외피를 손톱 끝으로 득득 긁어본다.

"그때 무얼 하셨나요. 제 나이 때."

"그 시절 말입니까?"

가만히 눈을 깜빡이던 지천 신부, 그것만이 자기가 할 수 있는 일이라는 듯, 소리 없이 미소를 지어 보였다. 빙그레, 입가와 눈 밑에 부드러운 웃음을 담고 고개를 들어 천정을 응시한다.
"많이 다른 일을 했지요. 이곳과는."
"다른 일이라구요."
"그렇습니다."
안 들으니만 못한 대답이다.
"나름대로 치열하게 살았어요. 그래야 한다고 생각했습니다. 당시 하는 일이, 현재 여기에서의 그것과 본질적으로 다르지 않다고 믿었던 거죠."
"말이 어렵네요…… 아니, 좀 이상한데요?"
"뭐가요."
"현재 여기와 본질적으로 다르지 않다, 그걸 과거에 생각했다는 말씀 아닙니까. 어떻게 그럴 수 있나요? 그때는 여기 기도원이 생기기도 전인데."
"물론이죠. 세상에 이렇게 외진 산골에 있다는 것조차 알지 못했던 때이고 말고요. 그렇지만, 세상 사는 일을 늘 과거와 현재와 미래로 두부모 자르듯 잘라 생각하는 것은 현명한 방법이 아닙니다."
기도원을 세우던 무렵의 그는 30대 초반이었다. 그랬을 것이다. 그 전후에 무슨 일들이 있었을지는, 멋대로 상상하고 말고 할 종류의 것이 아니다.
"하는 일을 신뢰했습니다. 정당성 말입니다. 그걸 신념으로 알고 살아왔지요."

"그게, 이제 와 생각하니 옳지 않았다는 말씀이신가요."
"그렇지는 않습니다."
"그럼요?"
"에에. 말은 중요한 게 아닙니다. 부디 이해하세요. 연필로 꾹꾹 눌러 쓰거나 전동타자기로 드르르륵 찍어댄다 해서 의미가 또렷해지는 것은 아니죠."
날카로운 바람 소리에 고개를 돌렸다. 창문 밖은 어둡다. 불빛 한 점 보이지 않는다. 산에서 불어온 밤바람이 그 속을 보이지 않게 휘젓고 다닐 것이다. 이제 어둔 산길을 걸어 숙소까지 돌아가야 한다. 새삼 비장한 기분. 가시려구요? 뒤따라 일어선 신부가 문 앞까지 따라왔다.
"잘 입겠습니다. 차도 잘 마셨구요."
옆구리에 낀 점퍼를 손바닥으로 슥슥 쓰다듬어본다.
"무슨 말씀을. 시간 나면 언제라도 놀러 오십시오."
문을 열었다. 눈앞 가득 차가운 어둠이 펼쳐졌다. 그 속으로 한 발짝을 떼어놓으려다가, 발을 멈추고 뒤를 돌아보았다. 문가에 기대어 그가 서 있다. 팔을 뻗으면 닿을 거리이지만 등지고 선 불빛 때문에 얼굴 표정은 잘 보이지 않는다. 그래서 용기를 낼 수 있었다.
"여쭤보고 싶은 게 있습니다."
"아, 그럼 다시 들어오세요."
"그냥 여기서 말하겠습니다."

별이 쏟아지는 밤하늘과 어둔 숲 사이, 그 언저리에 차연의 시선이 잠시 머뭇거렸다.
"사람에게, 사람 마음에 병이 있다면, 신부님 같은 분은 그걸 낫게 해주실 수 있습니까."
"글쎄요."
30초가량의 시간이 고통스럽게 흘러간 뒤, 문가에 선 그가 입을 열었다.
"모르겠습니다. 생활비가 몹시 필요한 최면술사들이라면 그런 흉내를 낼 수 있을지. 하지만 제가 알기에, 실제로 그런 능력을 가진 사람은 세상에 없습니다."
"……그렇습니까."
"병이라는 건 모름지기 병든 자신이 떨쳐내야 하는 법이니까요. 신도 그 일을 대신해줄 수는 없죠."
"하지만, 신은 전능한 분 아닙니까."
"그렇지 않습니다. 그런 믿음이 우리를 신으로부터 자꾸 멀어지게 합니다."
컨테이너 막사 뒤편, 검은 밤하늘 아래 숲의 어둠이 괴물처럼 웅크리고 있다. 커다란 몸체를 서서히 뒤챈다. 바람이 불어왔다.
"내일은 더 추워질 모양이네. 어서 돌아가 쉬십시오."
그가 등을 돌렸다. 철컥, 문이 닫혔다.

엄지와 검지 사이 깊은 상처

기도원에 온 지 3주가 지났다. 그쯤 될 것이다. 종탑 근처를 어슬 렁거리던 차연에게 누군가 달려왔다. 전화 왔어요. 저한테요? 예. 제가요, 형제님 모셔올 테니 10분쯤 뒤에 다시 전화 주시라고 했거 든요. 접견실에 도착해 응접 의자에 앉을까 그냥 서 있을까 서성거 리던 차에 어김없이 전화가 울었다.

나야.

원형이었다.

잘 지내고 있어?

어, 그냥.

힘들지. 이제야 전화해서 미안해.

……아니.

 제대로 말을 하기가 여의치 않다. 냅다 뛰어와서 전화 받으시라고 일러주었던 로사 자매 때문이다. 건네받은 전화는 사무용 책상에 있는 것이었고 그녀는 바로 그 책상으로 돌아와 앉아 타닥 타다닥 컴퓨터 입력 작업을 재개했다. 그리고 그녀의 두 귀는, 수화기를 들고 선 차연을 향해 조심성 없이 쫑긋거리는 중이었다.

 여긴 다 좋아.

 전화 속 목소리는 멀고 아득하다.

 그 이야기 해주려고 전화했어. 아무것도 걱정할 필요 없다고 말야. 듣고 있어?

 으응.

 로사 자매가 슬그머니 일어났다. 큼직한 사기잔을 들고 정수기로 가서, 더운물을 가득 담아, 뒷문 쪽으로 폴랑폴랑 사라진다. 우물거리는 차연을 위해 자리를 피해주는 것이다.

 잘 들어. 모든 일은 완벽하게 진행되고 있어. 시간이 조금 더 필요할 뿐이지.

 으응.

 그러니 걱정 마 차연. 나 말고도 내 주위의 많은 사람들이 이번 일에 신경을 쓰고 있어. 물론 저편도 마찬가지겠지만. 참고로 하는 말인데 경찰 수사 따위는 신경도 쓰지 말고.

 원형은 어때.

바빠. 정신이 없을 정도야.

그렇구나.

차연. 많이 힘들 거야. 말 안 해도 내가 알아.

…….

하지만 이건 잊지 마. 제발.

뭘 잊지 말라고.

차연은 대단히 의미 있는 일을 했어. 잠시라도 그걸 잊으면, 바로 거기서 문제가 시작돼. 알아?

알겠어. 그런데…….

잠깐, 그런데 어디 아파? 그런 거야? 차연이 그렇게 물으려다 만다. 이상하다. 원형의 목소리가 이상하다. 예전의 자신감 가득하던, 그런 무엇이 쏙 빠져 있다. 아무 문제없으니 걱정 말라고 지껄이고는 있지만 그런 당부조차 안쓰럽게 들릴 정도. 무슨 일일까. 무슨 일이 있는 것일까. 손목이 뒤로 묶이고 목덜미에 칼끝이 들이대진 채, 강제로 전화 통화를 하고 있는 것일까. 그게 아니라면 생리중일까. 생리통이 가장 심하다는 둘째 날일까. 허리가 끊어질 것처럼 아프고 아랫배가 기분 나쁘게 땅겨서, 거기 신경 쓰느라고 목소리가 예전과 달라진 것일까.

다음 주에 갈게. 목요일이나 금요일쯤.

온다고?

돌아가야지. K시로.

아아.
K시. 반가운 기분은 뜻밖에도 들지 않았다. 낯설고 얼떨떨했다. 돌아갈 일상이 있다는 것. 거기, 또 무슨 일과 무슨 일과 무슨 일들이 기다리고 있을 것인가.
그럼 고생 좀 해. 마지막으로 조금만.
…….
알았다고 대답해 줘.
알았어.
며칠 있다가 봐. 끊을게.

기도원에 겨울이 왔다. 산중의 겨울은 흐리고 추운 날이 유난히 많다. 마을에서 올라오는 산길을 따라 목탄 벽화처럼 이어지는 전나무 숲에도 하얗게 눈이 쌓였다. 그 풍경으로부터 종종 떠오르는 것은 M&B의 전나무 숲길이었다. 수면 모드로 조명을 맞춥니다. 세엣, 두울, 하나. 안녕히 주무세요. 기억은 늘 성가시다.
귀리와 수수가 들어간 거친 밥과 허연 김치. 된장국. 구운 김이나 멸치 볶음이나 졸인 감자, 중의 한 가지. 놀랍도록 검소한 기도원의 식탁 풍경은 그 밖의 일상들을 많이 닮았다. TV가 없다는 것. 차연으로서는 상상조차 못했던 생활이었다. 이를테면 잠자리에서 자장가 대신 웅얼거려주는 TV 소리가, 염주알처럼 손 가까이 두고 무시로 채널 돌려댈 TV 리모컨이 없다는 것은. 카세트테이프와 시디 플레이어 기능을 가진 소형 오디오가 식당과 휴게실에 있었지만 사근사근한 복음가요나 국악풍의 명상 음악을 가끔 들을 수 있을 뿐이었다. 라디오 뉴스 따위에 주파수가 맞추어지는 일은, 세상과의 먼 거리를 실감시켜주듯, 단 한차례도 없었다.

나무를 하러 갔다. 취사와 난방은 LPG 가스와 석유 보일러를 쓰지만 야외행사용 땔감이 늘 필요했다. 형제부 숙소 뒤편 산길을 한참 올랐다. 길이 험했다. 평지처럼 소복이 눈이 덮인 채 움푹 꺼지는 곳이 많아 발목을 조심해야 했다.
키 큰 나뭇가지에 쌓인 눈 더미가 바람도 없이 떨어지거나 하얀 새처럼 푸스스 날았다. 입에서 김이 솟았다. 낫으로 잔가지를 쳐내고 삭정이를 모은다. 불이 잘 옮겨 붙고 연기 적게 나는 나무는 따로 있다.
아.
헐거워진 소켓을 집다가 220볼트에 감전된 것처럼 손바닥이 찌릿하다. 가죽장갑이 찢어지고 날카로운 가지가 살갗을 파고들었다. 설 잘린 가지를 억지로 잡아 꺾으려 했던 탓이다. 장갑을 벗었다. 2cm 가량, 오른손바닥 엄지와 검지 사이가 꽤 깊이 패였다. 상처 언저리가 욱신거리기 시작한다. 허옇게 벌어진 부위에서 진한 피가 배어 나오고 있다. 가득 고인 피가 뚝, 뚝, 떨어진다. 흰 눈밭에 선홍빛 꽃이 열리듯.

피! 피! 뒤통수가 아뜩해진다. 눈알이 튀어나올 것 같다. 힘없이 주저앉고 말았다. 함께 일하던 사람들이 모여들었다. 차연 형제, 괜찮아요? 아이, 피 좀 봐. 손을 벤 모양이네. 어디 봐요. 괜찮으신 거예요? 사람들이 돌아가며 안부를 물어왔지만 한마디도 대꾸할 수가 없다. 숨이 막혔다. 기억이. 몸 속 깊숙이 숨어 있던 기억이 피를 타고 급히 되살아나고 있다. 손이 벌벌 떨렸다.

방으로 돌아왔다. 추웠다. 염병 걸린 것처럼 열이 오르고 잔등에 땀이 배었다. 머릿속이 빙글빙글 돌았다.
붉은 색. 기억은 여전히 생생했다. 잊고 있다고 막연히 믿어왔을 뿐이다. 파비아 RB67S. 좁고 가파른 계단. 텅 빈 신성라사 가게 터. 9층 복도의 어두운 저녁. 퍽. 손도끼 자루의 둔탁한 감촉.
잊고 있었다니! 어떻게 그럴 수가.
살인자. 사람을 죽였다. 살인자. 사람을 죽였다. 살인자. 사람을 죽였다. 눈앞이 부옇게 흐려졌다. 잊고 있었다니. 죽고 싶은 기분이었다.
누군가 방문을 노크하고 있다. 똑똑. 똑똑.
차연 형제 계세요?
귀에 익은 목소리.
저 시몬입니다. 주무셨나요?
아뇨.

저어, 많이 편찮으신 건가요? 저녁 식사도 거르시고.

…….

잠깐 들어가도 될까요.

소리 없이 문이 열렸다. 갈색 머리를 길게 기른, 착하게 생긴 남자 한 명이 차연을 내려다본다. 걱정스러운 얼굴이다.

얼굴이 말이 아니시네. 손 다치셨다는 소리 들었습니다.

별 거 아닙니다.

가져온 쟁반을 내민다.

죽을 좀 만들어왔습니다. 드셔보세요.

생각 없는데.

여기, 마이신 받으시구요.

고맙습니다.

어서 털고 일어나세요. 몸이 상하면 덩달아 마음도 상처받기 쉬운 법이죠. 더군다나 객지에서.

신학대학원을 다녔다는, 우연한 기회에 알게된 바 차연과 나이가 같은 친구이다. 자상한 방문자를 문 앞에 세워놓은 차연은 염치 불구하고 자리에 누운 채 눈을 감았다. 그를 볼 자신이 없다.

가보겠습니다. 푹 쉬시구요.

철컥. 문이 닫혔다. 발소리가 가볍게 멀어져 갔다.

어떻게 되었을까. 죽은 몸.

썩었을까, 물론 썩었을 것이다. 대기 중에 방치된 사체는 물속의 두 배 흙 속의 여덟 배 속도로 부패하기 시작한다. 실내의 적당한 습도와 기온은 유기 조직이 저급화합물로 분해하는 데 큰 역할을 한다. 먼저 상하는 곳은 노출된 상처 부위이다. 얼마 지나지 않아 암모니아와 황화수소 뒤섞인 악취가 오징어 말리는 냄새보다 심하게 복도에 흐르고 급기야 건물 전체까지 퍼져나갔을 테지만, 모르는 일이다. 아직 발견되지 않았을지도. 어쩌면 아직까지 한 사람의 목격자도 전당포 근처를 얼씬거리지 않았을지. 홀로 묵묵히 썩어가는 노인의 시체. 사후 뒤틀어진 관절의 경직이 풀어지는 시기부터 눈과 코와 입에서는 구더기가 들끓기 시작한다. 피부가 변색되고 여기저기에 부패 수포가 생기고, 눈과 코와 귀와 상처부위로부터 1cm 넘게 자라난 구더기는 번데기로 성장한다. 썩은 시체에 구더기가 들끓는 꿈은 큰 재산을 거머쥘 길몽이라고 했다. 누군들 노인의 사체를 발견한 사람이라면 원치 않더라도 며칠간은 그런 꿈에 시달리게 될 테지.

　원내에서 외부 소식을 접할 수 있는 유일한 곳은 접견실이다. 구석 자리, 응접 탁자와 정수기와 하늘색 휴지통이 놓인 옆에 나무판으로 짜 만든 우편함이 있다. 도시의 선교단체가 제작한 주보나 수련생들에게 보내오는 편지가 보관되는 그 안에 두 종의 일간지가 매일 그날 것으로 바뀌어 놓여졌다. 우체국 출장소에서 나온 집배원이 아침마다 가져온다고 했다. 일과 안팎을 통틀어 사람들이 가장 많이 출입하는 장소였고, 부산스러운 속에 홀로 자리잡고 앉아 신문을 펼쳐 놓기란 쉬운 일이 아니었지만, 어쩔 수 없었다.

9월 31일. 지난 신문들은 그날의 살인사건에 대한 단 한마디도 하지 않았다. 이상한 일이었다.

강간 미수로 쇠고랑을 찬 정치인의 초상. 2.7m 최장신 슈터의 1백 억대 연봉. 미국 최대의 대량살상무기 제조업체 대표가 국가 정상을 만나고 서아프리카 열대 우림 지역에서는 성기 세 개 달린 하마가 발견되었으며 50년 넘게 콩나물비빔밥을 팔아 온 콩나물비빔밥할머니가 전 재산을 자식 몰래 양로원에 기증하고. 신문 속에 없는 이야기는 없었다. 한낮 오후, 사람들 바삐 오가는 접견실의 구석진 자리. 바삐 오가는 발소리 말소리 전화소리 모른 척 등돌리고 귀 막은 차연이 날짜 지난 신문들을 읽는다. 하루 전. 일주일 전. 열흘 전. 보름 전. 눈물 자국보다 작은 활자들을 놓칠 새라 훑는다. 아들을 죽인 아버지, 3살 위 누나를 상습적으로 강간한 남동생, 앙심 끝에 중국집을 불 지른 10대 배달원, 엽총을 빼앗아 은행강도의 갈비뼈를 부러뜨린 용감한 여직원, 대낮에 광란의 음주 질주를 하다가 초등학생 7명을 깔아뭉갠 회사원. 세상은 이야기들로 이루어져 있으며 지난 세상을 기록한 신문 속에는 이야기 이야기들이 차고 넘치고 흘렀다. 그러나 지난 9월 마지막 날, 자신이 운영하던 전당포 바닥에 두개골이 반쯤 갈라진 채 권총을 쥐고 죽어 있는 어느 70대 노인의 살인 사건은 일간지 어느 구석에도 나와 있지 않았다. 하도 끔찍하고 더러운 이야기라서 그런가. 그래서 많은 사람 보는 지면에 올리기가 차마 조심스러워서인가.
 전당포에서 누가 살해되었다는…… 그런 뉴스 혹시 보신 적 있습니까?
 외부 소식을 접할 수 있는 유일한 통로가 신문이라고 했지만 실은 며칠씩 찾아와 묵고 가는 일반부 손님이야말로 그런 점에서 더욱 확실한 존재였다. 아내와 어린 두 딸과 함께 1박 2일 일정으로 찾아온, 증권회사에 다닌다는 어느 남자에게 다짜고짜 묻고 말았다. 같은 식탁에서 딱 한 번 점심식사를 나누었던 사이였다.
 그게 왜 궁금하신가요.
 놀라지도 않고, 의아한 표정조차 짓지 않고 그는 되물었다.
 그냥요.
 그냥이라. 그렇군요.
 기억 안 나십니까.
 가만있자, 그런 이야기가 있었던가. 그런 것 같기도 하고 아닌 것 같기도 하고. 언제 일어난 사건인데요? 범인은 밝혀졌구요?
 저도 모릅니다.
 모르신다구요? 그렇다면, 그게 왜 궁금하신가요.
 똑같은 질문을 반복한 게 재미있는지 그는 히힉, 얼간이처럼 웃었다.

그는, 제기랄, 이미 알고 있었던가?

붕대를 풀었다. 며칠 동안 반창고가 붙었던 테두리에는 까맣고 끈적한 때가 앉았고 그 안쪽은 수중변사체의 그것처럼 허옇게 빛을 잃었다. 상처와 맞닿은 붕대 부위엔 죽은 피의 흔적이 말라붙었으며 상처에는, 달의 운석처럼 거칠고 투박한 딱지가 자리를 잡았다. 상처 속, 거무튀튀한 딱지 너머에 무언가 박혀 있다고 차연은 상상한다. 가죽장갑을 뚫고 엄지와 검지 사이 연한 살을 파고들었던, 나뭇가지의 작지만 날카로운 조각 한 점. 상처가 더디 아무는 것은 그래서일지 모른다. 나무 조각의 억센 섬유질이 피하조직과 채 융화 못해서.

어쩌다가 오른손에 힘을 줄 때, 상처 부위가 느닷없이 욱신거리거나 혹은 따끔거렸다. 언제던가, 예전에도 그런 통증을 경험했던 적이 있다. 누군가에게서 걸려온 전화를 받다가 그랬을 것이다. 바쁘게 집을 나서던 참이었고, 때마침 울린 전화벨 소리에 잠시 갈등했다. 받을 것인가 말 것인가. 결국 신고 있던 구두를 벗어 던지고 마루를 가로질러 뛰어갔었다. 그게 정확히 언제던가.

기억에 대해 말하자면, 차연은 조금도 나아지지 못했다.
낮 시간은 견딜 만하다. 그러나 저녁이 오고, 숙소로 돌아와 TV도 라디오도 없는 적막을 견디노라면 기억은 유령처럼 객사한 혼처럼 좁은 공기 속을 떠돌았다. 기억이 고통스러운 것은 그로 인해 고통을 받는 지금 그에 대해 할 수 있는 일이 아무것도 없다는 점이었다. 이부자리에 누워 이리 뒤척 저리 뒤척 하다보면 턱까지 코밑까지 찰랑찰랑 바닷물이 차오르며 숨을 막는다. 고통스럽지만, 소리를 지를 수도 없다. 차연은 기억에 가위눌린 사람 같았다. 기도원 사람들과 어울려 차를 마시다가. 산길을 홀로 산책하며 맛있게 담배를 피우다가. 눈 치우기 사역에 동참하여 신나게 비탈길을 쓰레질하다가. 수저를 쥐고 시래기 된장국을 무심코 퍼올리다가. 세수를 하고 수건으로 얼굴을 닦으며 거울을 보다가. 무섭도록 엄숙한 얼굴의 손님이 불쑥 찾아들었다. 사람을죽였다. 사람을죽였다. 피. 피의 색. 피의 소리. 피의 색과 소리와, 그렇지 않은 세상의 모든 것과의 숨 막히는 대비. 사람을 죽이고도 아무 일 없었던 것처럼 잘 살 수 있을 것이라고 믿었던가. 심적 고통이 뒤따르긴 하겠지만, 그야 거금 1천 2백만 원의 당연한 대가로 받아들이겠노라 다짐했었던가. 도대체 무슨 마음을 어떻게 먹었던가.

살인자. 그 낙인을 떼어낼 방법이 혹 있을까. 법과 도덕과 양심 앞에 진심으로 뉘우치고 죗값을 치른다면, 유가족에게 사죄하고 하늘의 용서를 받는다면, 나아가 법정최고형이 선고되고 이어 형을 집행 받는다면. 천만에. 살인자는 살인자일 뿐. 시간을 돌이키거나 죽은 사람을 살려낸다면, 그런 일이 가능하다면, 그렇다면 살인의 행위가 지워질 수 있을까. 마찬가지다. 시간이 오락가락하거나 죽은 사람이 되살아나는 놀라운 사건이 발생할 뿐이다. 9월 마지막 날 오후 영광전당포의 노인네를 손도끼로 쳐서 죽였던, 그 행위의 파장은 온 우주에 영원토록 지워지지 않고 남을 것이다. 혁명을 위해. 정의를 위해. 보다 많은 선량한 사람들을 불행에서 구제하기 위해. 죄로 더럽혀진 노인의 영혼에 온건한 심판을 내리기 위해. 그래. 무엇보다 정당방위였어. 조금만 늦었어도 노인이 먼저 방아쇠를 당겼을 테지. 난 다만 놓고 간 카메라를 돌려달라고 했을 뿐인데. 독재와 불의, 그리고 폭력에 맞서. 그런 대의명분은 여전히 유효할 수도 있고 그렇지 않을 수도 있다. 그러나, 설령 그게 사실이라 한들, 달라질 게 무엇인가.

이런 일이, 어째서 내게 일어났을까. 문제아 소리 한번 들어보지 않았던 내게. 싸움 같은 것도 할 줄 몰랐던 내게. 애초에 정해진 일이었을까. 처음부터 그렇게 예정되어 미리 알고 있었다 해도 피하거나 막을 수가 없는. 과연 그랬을까.

9월 31일 오후 5시 7분, 나는 영광전당포에 찾아가 노인의 머리를 손도끼로 내려치는, 그렇게 결정되어진 존재였다. 옛날의 거리를 서성거리던 내 시야에 별안간 전당포 간판이 들어온 것은 그래서였다. 원형으로부터 느닷없이 살인을 제의 받은 것도 그래서였다. 그래서 첫 번째 시도를 실패하고 돌아섰음에도, 마침 카메라를 놓고 나왔기에 다시 전당포를 찾아야 했다. 총구 앞에 선 위기의 상황, 노인의 주의력을 흐트러뜨린 전화가 갑자기 울려준 것 역시 그래서였다. 그 모든 것은 아무리 애를 써도 결국 피할 수 없는…… 정말?

아니. 그건 더러운 궤변이다. 손도끼 쥔 내 손목을, 누군가 거세게 움켜잡았던가? 그 억센 힘에 이끌려 내 손에 쥐어진 도끼가 노인의 이마 위에 절로 내려 꽂혔던가? 천만에. 내 정신은 말짱했다. 두고 온 카메라를 포기 못하고 다시 전당포로 찾아간 것도, 탐욕스럽게 거짓 억지를 부리는 노인에게 화를 내고 만 것도 모두 나였고 내 의지였다. 진정 그 모든 것이 견고하게 예정된 과정이었다면, 그랬다면, 그 순간 내 자유의지라는 것은 전체의 작은 일부에 불과했으리라. 빌어먹을.

남부 서 임 형사. 908호의 어느 존재가 죽은 다음 날, 늦은 아침잠을 깨우며 그가 찾아왔었다. 살인 사건의 용의자 중 한 명이 혹시나 아니냐는 질문에, 그는, 사건 앞에서 용의자가 아닌 사람은 세상에 없다고 대답했다. 그 혐의를 풀 수 있는 사람은 자기 자신뿐이지요.

"노인의 죽음은 하나의 사건 이상으로 중요한 의미를 가지고 있습니다. 살인이, 그런 비극이 우리들 곁에서 아무렇지도 않게 일어났다는 사실 말입니다. 이건 커다란 변화이고 그만큼 심각한 문제입니다. 참으로 우울한 가정이지만, 앞으로 우리들을 더욱 불행하게 만드는 징조가 될 수도 있다는 거죠."

"징조요?"

"그렇습니다. 사건이란, 먼 미래의 무수한 가능성 가운데 하나가 시간을 거슬러 보내오는 신호거든요."

그는 알고 있었을까. 아파트 단지 뒤뜰의 죽음과 무관하지 않은 어떤 사건이, 멀지 않은 언젠가 일어나고 말리라는 것을, 그로 인해 누군가 죽음을 맞이하고, 누군가는 끔찍한 살인을 저지르게 되며, 그가 다름 아닌 나이리라는 사실을. 미래에서 거슬러오는 신호라고? 제기랄, 그는 이미 알고 있었던 거야!

땡앵. 땡앵. 땡앵.

종소리가 울었다. 하루의 마지막 삼종이다. 여섯 시가 된 모양이다. 짧게 아홉 회, 또는 3회씩을 한 간격으로 끊어서 세 차례. 아침과 점심과 저녁의 타종 형태가 각기 다르다는 것을 안 것은 얼마 전이다. 산 어귀 민가로부터 이어지는 전나무 숲길이 지금쯤 저녁 어스름에 푸르게 젖어들었을 것이다. 삼종 기도를 마친 사람들이 저녁 식사를 위해 하나둘 본당으로 모여들리라. 이불을 뒤집어썼다. 그대로 아침을 맞을 생각이다. 겨울밤은 끔찍할 정도로 길다. 잠이 오지 않는 경우엔 더더욱.

간만에 푸근한 날이다. 하늘도 화창하게 개었다. 오전 열 한 시쯤 나스타샤 자매가 급히 찾아왔다. 아유, 여기 계셨네. 한참을 뛰어다녔는지 세찬 콧바람을 연신 불며, 그래도 찾아서 천만다행이라는 얼굴. 이맘때면 남들처럼 오전 사역에 참가하거나 휴게실에서 찻잔을 놓고 앉아 있었을 차연은, 하필 그날따라 본당 3층의 도서관 서고를 어슬렁거리며 시간을 보내던 참이었다.
 빨리 오세요. 누가 찾아오셨어요.
 저를요?
 그렇다니까요. 지금 접견실에서 기다리고 계셔요.
 ……여자던가요.
 아뇨. 남자분이던데.
 남자?
 처음엔 원형인가 했다. 목요일이나 금요일 정도에 올 거라고 했으며 그날은 화요일이었지만, 사정에 따라 이틀이나 사흘쯤 앞당겨질 수도 있는 문제이니 말이다. 그런데 남자라고 했다. 남장을 한 것이 아니라면 원형은 아니다. 그럼 누구일까, 나를 찾아 이 깊은 산 속까지 찾아온 사람은. 원형이 대신 보낸 사람일까. 그럴 가능성이 크다. 그런데 아니라면? 몹시 궁금했고 그 두 배는 불안했다. 이런저런 생각에 시달리며 접견실 앞까지 다가갔을 때, 차연은 문고리로 얼른 손을 가져갈 수 없었다. 덥석 나설 게 아니라 일단 몸을 숨겨야 하지 않을까. 그리고 나서 방문자에 대해 알아보는 게 순서 아닐까.

"아, 차연 형제님 오셨네."

로사 자매가 밝은 표정으로 응접탁자 쪽을 가리킨다.

"손님이 30분도 넘게 기다리고 계시네요. 저기, 저분."

누군가 다가오고 있다. 승복 같고 개량 한복 같은 회색 옷차림에 키는 160cm가 될까 말까, 밑으로 처진 눈매에서 40대의 인상이 읽힌다.

"차연 님 되시죠?"

"그렇습니다."

순간 아득하게 멈춰서는 시간. 차연은 안절부절 당황하기 시작한다. 낯설다. 처음 보는 얼굴이다. 글쎄, 한번쯤 만났던 사람일 수도 있겠다. 언젠가 혼잡한 거리를 걷다가 어깨나 팔꿈치 바깥 부분을 스치고 지나갔던 사람. 혹은 기억할 수 없는 과거 어느 날 기억할 수 없는 어느 자리에서 기억할 수 없는 만남을 잠시 가졌던 누군가. 어쨌거나 지금은 전혀 기억이 나지 않는다. 그럼에도 차연을 혼란스럽게 하는 것은 냄새다. 마주선 남자로부터 야릇하기 그지없는 어떤 냄새가, 끊임없이 말을 건네듯 수작을 붙여오듯, 은밀하게 코끝을 간질이고 있다.

"안녕하세요. 차연이라고 합니다."

"차연, 이요?"

"그렇습니다."

"하지만 그건 제 이름인데요."

"알고 있습니다. 그래서 방금 제가 차연 님 되시죠, 하고 물었지요."

"……"

"저도 차연입니다. 우리는 같은 이름을 갖고 있습니다."

"아. 그럼 댁이."

군부대로 조카를 면회 온 막내 삼촌처럼, 차연은 다정스레 말했다.

"드디어 뵙는군요. 정말 반갑습니다."

백단목 향기에 숨이 멎어

접견실을 나선 두 사람은 야외기도처로 이어지는 산길을 걸었다. 날이 풀리고 얼었던 땅이 녹아 신발 밑이 질척거렸다. 오후 햇살은 정성껏 수세미질 한 세면대처럼 말끔하다. 누군가와 함께 걷고 있다는 것. 단지 그러한 상황만으로도 공연히 비장해지는 순간.
"언제 오셨습니까. 티베트에서."
"보자아, 한 달 정도?"
"그러면."
"8년 만에 처음 이 나라를 찾은 셈이죠."
그날의 하루 전날이다. 다시 걸려온 차연의 전화를 차연이 받았다. 늦은 점심을 위해 라면 물을 끓이고 있었다. 잠시 양해를 구하고 부엌으로 가서 불을 껐었다. 저주스러운 기억은 9월 마지막 날을 향해 부지런히 되돌아가고 있다. 2061년. 네팔력. 산과 성지순례단의 발소리와 해발 5천 미터의 야박한 공기. 달의 성. 달의 성. 수천 수만 불상들의 바위 계곡. 샴발라. 말띠 해의 4월 보름달. 알 수 없는 소리들이 오갔고, 오래지 않아 통화는 끝이 났다. 집을 나선 차연은 슈퍼마켓에 가서 지갑을 톡톡 털었다. 값싼 양주를 정신없이 들이켠 뒤 마룻바닥에 쓰러져 잠들었고 새벽에 눈을 떠 변기 속에 먹은 것을 모조리 토했다. 그리고 아침 일찍 원형에게 전화를 했다. 그로부터 얼마 지나지 않아서였을 것이다 그가 돌아온 것은. 8년 만에 오신 소감이 어떠시냐고 묻자 글쎄, 하듯 손가락을 구부려 앞이마를 득득 긁는다. 그런 소감 가질 틈이 없었습니다. 못 만났던 사람들 실컷 만나느라 바빴죠.
"여기 신부란 작자도 그중에 한 명이죠."
"아, 지천 신부님. 인사는 나누셨나요."
"아직요. 잠깐 앉았다 갈까요?"
평평한 바위를 골라 앉더니, 곧게 발을 뻗고 신발을 탁탁 마주 부딪쳐 흙을 털기 시작한다. 그 모습이 아이처럼 천진하다.
"지난주였나, 원형 씨도 만났습니다."
"예에."
"대낮부터 몇이서 어울려서는 술이나 들입다 마셨지 뭐. 그 성격 여전하더군요. 고춧가루 찌개 같은. 강원도 일주하는 길에 여기도 들러야겠다고 하니까, 거긴 왜 가느냐고 정색을 하지 뭡니까."
 원형과 차연. 만나 무슨 이야기를 나누었을까. 그리고 무슨 일이 더 있었을까.
 "그래서요?"
 "못 갈 이유 없다고 했지요. 지천 신부는 당신만 아냐, 내 친구이기도 하다. 그리고 나랑 같은 이름을 가진 차연 님도 한번 만나봐야 거 아니냐. 그러니 뭐, 자기가 할 말이 없지."
 "원형도, 그럼 8년 만에 만난 셈이겠군요."
 "더 됐지요. 이 나라 뜨기 전에도 꽤 오래 못 보고 지냈으니까."
 "예에."
 "실은, 대충 얘기 들으셨는지 모르겠네, 제가 등을 돌렸던 겁니다. 함께 일하던 사람들로부터."
 쉽지 않은 이야기를 자진해서 꺼내는 그 표정은 뜻밖에 담담하다.
 "힘들었습니다. 힘 든다는 게 의미가 여러 가지 있겠지만 그땐 정말 그랬어요. 어쩝니까. 철들고부터 함께 붙어살다시피 했던 사람들을 그렇게 보내고. 한참을 괴로워 헤매돌고. 그러다 히말라야가 눈앞에 나타났지요."
 그런 시절이 있었잖아. 지나가는 사람을 이유도 없이 잡아다 족치던 시절 말야. 술 먹고 역 대합실에서 쪼그려 자다가 불평 불만 세력으로 몰리고, 담벼락에 오줌을 싸다 붙들려가서는 다리병신이 되어 나오고. 차연은 기억 안 나?
"세월이 참 무서워요. 한마디로 우습지."
"어째서요?"
"젊었을 때. 그렇게 부를 만한 시간대가 분명히 실재했을 거라 이 거죠. 한때는 말입니다. 안 그런가요?"
"그렇겠죠."
"그런데 그놈의 시절이 어디 갔는지, 도대체 지금은 어느 하늘로 사라지고 말았는지 도통 헷갈릴 때가 많으니."
"아직도 흘러가고 있겠지요. 어딘가로."
"시 창작교실 같은 데 다니셨나봐? 흘러가고 있다, 괜찮은 표현이군요. 어쨌거나 보세요. 그 시절 그렇게 험한 상황에서 정말 전우 같고 단칸셋방 이웃들 같던 인간들 중에, 지금은 세상에 보험쟁이에 부동산 브로커에 술집 사장까지 있더군요. 엉덩이가 호말만 한 여고생을 일곱이나 돌리는."
"……."
"그뿐인가요. 여기 지천인가 뭔가 처럼 웃기지도 않는 사이비 교주를 해먹는 작자가 있고, 나 같은 인간은 또 개뼉다구 핥는 짓거리를 한답시고 거지꼴로 돌아다니고. 흐흐, 사이비 교주 이야긴 물론 농담입니다. 아니, 농담 아닙니다."
　탁, 탁, 탁. 마주 부딪치던 신발의 움직임이 천천히 멈추었다. 고개를 꺾어 올리더니 하늘 색깔 참, 중얼거린다.

"여기서부터 머리 아파지는 겁니다. 문제는 사람마다 가진 시간의 정도가 다르다는 거 아닙니까. 그러니 이건 눈치껏 달력 뜯어가며 세상에 제 몸을 끼워 맞추는 이들이 똑똑한 건지. 장자의 붕새처럼 9만리 날갯짓을 느려터지게 해가면서 몰약에 절은 미라처럼 살아가는 게 현명한지."

"선택을 잘 해야겠군요."

"잘 찍어야죠. 가는 길마다 함정이 도사리고 있으니까."

"함정?"

"잘나신 말씀 갖다 붙여 아상에 빠졌다고도 하고 교만해졌다고도 하는 거죠. 분명히 길을 걷고 있다고 믿지만, 사실은 그렇지 않은 경우가 많거든요. 흐르는 흙탕물에 발목을 담그고 있다거나. 좀 더 올라가 볼까요?"

바위에서 몸을 일으킨 차연이 엉덩이를 탁탁 털었다. 손을 내민다. 그걸 거절할 수 없어 잡고 일어서는 시늉을 했다. 얇고 부드럽고 섬세한 손이다.

"아니, 이 손 왜 그래요?"

"다쳤어요, 나무하다가."

오후가 저물고 있다.

"사람에게는, 세상 어딘가에, 자기만을 필요로 하는 사람과 자기만이 필요한 사람이 한 명씩 있다는군요."

"필요한? 필요로 하는?"

"그렇습니다. 수천만 추종자들 속에 둘러 쌓여 살아가는 황제도, 천생 고아인 거지도, 궁극적으로는 그러한 두 가지 대상 뿐이라는 거지요."

"……."

"안타까운 건 그게 누군지 알기가 쉽지 않다는 겁니다. 그리하여 그 사람을 평생 못 만나는 경우가 있고. 이미 자신과 연결되어 생명을 인도 받는 사람이 멀지 않은 곳에 존재함에도, 누군지는커녕 그런 사실조차 깨닫지 못하는 경우도 있고. 외팔로 재주를 부려 먹고 사는 어느 요기가 그런 소릴 지껄이더군요."

"원형에 대한 말씀을 하시는 건가요."

"왜요, 듣기 싫으신가요?"

"그게 아니라, 이젠 다 늦은 이야기라서."

"늦어요?"

"제가, 이제 와서 누구에게 도움을 줄, 이제는 그럴 만한 처지가."

숲에서 불어온 바람 줄기가 목덜미를 건드리고 지나갔다. 길이 조금씩 거칠어지고 있다.

"절대로 그렇지 않습니다. 그건 원형과 차연 두 사람 사이의 이야깁니다. 다른 어떠한 것들도 문제가 될 수 없죠, 아이고 숨차다, 왜냐하면 원형이 차연이고 차연이 원형이니까. 원형은 차연인 원형이고 차연은 또 원형인 차연이고. 이해하시겠습니까?"

"아뇨."

"천천히 생각하세요. 하품이 나올 만큼 간단한 이야기니까. 아이고 아이고, 여긴 완전히 별천지네."
걸음을 멈추었다. 척 보기에도 발 들여놓기 꺼려질 정도로 험한 지형이 펼쳐지고 있다. 기도원 산길은 그로써 끝이었다. 사유지라고 했던가, 나무를 하거나 따뜻한 계절에 나물을 캐거나 할 때에도 그 이상은 올라가지 않는다고 들었다.
"그만 내려가시죠. 너무 멀리 온 것 같은데."

그날의 남은 시간을 내내 함께 보냈다. 휴게실에 가 차를 마셨고 비닐하우스 밭 뒤로 숨어들어 담배를 나누어 피웠다. 목각실에 들러 여러 가지 크기의 나무십자가와 그것을 만드는 모습을 구경했고 시간이 되어서는 같은 식탁에 나란히 앉아 저녁 식사를 들었다. 차연은 면회 온 막내 삼촌을 안내하듯 차연의 식사 수발을 들었고 하루 세 차례 울리는 삼종의 의미와 어렵게 사람 몇이 모여 벽돌을 찍고 시멘트를 개어 강당을 지어 올렸던 초창기 이야기며 모모 기성 교단들이 경계 어린 시선을 보낸다는 등 그간 주워들은 이야기들을 들려주었다.
밤 10시가 넘은 기도원은 안개 같은 고요에 잠겼다. 세면장에 간 차연과 차연은 차연의 비누와 수건과 치약을 사이좋게 나누어 썼다. 화장실이 어딘가요. 들어간 지 10분이 지나도 나오지 않는다. 대변을 보나 했다. 한참 만에 나오며 미안한 표정을 짓는다. 많이 기다리셨죠. 제가 오줌을 좀 오래 싸는 편입니다. 일주일 만에 처음이라서.

건물 뒤 어둠 속에 서서 느긋이 담배를 피우고 방으로 돌아왔다. 자리에 들었다. 불을 끄고, 이불 두 채를 펼치고, 어둑한 천장을 마주보고 나란히. 분위기가 묘했다. 분위기가 아니라 기분이 그렇다. 어두운 방 홀로 쓰던 요 위에 누군가와 함께 누워 있다는 것은, 그게 누구건, 그것만으로도 심박동 수를 늘리거나 줄이기에 충분한 일이다.

"참 이상하네요."

"뭐가요?"

"이렇게 나란히 누워 있으니 말입니다, 차연 님이 아니라 원형 씨하고 함께 있는 듯한 기분이 드네요."

"원형이요?"

"그런 기분이, 지금 하루살이처럼 귓가를 샥 스치고 지나갔습니다."

"왜 그랬을까요."

"모르죠. 내가 한 짓이 아니니까."

그런 때가 있었던가. 늦고 취한 밤의 변두리 골목, 5천 원짜리 오래된 여인숙. 형광등 불빛 아래 눅눅한 카시미론 이불 아래 두 사람이 나란히 누웠던 시절들이. 차연과 원형의 옛날. 차연은 모르는 차연과 원형의 옛날.

……!

그런 궁리에 후끈 빠져들던 차연은 소리 없이 놀랐다. 이불 속을 비집고 다가온 손이, 자신의 손등을 가만히 잡아 준다. 잡힌 오른손은 그때 골반 뼈 가장자리에 살짝 걸쳐져 있는 상태였다. 아랫배 부근으로부터 다리가 무척 많이 달린 벌레가 스멀스멀 기어오르고 있다. 잠든 척 몸을 뒤채며 손을 떨쳐내려 해보지만 여의치 않다.

"많이 힘드신가요."

귓속으로 위잉, 이명이 시작되고 있다.

"어려운 나날을 보내시리라 생각은 하고 있었습니다. 그런데,"

"……"

"곁에서 뵈니 우려했던 이상이군요. 차연 씨에게 드리워진 마음의 그늘이."

쭈쭈삐 쭈쭈삐 쭈우 쭈우. 단파 라디오의 주파수를 돌려 맞추는 듯한 소리. 멀리 겨울새가 울고 있다. 뒷산에 쑥새가 산다는 이야기를 들은 적이 있다.

"……기억이 절 숨막히게 합니다."

"그렇겠죠, 기억. 무엇인가를 끊임없이 되새긴다는 것, 그럴 수밖에 없는 상황이 존재에게 의미하는 바는 치명적입니다. 생 아니면 죽음에 직결한 문제와 다르지 않죠."

이불 속에서 차연이 몸을 돌렸다. 요 안의 거리는 얼굴이 닿을 만큼 가깝다. 천천히 뻗은 팔을 어깨에 두른다. 가슴 가까이 끌어안는다. 마주 누운 이의 가슴에 얼굴을 파묻는 자세가 되고 만다. 냄새가. 몸에서 무슨 냄새가 나요. 접견실에서 처음 만났을 때에도 그처럼 야릇한 냄새가 차연을 혼란스럽게 만들었다. 두렵게도 했다. 백단목입니다, 가만히 어깨를 토닥인다. 나쁜 꿈에 잠깨 칭얼거리는 아이를 달래듯. 슬픔에 지친 사람들을 치유해 주는 향기죠. 옛날 이집트 사람들은 시신의 방부제로 이 향유를 썼답니다. 숨이 막혔다. 여자의 검은 체모와 끈적하게 젖은 속살을 난생 처음 마주했던 때처럼 가슴이 뛰고 있다. 쿵쿵 가슴 뛰는 소리가 몸 밖으로 새어 나올까봐 몹시 걱정스럽다.

어서 화해하세요.

화, 해?

따뜻한 입술이, 앞이마에 살짝 닿았다 떨어진다. 차연은 질끈 눈을 감고 말았다. 가슴이 왈랑거렸다. 불쾌한 생각은 조금도 들지 않았다.

세상 누구도 그런 고통 속에 오래 머물러 있을 수는 없습니다.

도무지 모르겠습니다. 내게, 왜 나에게 이런 일이 일어나고 있는지.

혼자 살아왔던 게 문제였겠죠, 너무 오래.

끌어안은 팔에 힘을 준다. 꼼짝할 수 없는 이끌림에 몸을 맡긴다. 백단목 향기 때문이다. 불쌍한 사람. 모든 것은 세상의 빛을 처음 발견하던 때와 똑같습니다. 그러니 어서 화해를 찾으세요. 그것이

고통 이전에 이를 수 있는 유일한 길입니다. 차연은 무슨 말인가 꺼내려 했다. 그래야만 할 것 같다. 그러나 의식이라고 불릴 만한 무엇은, 이미 안구 저편 어디쯤으로 까맣게 멀어져 가고 있었다. 어둠 속에서 마지막으로 들은 말은 이랬다.
　이제 잠드세요. 부디 편한 잠을.

　삼종 소리에 눈을 떴다. 아침 6시. 창 밖은 아직 어둡다.
　그는 없다. 옆자리의 빈 흔적이 조금 흐트러진 채 식어 있다. 이른 새벽이나, 혹은 그 전에 떠나갔을 것이다. 죄송합니다. 곤히 주무시는 것 깨우기가 어려워 그냥 갑니다. 둥글게 패인 베개 모양이 남겨진 이별 인사를 전하고 있다. 나중에 또 뵐 날이 있겠지요. 그럼 부디 안녕히.
　숙소를 나왔다. 잠깬 사람들이 예배당으로 하나둘 모여들고 있다. 이른 아침 공기가 차갑다. 세수를 하고 나서니 조금씩 날이 밝아오기 시작한다.
　아침 식사가 끝난 식당 앞에서 지천 신부를 만났다.
　"좋은 아침입니다."
　"아, 신부님."
　"어딜 가세요. 또 어디 몰래 숨어서 담배 태우시려고?"
　빙그레 웃는다.
　"손님이 떠난 모양이네요. 같이 안 계신 거 보니."

"아, 예에."

일없이 민망했다. 밤새도록 떠들썩했던 분탕질의 흔적을 들킨 것만 같다.

"신부님은 만나보셨나요."

"그 친구요? 먼발치에서 눈인사만 했습니다."

"친한 사이라고 하시던데."

"만남이라는 게, 손잡고 마주앉아서 히히덕거려야만 하는 건 아니니까요."

"그래도."

"아주 큰 사람이 되어 돌아왔더군요."

"큰 사람?"

"그렇다마다요. 어찌나 기특하고 존경스럽던지. 앞으로 더욱 큰 일을 해줄 인물이 되고도 남겠던데요. 그간 먼 땅 나가서 고생깨나 했을 겁니다."

"……."

"에에, 뭐라던가요. 저에 대해서 혹시 무슨 말 안 하던가요?"

"웃기지도 않는 사이비 교주를 해먹는다군요."

"해먹어?"

와하하하하. 느닷없는 웃음소리에 지나치던 이들이 힐끔힐끔 고개를 돌렸다.

마왕

 목요일 오후. 자원봉사자 서너 명과 주방에 남아 점심 설거지를 도왔다. 맨입으로 신세만 지는 기분이 싫어 가끔은 화장실 청소를 거들거나 주방 보조를 자청하곤 했다. 그 많던 스테인리스 밥그릇과 크고 작은 플라스틱 접시들이 얼추 헹굼통 안에 들어갔을 무렵이다. 콧잔등에 튄 식기세척제 거품을 팔등으로 훔치던 차연은 움찔, 얼어붙었다. 주방 문가에 원형이 서 있다. 잘못 본 게 아닐까, 사소한 의심이 방해할 여지조차 없었다. 그렇구나. 목요일이나 늦어도 금요일에는 온다고 했지.
 "가자. 짐 챙겨."
 "아아, 잘 지냈어?"

"가면서 얘기해. 어서 손 씻고 내려와."

고무장갑 당장 벗어던지고 차에 올라타라는 기세다. 당혹스러웠다. 그간 신세 많이 졌다는 공치사는 그만두더라도, 그럼 가보겠다고 기별이라도 해야 할 사람이 얼른 떠오르는 얼굴만 몇은 됐다.

"저기, 조금만 있다 가면 안 될까? 조금만."

"뭐야. 목 빠지게 기다리고 있을 사람 생각해서 아침부터 몇 백 킬로를 밟았는데."

"아니. 그게 아니라."

원형은 답답하다는 듯 미간에 얇은 주름을 잡았다.

"차연, 여기 더 있고 싶은 거야?"

산길 험한 지방 도로를 벗어난 차가 시내에 들어섰다. 평일 낮 시간이라 길은 한산했다. 크게 핸들을 꺾은 차가 사거리에서 우회전했다.

"시내에 볼일 없지?"

"응."

"고속도로 탈 거야. 눈 좀 붙여."

조수석 등받이에 뒷덜미를 기댔다. 운전석으로부터 아찔한 화장품 냄새가 흘러오고 있다. 이런 냄새, 참으로 오랜만이구나.

"간만에 산골 벗어나니까 어때?"

"눈이 없네. 그게 이상해."

"눈?"

기도원은 10월 말부터 눈이 내리고 쌓였다. 가파른 길이 많았으므로 한번 내리기 시작하면 식구들이 모두 달라붙어 제설작업을 해야 했다. 처음 그곳으로 찾아가던 새벽을 생각한다. 어둔 밤길을 달리며 택시기사는 험하고 낯설고 먼 길에 내내 불안해했다. 안개가 유난히 많은 밤이었다. 여덟 시간을 차 뒷좌석에서 죽은 듯이 보냈다. 얼마나 더 가야 하는지 가서는 어떤 일들이 기다리고 있을지 전혀 알지 못했고, 방향을 돌려 가고 싶은 곳도 갈 만한 장소도 없었다. 그게 두 달 전이다.

"화났어?"

"화는."

"말 좀 해봐."

"무슨 말?"

"아무거나."

"무슨 이야길 할까."

전당포 바닥에 죽어 나자빠진 노인의 신상을 접한 경찰은 난감했다. 매우 비슷하게 생긴 시신 한 구가 K시에 소재한 모 아파트 단지에서 발견된 것이 불과 얼마 전이다. 똑같은 사람이 몇 주 간격으로 머리가 깨져 죽어간 사건 앞에서, 그 이면의 어떠한 가능성을 냄새 맡지 못한 신참 경찰 몇 명은 스컬리의 임신 사실을 확인한 멀더 요원 같은 표정을 짓기도 했다. 며칠 뒤, 사건 일체를 마무리하라는 상부의 지시가 하달되었다.

비공식 채널을 통해 안기원이 접촉을 해 왔다. 킬러를 넘겨라. 그들의 요구는 간단명료했다. 언론이 떠드는 것은 우리 역시 원하지 않는다, 모든 것은 불문에 부칠 테니 그놈의 도끼 전문가만 내놓아라, 그런 의미였다. 그 이전에, 살인자를 직접 추적하고자 그네들 스스로 적지 않은 시간을 허비했음은 물론이다. 가능한 모든 정보통을 가동시켰지만 허사였다. 그런 일을 맡을 만한 혁명 활동가 또는 청부업자 리스트를 아무리 뒤적여도 이렇다 할 혐의 인물을 발견할 수 없었다. 그럴밖에 예의 도끼 전문가는 세상에 소개된 적 한 번 없이 호적 깨끗한 얼굴이었으니까. 원형의 사람들은 안기원 측에 역시 간단명료한 답변을 보냈다. 죽은 자가 누구고 죽인 자가 누구인지 우리는 모른다.

전당포에 보관된 귀금속 일체를 비롯하여 부동산과 유가증권 등 전형근의 재산 일체는 신속 정확하게 접수되었다. 남겨진 50억 원을 처리하는 문제가 원형과 주위 사람들에게 남겨졌다. 고아원과 양로원, 장애인복지원과 어린이심장재활센터, 결식아동복지재단과 영세이웃사랑회와 청소년가장장학회와 1천만실업자구제대책본부, 어린이강제노동퇴치운동과 아프리카긴급의료봉사단과 아프간난민빵보내기연합, 북한산러브호텔난립저지위원회, 집단매매춘여성구제사업단과 탈북난민인권유린방지협회, 주한미군강간재발방지조약수립추진단, 사단법인의문사규명처벌본부와 국

제대인지뢰제거대책회의와 외국인노동자인권보장협의회 등. 그간 긴밀한 지원 사업을 벌여왔던 단체들에 규모별로 5천만 원에서 최고 2억까지 기부가 추진되었다. 그리고 일부는 생활고로 고통 받는 민주혁명인사 회원가족 1만 7천 여 가구의 생활보조기금으로 충당되었다. 그런 저런 일로 한참은 바쁠 무렵 안기원 측의 의사가 다시 전달되었다. 40대의 담당자는 매우 화가 나 있었다. 이 좆같은씨팔날강도개새끼들이, 누구 돈을 가로채서 지랄들이야! 뒤로 묶여 흙바닥 박박 기면서 눈물콧물 짝짝 뽑고 싶지 않으면 어서 밝혀. 확 갈아서 덴뿌라를 튀겨먹을 그 도끼잡이 새끼 누구야! 흥분한 담당 서기관 앞으로 원형과 사람들이 보낸 답장은 다음과 같다. 당신들이 누구인지 도무지 모르겠다. 그래서 우리는 두렵다. 당신들이 지금은 없어진 예전의 그 존재들이라면, 지금 전자우편을 써 보내는 그곳의 당신들은 그럼 지난 시절의 유령인가. 우리를 두렵거나 혼란스럽게 만들지 말라. 더 이상 뒷걸음 칠 땅이 우리에겐 없다. 공멸을 원한다면 벼랑 끝으로 우리를 몰고 가라.

안기원으로부터는 더 이상 연락이 오지 않았다. 비공식 루트를 통한 압력 같은 것도 그 이상은 없었다.

한밤중에 바람을 뚫고 말달리는 자 누구인가? 아들을 품에 안고 달리는 아버지. 아이야, 무엇이 두려워 얼굴을 파묻고 있는 게냐. 아빠, 아빠는 마왕이 보이지 않으세요? 왕관을 쓰고 꼬리를 늘어뜨린 저 마왕 말예요. "귀여운 아이야, 이리 와서 나와 함께 가자! 아주 멋진 놀이로 너와 함께 놀아줄게." 아빠, 마왕이 속삭이며 나를 유혹하는 소리가 들려요……. (다급하게 셋잇단음표를 두드리는 피아노 사이로 겁에 질려 이어지던 남자의 노래가 급히 멈춘다.) 공포 속에 신음하는 아이를 품에 안고 궁성에 다다른 아버지는, 마침내 마왕에게 영혼을 빼앗긴 채 죽어 있는 아들을 발견합니다. 18세 나이에 괴테의 시를 접하고 감명을 받아 단숨에 써내려 갔다는 슈베르트의 작품 '마왕'이었습니다. 이 짧고 드라마틱한 예술가곡을 통해 슈베르트는…….

"끝난 건가?"

FM 라디오를 돌려 끈 원형이 대꾸했다.

"끝난 거지."

"완전히?"

"완전히."

"그럼, 어어, 뭐가 어떻게 되는 거지?"

"끝났다니까. 완전히."

5시 35분. 길 저편 산등성이로 해가 저물고 있다. 머잖아 마지막 삼종 시간이 찾아올 것이다. 기도원 경내에 차갑게 퍼져나갈 종소리를 떠올려본다. 원형의 옆얼굴이 어둡다. 승리의 기분 좋은 소식을 전하는, 적어도 그런 표정은 아니다. 뭐가 문제일까. 모든 일이 끝났는데. 완벽하게 끝이 났는데. 썩은 살은 잘라내는 게 올바른 치료법이야. 성경 구절 줄줄 읊으며 값 비싼 기도를 바친다고 얼어붙은 땅에 새싹이 돋는 게 아니라고. 조선혁명선언문을 낭독하듯 확신 가득하던 예전의 모습은 어디로 사라졌는가.

 나무를 하다 손을 다쳤던, 그 즈음. 원형이 전화를 걸어왔었다. 전화 속 목소리가 이상하게 힘이 없었다. 안쓰러울 정도였다. 잠깐, 그런데 어디 아파? 그런 거야? 그래서 차연은 자신의 처지도 잊은 채 그렇게 물을 뻔했다. 누군가 목에 칼끝을 들이대고 있거나, 혹은 생리통이 심해서 그러는 것은 아닐까 추측하기도 했다. 원형에게 무슨 일이 생긴 것인가. 나무를 하다가 손을 베이고, 상처에서 흐르는 피가 하얀 눈밭에 눈부신 자국을 남겨놓듯, 끔찍하고 치명적인 무엇인가를 불현듯 접하고 말았던가. 그로 인해 오래도록 지켜온 믿음의 논리와 행위 의지의 기저가 일순 흔들리는, 결국은 자멸 혹은 해체의 결과에 이르고 말, 한번도 그 존재를 생각하지 않았던 어떤 대상을, 문득 맞닥뜨렸던 것일까. 내가 모르는 사이, 과연 그러한 일이 있었을까.

이제 가.
여기서 헤어지자고?
그래. 끝난 거지.
그럼, ……앞으로 어떻게 하면 되는 거야?
일단 나를 잊어. 날 찾아오지 마. 서로 만나지 않는다는 점이 중요하니까.

1월 날씨는 대낮임에도 얼음처럼 차가웠다. 우주복처럼 두꺼운 옷에 감춰진 사람들이 추운 거리 위를 뒤뚱뒤뚱 오갔고, 그 언저리 어디쯤에 마주 선 차연과 여자는 꽁꽁 얼어가고 있었다. 새파랗게 굳은 입술에서 새어나오는 발음이 몹시 부정확했으므로, 그럴 상황이 아님에도, 느닷없는 웃음이 나올 것만 같았다.

그러고보면 만난 지 1년째가 되어가던 즈음. 차연이 다니던 슈퍼마켓은 얼마 후 문을 닫게 될 상황이었다. 그 자리에 새로이 들어설 대형 회 센터는 슈퍼마켓과 아무 관련이 없었으며 하여 개인적으로 어려운 처지였지만, 그게 이별의 직접적인 원인은 아니었다. 문제는 어디에도 없었다. 문제라면 그게 문제였다.

이렇게 하는 게 가장 좋은 방법일 거야. 알지?

강요하지 마.

모두 차연을 위해서야. 아이 씨. 나 이렇게 위선 떠는 거 제일 싫어하는데.

넌 너무 단정해. 숨이 막힐 정도야. 그게 널 다치게 하지 않았으면 좋겠어.

천만에. 난, 흐트러졌어.

같이 본 영화가 비디오방 아닌 개봉관에서만 일곱 편이고, 화장품 가게에서 시켜먹은 김치찌개 백반이며 중국음식이 최소 50인분은 넘을 것이고, 시장 건너 단란주점 골목의 삼전모텔에 어쩌다가 찾아간 것이 두 번. 그렇게 저렇게 같이 보낸 시간은, 글쎄, 모두 합쳐서 얼마나 될까.
혹시 그리워지면, 그냥 참아.
왜 그래야 하지?
우린 헤어져야 하니까. 그러려고 여기 이렇게 서 있는 거니까.
…….
대신 Y를 실컷 봐. 혹시라도 내 생각이 난다면 말야.
한 사람이 왔다가 짧은 시간 속으로 돌아서려 하고 있다. 조금 막막했고 서먹한 생각도 들었다. 바늘 끝 같은 바람이 목도리 사이를 저주스럽게 파고들었다. 마주 선 지 30분이 지났을까. 코끝과 왼쪽 엄지발가락이 무척 시렸다. 그렇지 않아! 차연은 속으로 외쳤다. 너는 Y가 아냐. 너와 Y는 전혀 달라. 연. 수련 화장품 여자는 외자 이름을 가지고 있었다. 그때, 차연과 함께 27세 초반을 걷는 나이였다.
봄날의 한가운데. 아파트 단지 산책로에서 원형을 처음 만났을 때, 차연은 그간 만났던 세상 모든 여자들을 다시 만나는 기분이었다. 다시 돌아왔구나, 연. 정말 오랜만이야. 어떻게 지냈니.

고속도로 휴게실에 차를 세웠다. 화장실을 다녀와서 가락국수 한 그릇씩을 비웠다. 입술을 오므리고 호록 호로록 국수가닥을 빨아들이는 원형은 물에 젖은 신문지처럼 지쳐 보인다. 자판기에서 커피를 뽑고, 휴지통 앞에 서서 담배를 피운다. 날은 완전히 어두워져 있다. 불 밝힌 휴게실 앞마당은 잠시 멈추어 섰다가 먼길 떠나려는 움직임들로 분주하다. 다시 차에 올랐다.
"올라가서 뭐할 거야?"
"글쎄."
도로 사정은 좋은 편이다. 어림했던 것보다 이른 시각에 도착할 것 같다. 평택 30km, 를 표시하는 초록 간판이 전조등 불빛을 반사하며 지나쳐갔다. 행선지 가까워지면서 앉은자리가 조금 불편해진다. 그럴 수 있다면 차를 돌려 다시 하행선을 타고 싶은 기분이다. 그럴 수만 있다면.
"왜. 하고 싶은 거 있어?"
"아니, 그냥."
"일단은 시내까지 나가야지."
"술 한 잔 하는 건가."
"그러고 싶으면."
옆 차선. 텅 빈 고속버스가 조금씩 속도를 내며 시야를 앞지르는 중이다. 독서등 켜진 차창에, 누군가 머리를 기댄 채 잠들어 있다. 길고 오랜 여행을 끝내고 돌아가는 밤길.
톨게이트 앞에 차가 멈추었다. 차창을 내린 원형이 고속도로 통행권과 지폐를 건네고 거스름돈을 받아들었다. 저기요, Y시 쪽으로 빠져나가려면 어떻게 하죠? 요금 징수원이 손가락질을 해가며 뭐라 설명을 한다. 고맙습니다. 천천히 차가 출발한다.
"Y시?"
"그게 나을 것 같아서. 술 한 잔 하려면 차도 대놔야 하고."
"그렇군."
"싫어도 할 수 없어. 운전수 맘대로니까."

4층 옥탑방 어느 낯선

Y시에 도착한 것은 9시가 넘어서이다. 인적 드문 도로턱에 요령껏 차를 대어놓은 원형과 차연은 불 밝힌 거리 쪽으로 걸음을 옮겼다. 이 시간에 딱지를 붙이진 않을 거야. 뭐 견인할 테면 끌리는 대로 하라지. 오랜 시간 구부리고 있었던 무릎이 후들거렸다. 밤거리의 공기가 조금 탁하다고 생각한다.

술집 골목은 대낮처럼 왁자하다. 불 밝힌 집들이 그렇지 않은 곳보다 많다. 작은 식당에 자리를 잡고 해물탕과 파전을 시켰다.

"자, 환영하는 뜻에서."

"응?"

"무사히 귀환한 거 말야. 기쁘지 않아?"

회색 양복과 투피스 차림의 중년 남녀가 구석 자리에 앉아 있고 젊은 청년 네 명이 가장 큰 테이블을 차지한 채 술 취한 목소리를 높이는 중이다. 주문한 음식을 가져온 주인 여자가 천하의 권태로운 얼굴을 한 채 앉았던 자리로 돌아간다. 케이블 TV에서는 우리말로 더빙된 중국 사극이 흐르고 있다. 해물탕은 턱없이 짜고 맵고 탁했으며 파전은 오래 전에 반죽해 놓은 것인지 풀빵처럼 눅눅했다. 개중 안주 삼을 만한 것은 길쭉길쭉 썰어 내온 오이와 홍당무이다. 두 달 사이에 입맛마저 변했는가.

테이블 여섯 개의 넓지 않은 실내에 소란스러움과 조미료 냄새와 담배연기가 부산하게 떠돌았다. 간만에 마시는 소주는 복어의 독처럼 효과가 빠르다. 한 병이 비워지고 두 병째가 줄어들었다. 식탁 위에 초록 소주병이 하나, 둘, 셋, 늘어났다. 급하게 잔을 비우며 목소리가 조금씩 커졌고 몇 차례 웃음이 오고갔다. 80년도 초 할리우드가 만든 어느 댄스영화에 대해. 거기 삽입되어 줄줄이 유명해진 팝송들에 대해. 국가대표 축구 감독에서 물러나 고향에서 빵가게를 연 어느 유럽인에 대해. 이동전화 회사들의 사기꾼 같고 흡혈귀 같으며 신용카드 회사 같은 속성에 대해. 술 취해 이유 없이 떠벌리는, 다음 날이면 아무 기억으로도 남지 않을 껍데기 대화들.

"받아."

"?"

"차연 거야."

핸드백에서 흰 편지봉투를 꺼내 내민다. 두툼하다. 물론 편지는 아니다. 내용물을 끄집어낸 즉 손가락을 베고도 남을 만큼 빳빳한 10만 원권 자기앞수표가 가득했다.

"이게 무슨…… 아아, 그."

"세어봐. 칠십 장."

"나, 가져도 되는 건가?"

"바보 같은 소리. 저번에 5백하고 이번에 7백. 그렇게 천 이백 다 지불한 거다. 오케이?"

얼떨떨했다. 거짓말 같지만 수표 다발을 본 후에야, 그에 대한 기억을 되살릴 수 있었다.

"왜 멍한 표정이야."

"아니, 난."

"어서 집어넣어. 영수증 써달란 소리 안 할 테니까."

두 달 전 받은 5백만 원도 그대로다. 태백까지 몰고 갔던 택시비 몇십만 원을 내고 기도원 있으면서 마을에 내려가 담배를 몇 번 샀을 뿐이다. 그리고는 아무것도 한 일이 없는데, 다시 7백만 원이라니. 점퍼 안주머니에 봉투 집어넣는 것을 확인한 원형이 잔을 들었다.

"이제 다 끝났네. 그동안 고생 많았어."

"끝이라고?"

"물론이지. 완벽히. 그렇게 생각 안 해?"

"……."

"그런 표정 좀 짓지 마. 짜증이 나니까. 아줌마, 여기 소주 하나 더 줘요."

청년들의 목소리는 더욱 커지고, 취한 말싸움이 행동으로 번지며 소주잔 하나가 박살나고, 지켜보던 주인 여자가 미간을 찌푸리고, 구석자리의 중년 남녀가 일어섰다. 밤 한 시가 넘었다. 차연이 일어섰다. 화장실 어디예요? 옆 건물 이층에, 열쇠 갖고 가요. 콜라 깡통에 매달린 열쇠를 들고 나서는 등 뒤에 대고 주인 여자가 덧붙였다. 이제 문 닫을 시간이에요. 자리로 돌아와 보니 원형은 없었다. 순간적으로 그런 줄 알았다. 비워진 술병이 넷이었으므로, 내심 그런 불안이 마음 구석에 자리 잡고 있었을 것이다. 식탁 위에 엎드린, 헝클어진 머리칼. 어깨를 흔들었다. 일어나. 왜 이렇게 취한 거야. 빨리 일어나. 그러자 어렵게 어렵게 고개를 쳐든다. 오랜 잠에서 깨어난 사람처럼 초점 흐린 눈빛. 차연. ……다시, 돌아왔네? 그럴 줄 알았어. 핸드백을 한쪽 어깨에 걸치고 원형의 팔을 잡아끌었다.

이제 나가야 해. 문 닫는대.

아이, 아파. 이거 좀 놔.

어둔 거리를 걸으면서 원형은 정신을 차리는 듯했다. 인도와 바투 붙은 찻길은 텅 비어 있고, 이따금 먼지를 일으키며 찬바람이 세차게 지나갔다. 밤하늘이 흐렸다.
  가방 줘. 혼자 갈 수 있어.
  괜찮겠어?
  제기랄. 걱정 마. 제에기랄.
  핸드백을 휙 낚아채더니, 공연히 삐친 사람처럼 돌아서서 걷는다. 또각또각 보도블록 위에 하이힐 굽 소리가 흩어진다. 뒷모습이 보이지 않게 흔들리고 있다. 불안하다. 그러다가 걸음을 멈추더니, 힐끔 뒤를 돌아본다. 차연은 그 자리에 그대로 서 있다. 다시 또각또각 발소리를 찍으며 원형이 다가왔다. 가까이, 차연 앞에 가까이 얼굴을 들이민다. 술 냄새 들큰한 입김이 윗입술과 콧망울 언저리를 간지럽힌다. 머플러에 손을 댄 폭주 오토바이 두 대가, 그때 어둔 아스팔트 위를 찬바람처럼 스쳐 지나갔다. 놀라운 속도로, 휠 근처에 색색의 불빛을 반짝이며, 굉음을 남기고.
  우리 집에 갈래?

  원형은 예전의 반지하 방에서 이사를 했다. 새로 구한 셋집은 그로부터 멀지 않은, 대입학원과 자동차 정비소가 마주 선 큰길 안쪽 골목이었다. 1층에 신문보급소가 있는 4층 건물. 4층 계단 끝에 이르면 오른편에 옥상으로 이어지는 통로가 있고 정면에 현관이 보인다. 이른바 옥탑방이다.
  "팔백에 십만 원?"

어둠 속에서 어렵게 열쇠 구멍을 맞추며 원형은 대꾸했다.
"전에 비하면 비싼 셈이야."
"이사 왜 했는데."
"그놈의 반지하 곰팡이 냄새 때문에 돌아버릴 것 같아서."
하늘색 비닐 장판 깔린 실내가 형광등 불빛 따라 깜박, 깜박, 깜빡, 제 모습을 드러냈다. 더도 아니라 딱 작은방 한 칸 크기다. 그 안에 책상과 의자가 있고 이동식 옷걸이와 오디오와 냉장고와 TV가 용케 제 자리들을 차지했다.
"들어와."
술자리가 이어졌다. 구멍가게에서 사온 맥주병과 안주거리가 작은 상에 놓였다. 진공 포장된 오징어포를 앞니로 부욱 뜯고 새우깡 봉지를 뺑 터뜨리고 유리잔에 콸콸 술을 따른다.
"건배."
"……천천히 좀."
"천천히라니."
"취했어. 원형은 취했어."
"내가? 천만에."
"억지 부리지 마."
"흐흠. 알아서 하셔."
못마땅한 눈꺼풀을 게으르게 껌뻑이더니 벌컥벌컥 입을 안 떼고 잔을 비운다. 쿠우우.

"안주 먹어. 이거."

"관둬."

다시 병을 집어 든다. 잔에 따르는 시늉을 하지만 병은 비어 있다. 어라. 없잖아. 이거 정말 더러웁네. 중얼거리더니 비닐봉투에서 새 맥주병을 꺼내든다. 이건 아니다. 뭔가가 조금씩 어긋나고 있는 중이다. 원형은 지금 싸움을 벌이고 있다. 술과 혹은 다른 무엇과, 구차하기 그지없는 싸움을. 차연이 일어섰다. 방 오른편에 두 개의 문이 있다. 하나는 화장실, 다른 문은 보일러실을 겸한 작은 주방과 그 너머 옥상으로 연결되었다.

옥상은 생각보다 넓다. 따로 조명시설은 없지만 그다지 어둡지 않다. 난간 아래로 상체를 내밀어본다. 5층 아래 야경이 술집과 여관 불빛과 뒷골목의 소란들로 가득하다. 플라스틱 의자를 당겨 앉아 담배를 꺼냈다. 마음이 편치 않았으므로 옥탑방 쪽을 자꾸 돌아보게 된다.

죽을 것 같은 얼굴을 하고 혼자서 술을 마시고 있을 원형.

무엇일까. 저토록 고단한 얼굴로 원형에게 찾아온 것은. 그간 무슨 일이 있었던 것일까. 기도원으로 전화를 걸어오던, 그 즈음의 일일까. 그건 모르는 일이다. 어쩌면 아파트 단지 보도블록 위에서 처음 만났던, 함께 화요일 저녁을 보내던 무렵부터? 그렇다면 여지껏 내가 알고 있었던 원형은, 어쩌면 원형이 아니었을까. 원형과 같고도 다른 누구였을까.

검은 눈물

 담배 한 대를 다 태우지 못하고 방으로 돌아왔다. 방구석에 포개 놓은 이불 위에 원형이 쓰러져 있다. 벽을 마주보고 등을 돌린 채, 오른팔을 세워 그 위에 얼굴을 기대고, 지하철 바닥의 노숙자처럼. 방바닥에 상 위에 험하게 흩어진 술병과 안주의 잔해들. 빈 병들을 치우려고 부스럭거리자 힘없이 어깨를 꿈틀댄다.
 안아 줘.
 어떻게 하나, 머뭇거리다가 불편한 자세로 따라 누웠다. 새벽 두 시가 넘었을 것이다. 시선 가는 어디에도 시계는 보이지 않는다. 창 밖 멀리 사이렌 소리가 지나가고 있다. 교통사고가 났는가. 술 취한 누군가 불 꺼진 가게 셔터 문을 발로 차며 행패를 부렸는가.

방안은 좁고 고요하다. 조심히 등을 감싸 안았다. 마른 몸이다. 목덜미에 얼굴을 묻는다. 부드러운 머리칼이 코를 간질인다. 아니, 무슨 샴푸를 쓰는 거지? 한껏 숨을 들이마셨다. 이 냄새. 이건 꼭 백단목 냄새 같군. 차연은 신비로이 속삭였다. 몸에서 이런 냄새가 나는 사람이 있었어. 차연이라는 사람 말야. 머릿속이 환히 밝아오고 있다. 원형도 알 테지. 티베트에서 돌아온 그가 기도원에 왔었어. 그리고 나, 실은 예전에도 그와 몇 차례 전화 통화를 했었다구. 무슨 대화를 나누었는지 알아? 원형 이야기뿐이었지. 원형을 많이 걱정하더군. 원형이 파드득 몸을 떨었다. 그만 둬. 나쁜 꿈을 꾸는 사람처럼 웅얼거린다. 차연. 모르는 소리하지 마. 불행이 그와 나를 가로막고 있어. 그의 존재가, 날 끊임없이 죽음으로 몰아놓고 있다고. 먼 거리에 사이렌 소리가 연달아 달려가고 있다. 도대체 몇 시나 되었을까.

"물 좀 갖다 줄래?"

"술?"

"물 말이야."

"허어."

"한 컵 가득. 목이 말라."

 자진해서 물을 청하다니? 찬장을 뒤져 컵을 찾았다. 냉장고 안에, 뜻밖에도 1.5리터 생수통이 여러 개 있다. 정말이지 이상한 밤이야. 모래와 먼지바람의 바다. 물에 빠져 죽어봤던 사람처럼 지독하던 공수 증세는 어디 갔는가. 그래. 지금의 원형은 원형이 아니야. 그 반대일지도 모르고. 이렇게 취해 흐트러진 모습은 적어도 본 적이 없으니.
"자, 여기."
원형이 일어나 앉았다. 물 잔을 받아들고는, 자맥질하는 사람처럼 크게 숨을 들이키더니 입으로 가져간다. 꿀꺽꿀꺽. 상을 찌푸리고. 꿀꺽꿀꺽. 한약을 마시듯. 꿀꺽꿀꺽. 조심히 천천히. 그렇게 물 한 잔을 다 비운다. 참으로 모를 일이다, 기억하고 있는 어떤 것은 이제 와서 전혀 자취를 찾을 수 없고 반면 어떤 것들은 잊으려 해도 좀처럼 지워지지 않으니.
"경이롭군."
"……"
"언제부터 그렇게 물을."
"얼마 안 됐어."
"오오."
"실은 아직도 익숙지 않아. 노력은 하고 있지만."
"아니, 왜?"
"계속 그렇게 살 수는 없잖아."
"훌륭해. 진심이야."
"할 말이 있어."
"말해."

"나 할 말 있다구."

원형의 검은 동자가 흔들린다. 차연을 피하는 중이다. 하지만 방 안은 좁고 마주 앉은 두 사람 사이에 그럴 만한 공간은 있지 않다.

"말하라니까."

"당분간 일을 그만 둘까 해."

"⋯⋯일을?"

"고민 많이 했어. 쉬면서 여기저기 여행이나 좀 다니려고. 글쎄, 어떻게 될지는 모르겠어. 지금 확실한 건 한 가지뿐이야. 쉬고 싶다는."

"⋯⋯."

"왜냐고 묻지 마. 나도 모르겠으니까. 누가 정답을 알려준다 해도 당장은 듣고 싶지 않은 기분이니까."

헝클어진 머리를 쓸어 넘긴다. 나이 든 얼굴. 잠깐 드러난 앞이마는 창백하고 화장기 지워진 눈가에는 잔주름이 잡혔다. 그 안에 많은 얼굴들이 있다. 만나고 또 무수히 헤어져간 이들. 한때 아주 가까웠던, 홀로 거리를 걷다가 우연히 한번쯤 마주치지 않을까 가슴 졸이기도 했던, 그리고는 멀리 희미하게 잊혀진, 연과, Y와, 그들을 닮거나 그렇지 않은 누군가와, 조금씩 나이를 먹은 그네들 모두의 얼굴 얼굴들이.

"차연에게 이야기를 하는 것은, 그래, 미안해서야. 마지막 일에 공연히 차연을 끌어들였던 셈이 되었으니까. 시간이 조금만 넉넉

했다면 그렇지 않을 수도 있었는데. 다시 생각할 여유만 있었더라면. 차연에게 정말 미안해. 아직까지 힘들어하고 있잖아."

눈을 감는다. 주루룩, 검은 눈물이 흘러내린다. 어깨를 떨며 흐느끼거나 흑흑 가련한 소리를 흘리거나 손바닥으로 얼굴을 감싸지는 않는다. 벽에 기대어 무릎을 모으고 양손을 깍지끼고 그렇게 소리 없이 눈물을 흘리고 있다. 벽이 무너진다. 견고하고 높은 벽이, 한순간 와르르 무너져 내리고 있다. 이러지 마 원형. 못 봐주겠어. 거지 같다고. 아무것도 가지지 못한, 알아? 돈도 먹을 것도 잠자리도, 친구도 희망도 미래도 없는. 그러니까 그만 둬. 그건 원형이 아니라 나란 말이야.

"다음에…… 혹시 만나게 되면 나, 차연이 알아보지 못할 정도로 마, 많이 변해 있을지도 몰라."

검은 눈물이 흐른다. 아랫입술이 조금씩 떨리고 있다. 손바닥으로 턱을 쓰윽, 문질러 눈물을 훔친 원형이 중얼거렸다. 아이 씨팔, 나 미쳤나봐 미친년처럼 자꾸 눈물이. 이래서 늙으면 죽어야지.

"그래도 나, 기억 못 하면 안 돼. 나, 차연이 나중에, 나 만났던 일을 안 좋게 기억하는, 그런 생각을 하면 정말."

원형을 도와주십시오. 불행으로부터 원형을 구해주십시오. 그 일을 할 사람은 차연 님밖에 없습니다. 앉은걸음으로 원형에게 다가갔다. 흐느끼는 숨결이 코 앞 가까이 느껴진다.

"울지 마."

어깨 깊숙이 원형을 안았다.
"나 아무렇지도 않아. 쓸데없는 걱정 마."
잔등을 가만히 어루만졌다. 딱딱한 브래지어 후크가 만져졌다.
"잘 생각했어. 원형은 강하고 현명하니까, 어디서 뭘 하건 잘 해낼 거야."
흐윽흐윽. 안으로 울음을 삼키는 어깨가 조금씩 떨리고 있다.
"원형을 만나 정말 다행이야. 잊을 수도 없을 거고. 그러니 울지 마. 계속 그러면 내 말 못 믿겠다는 소리가 되는 거라고. 듣고 있어?"
팔을 풀었다. 가만히 턱을 끌어당겼다. 머뭇머뭇 고개를 쳐든다. 젖은 얼굴. 문밖에서 바람이 불었다. 창문이 덜컥거리고, 멀리서 사람들 싸우는 소리가 들려왔다. 엄지손가락으로 눈물자국을 지운다. 그 위에 가만히 입을 맞추었다. 뜨겁다. 깜짝 놀라 원형을 떠다밀 뻔 한다.
세상에, 이게 뭐지?
뭐가 이렇게 뜨거운 것일까. 달아오른 냄비에 닿은 것처럼 입술이 뜨겁게 타 들어가는 이 느낌은. 정밀하게 조합된 생체 회로가 작동을 멈추고, 신경 전류 수치가 급속히 상승하고, 조직들은 오류 데이터를 받아들이며 기계적인 손상을 일으키고, 과열이 되고, 과열이 되고. 불타오르고. 처음 차연을 만났을 때, 나 정말 무서웠어. 무섭고 슬펐어. 차연이 날 죽일 것 같았거든. 내 말은, 차연 때문에 언젠가는 내가 죽게 될 것만 같았다 이거지. 예전에도 그 비슷한 경험이 있었어. 그래서 쉽게 알 수 있었나봐. 아아, 왜 도망치지 못했을까. 실은 그러려고 했어. 그런데 그럴 수가 없었어.

몸이 몸을 만났다. 몸이 몸을 안는다. 몸이 몸을 만진다. 몸과 몸이 가까워지고 거리가 없어지고 마침내 하나 된다. 분신과 분신. 애초에 한 몸이었던, 두 개의 얼굴과 두 쌍의 손발이 마주 붙은 양성체. 원죄의 저주를 받아 반으로 갈려졌던 분신들이 다시 한 몸을 찾아가고 있다. 수만 년을 끌어오던 고독과 상실과 결핍이 천천히 스러져간다. 그리하여 몸은 뜨겁게 뜨겁게 불타오른다.

좁고 어두운 공간. 이상한 일이다. 원형과 짧은 사랑을 나누고, 그리고 나란히 누워 잠에 들었다. 옆자리엔 아무도 없다. 원형은 어디로 갔는가. 아아, 그리고 보니 여기는. 퀴퀴한 시멘트 냄새. 어느 건물의 지하실이다. 손과 발은 딱딱한 나무 의자 뒤로 단단히 결박되었다.

춥고 온몸이 아프다. 모진 구타에 시달리고, 그러다가 의식을 놓치고 말았을 것이다. 발소리가 들린다. 층계로부터 누군가 내려서고 있다. 표면 고르지 못한 시멘트 바닥을 질그럭 질그럭 밟는 구둣발 소리가 심장을 멎게 한다.

고개를 들어.

키가 큰 남자다. 백열등을 등지고 서 있어 얼굴은 보이지 않는다.

어때, 좀 견딜 만한가?

차연은 힘없이 고개를 떨구었다.

마치 죽은 자의 얼굴 같구나. 더 이상 버틸 힘이 없다는 것을, 너도 모르지는 않겠지.

…….

자. 이제 너를 내어줄 준비가 되었나.

남자가 백열등 옆으로 비켜섰다. 눈부시게 드러나는 얼굴. 어디서 보았더라. 낯익은 사람 같기도 하고 그렇지 않은 것 같기도 하다. 남자가 한걸음 다가왔다. 상처가 부어오른 어깨 위에 다정히 손을 올린다.

삶도 죽음도, 이 순간 너에게 주어진 것은 없다. 그럼에도 나는 너에게 너무나 많은 시간을 주었다.

더운 입김이 귓가를 어루만지고 있다.

죽음인가 영광인가. 마지막 선택의 순간이다.

…….

어떤가. 내게 굴복할 생각인가.

…….

시간이 없다. 어서.

탁탁, 탁탁. 나무젓가락으로 철판 두드리는, 어디선가 그런 소리가 들려오고 있다. 일정한 간격에 맞추어 탁탁, 탁탁. 차연은 가까스로 고개를 쳐들었다. 핏자국 말라붙은 입술을 힘없이 달싹였다.

화…… 해.

뭐라고? 뭐라고 했지?

화해, 를 원한다.

키 큰 남자가 흠칫 물러섰다.

아니, 도대체 어떻게.

희미한 백열등 불빛에 비친 얼굴이 천천히 일그러진다. 말을 잇지 못하고 있다. 참으로 놀라운 반응이다. 키 큰 고문자가 그토록 흔들리는 모습을, 여지껏 본 적이 없다. 탁탁, 탁탁. 고무 패킹 닳은 수도꼭지가 끊임없이 눈물을 흘린다. 탁탁, 탁탁.

덜컹. 철문이 열렸다. 계단 위쪽으로 밝은 빛이 쏟아져 들어온다. 어둠이 걷히고 있다. 눈이 시려 고개를 들 수 없다. 팔목이 허전하다. 등뒤로 거세게 묶여 있던 올가미들이 어느새 풀려 있다. 의자에서 일어섰다. 무릎이 잘려나간 것처럼 아프다. 좁고 가파른 계단 위로 조심히 발을 옮겨놓는다. 뒤를 돌아보았다. 오래도록 자신을 감금했던 빈 나무의자에, 누군가 괴로이 웅크려 앉았다.

가라. 너는 자유이다.

아무런 분노도 일지 않았다. 차연은 나직이 물었다.

내가, 여기에 얼마나 있었나요?

세상의 빛을 처음 발견하던, 그 시작부터.

가슴에 얼굴을 묻은 채 그는 말했다.

나를 용서하라는 말은 하지 않겠다. 너와 나는 똑같은 존재다.

…….

처음부터 그 말을 하고 싶었다. 이젠 너무 늦은 일이지만.

남자로부터 시선을 돌렸다. 철문 틈으로 빛이 쏟아져 들어온다. 눈이 찡그러질 정도로 맑은 겨울 햇살.

쑥색 후드 점퍼를 벗어든 차연이 걸음을 옮기기 시작했다.

벽을 향해 돌아눕다. 잘 가.

아침 일찍 잠이 깼다. 고작 두어 시간 눈을 붙였을 뿐이다. 그럼에도 머릿속은 놀랍도록 맑았다. 옆자리, 하얗게 벗은 등을 드러낸 채 원형이 잠들어 있다. 방 안은 괴한들이 습격하고 지나간 자리 같다. 빈 병과 과자 부스러기와 맥주 흘린 자국과 구겨진 옷가지. 창문을 타고 들어온 햇살이 그 흔적들 위에 눈부시게 내려앉아 있다. 팬티와 바지를 꿰어 입고 비닐봉지를 집어 들었다. 빈 술병과 안주 찌꺼기와 휴지뭉치와 담배꽁초들을 주워 담았다.

소변을 보고 세수를 하고 원형의 칫솔로 이를 닦았다. 화장실에서 나왔을 때에도 원형은 자리에 누워 있었다. 이불을 걷어냈다. 평화로이 눈 감은 얼굴. 잠이 든 것 같기도 하고 그런 척 하는 것 같기도 하다. 가만히 원형을 내려다보던 차연은 이마에 살짝 입을 맞추었다. 길지 않은 속눈썹이 계기판 바늘처럼 흔들렸다.

나 갈게.

끄덕끄덕. 짧은 고갯짓으로 작별 인사를 한다.

더 자고 일어나. 일어나서 뭐 좀 먹어. 알았어?

다시 끄덕끄덕.

그리고, 언제든지 연락하고.

현관 앞에 쪼그리고 앉아, 죽은 듯 누워 움직이지 않는 원형을 바라보며 천천히 신발을 신었다. 철컥. 현관문이 안으로 닫혔다. 지상으로 내려가는 계단이 길게 시작되고 있다.

K시까지는 꽤 먼 길이다. 집안 모습을 떠올려본다. 두 달 넘게 비워두었던. 마룻바닥에 먼지가 가득 더께졌을 것이다. 싱크대는 물기 한 점 없이 바싹 말라 있고 냉장고 안에는 상하지 않은 음식이 없을 테지. 우편함엔 별놈의 고지서들이 그득히 쌓여 있을 테고, 수위 아저씨는 날 보고 어떤 표정을 지을까. 그런저런 궁리에 빠져들던 차연은, 문득, 그런 자신이 조금 놀라웠다. 일상으로 돌아가는 사소한 방법들을 이렇게도 태연하게 떠올려 볼 수 있다니. 지난밤에 무슨 일이 있었던 거지?

2층과 3층 사이 계단참. 걸음을 멈춘 차연은 아차, 머리를 쳤다.

그리고 일껏 내려온 길을 다시 올라가기 시작했다. 깜빡 잊은 게 있다. 옥탑방 앞으로 돌아왔다. 현관문은 잠기지 않았다. 원형 역시 그 자리에 그 자세 그대로 누운 채이다. 차연이 다시 들어서는 기척에도 움직이지 않는다.

내 정신하곤. 까딱했으면 1층까지 내려갔다가 올 뻔했네.

원형의 머리맡에 앉은 차연은 점퍼 안주머니에서 봉투를 꺼냈다. 바지 뒷주머니에서 지갑을 빼들고, 낡은 반지갑을 두툼하게 만들었던 내용물을 끄집어냈다.

이거 돌려줄게.

…….

아무리 생각해도 내 것이 아닌 것 같아서.

…….

저기, 사실은 조금 부스러졌어. 저번에 태백 가면서 몇 십만 원 썼거든.

감은 눈을 뜰 줄 모른다. 깊이 잠든 것 같지는 않다.

용건만 얘기할게. 이 돈. 원형이 알아서 처리해. 좋은 일 하는 데 많이 알 거 아냐. 그렇게 믿고, 나 이제 정말로 간다. 알았지?

…….

자는 척 그만하고 대답 좀 해봐.

잘 가.

짧게 대답한 원형이 벽을 향해 돌아누웠다.

건물 밖으로 나와 하늘을 올려다보았다. 화창한 날이다. 겨울 햇살이 눈부시게 맑았다.
쑥색 후드 점퍼를 벗어든 차연이 걸음을 옮기기 시작했다.

에필로그

5

달이 바뀌었다. 크리스마스 시즌이 끝나고 들뜬 연말 분위기가 새해로 넘어갔다. 몇 차례 눈이 내렸고 내린 눈은 지면에 닿자마자 녹아 없어지거나 때로는 도로턱과 건물 구석 음지에 더러운 이불 솜처럼 쌓여갔다. 일상의 속도는, 노력해서 받아들이는 여느 습관이나 버릇과 달리, 묵은 나물 반찬 냄새처럼 자연스럽게 몸에 배어갔다. 겨울은 길었지만 머잖아 봄이 찾아올 것이었다.

4

특이하다면 특이한 사건이 두 가지 있었다. 하나는 봄처럼 화창하던 오후 자진해서 남부 서의 임 형사를 찾아갔던 것이고, 또 하나는 지난 가을 이후 처음으로 영광전당포 건물 근처를 서성거렸던 일이다. 행동에 옮기기까지 적잖은 용기가 필요했을 그 사건들이 도대체 어쩌다가 실행에 옮겨진 것인지, 차연 스스로도 납득이 가지 않을 따름이었다.

   그는 교통과로 자리를 옮긴 상태였다. 세 달째라고 했다. 월세살이 10년 만에 아파트를 하나 장만했거든요, 꼴에 강남이라고 은행 빚을 조금 져서요, 묻지도 않은 소리를 하며 씨익 웃는다. 휴게실로 자리를 옮기고 자판기에서 뽑은 깡통 음료수가 다 비워질 때까지 전직 수사과 임 형사는 그런데 무슨 일로 절 찾아오신 겁니까, 라고 묻지 않았다.

   접니다.

   예?

   영광전당포 살인 사건 말입니다. 제가 노인을 죽였습니다.

   쯧쯧, 어쩌다가. 아니, 그런데 누굴 어디서 죽였다구요?

   지난번 살해된 908호 주웅달 노인과 똑같이 생긴, 기실 그 복제인간의 모체에 해당하는 인물이 모모 전당포의 주인으로 살아 있었고 바로 그가 왕년의 고문 전문가로 악명 높은 전형근인데 얼마 전 정수리가 깨져 죽은 그의 살해 사건 기록을 찾아보기는 어렵지 않을 것이다. 내가 범인 일이다. 등산용 손도끼로 머리를 쳐서 죽였다. 차연의 일목요연한 고백에 임 형사는 크게 벌어진 입을 다물지 못했다. 절레절레 고개를 젓는다.

별 해괴한 농담을 다 준비하셨군요. 그럼 저 잠깐 웃겠습니다. 우 헤헤.

다음에 만나자는 말을 세 번 되풀이한 임 형사는 자리에서 일어섰다. 등 떠밀리듯 건물 밖으로 나왔을 때, 악수를 청하더니 맹렬하게 손을 잡아 흔든다.

죄송합니다. 나중엔 쏘주나 한 잔 하지요. 해괴한 농담 안 할 자신 있으시면, 그때 다시 놀러오세요.

기저귀 갈다가 손가락에 갓난아기 똥을 묻힌 것처럼 께름칙했다. 집으로 돌아오는 내내 그런 기분이었다. 웃기는 노릇이었지만 웃음은 나오지 않았다.

영광전당포 근처를 서성였던 그날은, 시내에 면접이 있었다. 1시간 반을 기다려 3분인가 만에 면담을 끝내고, 비웃듯 삐딱한 미소를 시종 잃지 않던 면접관에게 꾸벅 인사하고 나오니 벌건 대낮이었다. 해서, 거리를 좀 걷기로 했다. 1시간쯤 걷다가 콩알만한 면접비를 쪼개 홀로 점심을 사먹고 난 참이었다. 걷고 있던 길가 풍경이, 그제야 우연찮게 눈에 들어온다. 검은 벽돌 길. 전통찻집들. 갤러리. 한지를 팔고 도자기와 찻잎과 옛날 물건을 파는 가게들. 원 세상에, 여기는? 분식집에서 먹었던 돌솥비빔밥이 우욱, 넘어오려 하고 있다. 목덜미가 뻣뻣해지고 시야가 노래졌다. 소금기둥처럼 길 한가운데 우뚝 멈춰선 차연 주위로 행인들이 어깨를 스쳐갔다.

그런데 이상했다. 약국 앞 삼거리. 그 자리가 분명하다. 골목 안쪽으로 개량 한복 가게 몇 집이 연달아 늘어섰고 맞은 편 2층 화랑과 설렁탕집도 그대로다. 그런데, 무슨 곡절인지 찾을 수가 없다. 서너 차례 근방을 오락가락했지만 개미굴 같은 혼란만 더해간다. 1층에 구멍가게와 꽃집이 있는 낡은 3층 건물. 머릿속엔 끔찍할 정도로 또렷하게 남은 풍경이건만 정작 실체 가까운 곳에 와서는 어째서 알아볼 수조차 없는가.

그 건물 헐렸어요.

약국에 들어가 영비엑스 한 병을 사 마시며, 건물의 최후에 대해 전해들을 수 있었다.

저기 안 보입니까. 폭탄 맞은 것처럼 들쑤셔 놓은 땅.

그럼 3층의 전당포도 없어졌겠군요.

안경알 속 두 눈동자가 사르트르의 그것처럼 각기 다른 곳을 향해 뒤룩거리던 남자 약사는 잠시 고민에 빠진다. 그리고 대답했다.

아마 그랬겠죠? 전당포가 있었는지는 잘 모르겠지만 그 건물 안에 있던 거라면, 뭐 없어진 정도가 아니겠지요.

3

신문보급소 일을 시작했다. 빠른 손놀림으로 전단지들을 끼워 넣고, 그렇게 준비한 그날치 일간지 몇 종을 오토바이에 싣고 새벽 내내 달리다 보면 어느새 아침이 왔다. 일상은 여전했다. 달라진 것이 있다면 말똥말똥한 정신으로 잠을 청하며 매일의 밤을 뒤척이던 시간이 놀랄 만큼 줄어들었다는 점이다.

가끔은 옛날 사람들을 떠올리곤 했다. 옛날 사람들. 살면서 만나고 만나오고 만나왔던 이들은, 어느 시점부터 대개는 그러한 이름으로 불려지기 마련이었다. 학교를 졸업하고 혼자 되던 해. 자취방 주변의 이웃들. 지금은 없어진 의류회사의 물류창고 특판팀 식구들. 대림 슈퍼마켓과 마찬가지로 지금은 없어진, 수련 화장품의 연, 왼쪽 엉덩이에 예쁜 흉터가 있던. 그간 진행자가 몇 번은 바뀐 9시 뉴스의 한 시절 여성앵커 Y. M&B 불면연구팀의 사람들. 태백의 산골에서 만났던 이들. 그리고 차연, 그는 다시 티베트로 떠나갔을까. 달의 성. 달의 성의 계곡. 샴발라 가는 길이 숨겨져 있는.

원형에게서는 아무 연락도 오지 않았다. 아직은, 이라고 말해지는 지금이란 시점까지는 그러했다. 그 뒤는 모른다. 실로 모를 일이다. 누구도 모르고 신도 모르리라. 그렇지 않은가 먼 미래가 지금을 향해 끊임없이 보내오는 가능성은 수 천 수 만 가지 얼굴을 가지고 있으니까. 그러므로 알 수 없는 먼 훗날 두 사람은 예전에 만났던 장소 혹은 지금으로서는 예측할 수 없는 어느 아득한 곳에서 극적인 만남을 갖거나, 아니면 영영 만나지 못하게 될 것이다. 둘 다일 수도, 어쩌면 두 경우 모두 아닐 수도 있고 말이다.

이쯤에서, 앞서 이야기되었던 종류에 비할 바 아니게 특이한 사건 하나가 차연의 일상 아주 가까운 곳에서 발생했다는 사실을 밝히지 않을 수 없다. 무와 양지머리와 사태를 넣고 끓이기 시작한 고깃국처럼 상기도 진행 중인 이 사건을 마지막으로 이제 길고 지루한 이야기의 끝을 접어야 할 차례다. 이 달 초순이다. 생생하게 장면들을 그려내기 위해, 이 부분부터 소설의 어법을 다시 사용한다.

2

아침부터 복도가 시끄러웠다. 현관 밖으로 나가보니 9층 복도 저편에 사다리차가 열심히 이삿짐을 나르고 있다. 엘리베이터가 있는 중앙 통로 건너, 901호부터 905호까지가 있는 복도 쪽이다. 이른 아침까지 신문 배달을 마치고 돌아온 터였으므로, 방으로 돌아온 차연은 다시 깊은 잠에 빠져들었다.

네 시 반쯤 자리에서 일어나 집을 나섰다. 시장에 가서 바지락 한 봉지와 시금치와 부침용 두부를 샀다. 혼자 세 끼는 족히 먹을 찬거리였다. 엘리베이터를 내려 복도로 들어서는데 맞은편 복도에서 누군가 다가온다. 내버릴 짐을 라면박스 한가득 쌓아 안고 있는 그는, 아침에 새로 이웃이 된 사람임에 분명했다.

"안녕하세요. 오늘 이사 오신 분이죠?"
"……예. 처음 뵙겠습니다."

가까이 상대방의 얼굴을 확인한 차연은, 불같이 치밀어 오르는 반가움에 와락 소리를 지를 뻔했다.

"904호?"

"잘 부탁드립니다."

"전 906호 삽니다."

"예에."

"집 정리하시느라 힘드시겠네."

"괜찮습니다."

종이찰흙처럼 창백하고 무표정한 얼굴. 작은 키에 귀를 덮을 정도로 머리를 길렀고 청색 긴팔 셔츠의 하얀 단추를 목까지 채운. 거울 속의 자신이 누군지 기억을 못하면 못했지 그를 못 알아볼 수는 없는 일이다.

"좀 거들어드릴까요."

"에이, 아뇨."

잠시 머뭇거리던 그는, 조심히 말끝을 이었다.

"저기요. 그럼 책장 옮기는 거 한번만 도와주실래요? 이삿짐 사람들, 대강 위치만 잡아주고는 그냥 가더라구요. 싼 데서 했더니만."

새 주인을 맞이한 904호에서 두 사람은 많은 시간을 함께 보냈다. 혼잣살림이 얼마 안 된다지만 이삿짐 정리란 게 간단할 리 없었다. 함께 짐 정리를 하며 청년은 내내 어쩔 줄 몰라 했다. 저녁이나 대접하겠다고 중국집에서 배달시킨 짜장면과 탕수육 값을 차연이 냉큼 지불했을 때는 더욱 그러했다. 그의 이름은 이후영이었다.

"학생…… 이신가요?"

"휴학생입니다."

"그렇군요."

"휴학계 낸 게 작년 가을 학기죠. 복학은 아직 계획도 못 세우고."

어지럽게 짐 들여놓은 방바닥에 신문지를 깔고 배달 온 음식을 안주로 술을 마셨다. 젓가락으로 단무지를 집던 차연은 책상 구석에 쌓아올린 이후영의 책들에 시선을 빼앗겼다.『레닌의 선거와 의회전술』,《창작과 비평》1989년 겨울호,『클라라 체트킨 선집』,『조직, 전략, 전술』,『주체의 학습론』.

"학교를 휴학할 즈음에, 힘든 일이 좀 있었습니다."

"저런."

"경제적인 것도 그렇고, 그보다는 제 자신에 관한 부분이 컸죠."

"자신에 관한 부분이요?"

"믿음. 의지. 뭐 그런 거 말입니다. 아유, 제가 취했네요."

"실례지만, 올해 몇이시죠?"

"스물하나입니다."

이후영은 덧붙였다.

"그런데 문득, 내가 스물한 살이 아니라 일곱 살 아닐까 하는 생각이 들기도 합니다."

"아하."

"열일곱 살도 서른일곱 살도 아닌 일곱 살이라니. 모르겠습니다,

왜 그런 말도 안 되는 혼란이 찾아오는지. 제가 미친 걸까요?"
"아닐 겁니다."
갑자기 슬퍼졌지만, 차연은 아무렇지도 않은 표정을 지어보였다.
"제가 아는 사람 중에도 그런 문제로 고민하던 친구가 있었지요."
"예에."
"하지만 오래지 않아 떨쳐내더군요. 그러니 너무 걱정 마세요."

밤 열 시가 넘어 904호를 나왔다. 잠깐 눈 붙였다가 신문보급소로 나가봐야 할 시간이었다. 차근차근 정리하세요. 오늘은 그만 쉬시고. 이후영은 두 번 세 번 허리를 굽혔다. 신세 많이 졌습니다. 좋은 이웃 알게 되어 기쁘구요. 현관 앞에 서서 그런 인사를 나누고는 어둔 복도로 등을 돌리려는 참이다.
"저기요."
"아, 예."
"뭐 한 말씀만."
"그러시죠."
"전생, 을 혹시 믿으십니까."
이후영의 얼굴이 어둠 가운데서 머뭇거렸고 차연은 나무뿌리에 발이 걸려 넘어지는 기분이었다.

"글쎄요. 뭘 믿어본 지가 오래 돼서."

"그러시군요."

"그런데, 왜 갑자기."

"이런 이야기를 들었습니다. 사람에게는, 자기만이 필요한 사람과 자기만을 필요로 하는 사람이 꼭 한 명씩 있다고."

"예?"

"안타까운 건 그들이 누군지 알아내기 어렵다는 거랍니다. 그리하여 자기에게 필요한 사람이 멀지 않은 곳에 존재함에도, 그가 누군지는커녕 그런 사실조차 깨닫지 못하는 경우도 있고."

"……."

"그게 소위 전생의 연이라는군요. 그런 대상을 만났을 때 어렴풋이 낯이 익는 것도 몸 안에 남은 전생의 기억 때문이고. 유치하죠?"

"재미있네요."

"실은요, 아까 처음 뵙는 순간 되게 놀랐습니다. 아아, 제가 정말로 취한 모양입니다. 갑자기 쓸데없는 말을 하고 싶어지니."

"제가, 낯이 익던가요."

"그렇다마다요. 이 아저씨가 누구더라, 고민에 빠질 정도였으니까요."

"생각나는 사람이 있던가요?"

"전혀요."

다시 찾아온 김시민을 향해, 차연은 어쩔 수 없이 어색한 웃음을 보내주었다. 하고 싶은 말이 많았지만 입에 올릴 수는 없었다.
"어쨌거나 이렇게 만났으니 된 거 아닙니까. 들어가 보세요. 또 뵙죠."

1

거기로부터, 새로운 이야기가 이미 시작되고 있었다. 하나의 인간이 소생하고 갱생해 가는, 한 세계에서 다른 세계로 옮겨가면서, 여태까지 알지 못했던 새로운 현실을 만나게 되는 그런 이야기 말이다. 그것은 그것만으로도 하나의 새로운 이야깃거리가 되기에 충분한 내용이지만, 이야기는 일단 이것으로 끝이 난다.

0

끝.

작품 해설

글쓰기, 세상에 대한 두려운 개입

김수이*

1. 혼합과 개입의 글쓰기

한차현의 두 번째 장편소설 『영광전당포 살인사건』에는 근래 우리 소설의 다양한 코드들이 망라되어 있다. 지난 20여 년간 우리 소설을 특징지어 온 이 코드들은 한차현의 신작 소설에서 시간차를 지우며 한꺼번에 소환된다. 외적으로는 엽기적인 추리소설의 인상을 풍기지만, 이 소설이 실제로 중심에 두는 것은 정치·사회적인 사안, 구체적으로는 80년대 소설의 핵심 코드였던 독재정권의 억압과 각성된 주체들의 저항이다. 여기에 한차현은 90년대에 유포된 일상과 일탈, 성적 욕망, 내면화된 권력, 원본과 복제물의 위상이 바뀐 사이버 세계 등의 다채로운 코드들을 합성한다. 차이와 경계를 중시하지 않는 혼합은 한차현의 소설을 새롭고 도발적인 것으로 만든다. 그런 반면, 종래의 소설 미학의 기준으로 볼 때는 다소 산만하고 부자연스러운 느낌 또한 불러일으킨다. 이는 첫 장편『괴력들』(1999)과 첫 소설집『사랑이라니, 여름 씨는 미친 게 아닐까』(2001)에서 확인되는 것처럼, 70년생의 이 젊은 작가가 특정 경향에 종속되지 않는 아웃사이더나 반골 기질을 지닌 점과 관련이 깊다. 한차현은 모든 형태의 지배와 억압을 부정적이고, 해체해야 할 대상으로 본다(그런데, 과연, 해체할 수 있을까? 한차현의 소설은 이 불가능해 보이는 현실의 모험을 소설의 모험으로 대신하려는 욕망 속에서 태어난다. 상상의 모험이 실제의 현실로 실현되기를 꿈꾸는 것은 그의 소설이 지닌 아이러니컬한 운명이다. 한차현은 '실제 현실'의 반영과 '상상된 현실'을 혼합하여 세계의 실체를 규명하려 하며, 더 나은 상태로의 변혁을 열망한다. 이 이중의 수고와 변혁의 어려움으로 인해 그의 소설은 냉철한 분석력으로 무장하고 있음에도, 약간의 관념성과 감상적인 우수에 젖어 있다). 한차현은 기존 문학의 지배적인 담론과 미학에 대해서도 뚜렷이 반발하는 바, 그의 소설이 난해함과 불편함을 유발하는 것은 이런 측면에서 이해될 수 있다.

한차현이 다양한 코드들의 혼합을 통해 궁극적으로 제기하는 것은 '권력'과 '저항'의 문제이다. 그가 처음으로 세상에 내놓은『괴력들』은 "내가 모르는 누군가, 분명 있다"는 하나의 의문을 풀어나가는 일종의 '숨은 그림 찾기'다. 정체불명의 절대 권력을 타깃으로 한 이 소설은 거대한 힘에 조종당하며 사는 왜소한 개인들에게 연민의 시선을 보낸다. 적어도 이 소설에서 그 힘의 바깥으로 나갈 수 있는 길은 없다. 베일에 싸인 여성 '이서연=권진욱' (두 개의 이름을 가졌지만, 모두 진짜가 아닐 가능성이 높다)이 바위를 들어 올리는 권력의 존재를 암시한다면, 신문 기사를 분석해 권력의 음모를 밝히려다 고문을 당하고 변절한 '이현상', 3년간 도주행각을 벌이다 사살된 탈옥범 '석대수', 일상의 법칙에 꼼짝없이 묶여 있는 '나' 등은 탈출의 통로가 막혀 있음을 다양한 형태로 보여준다.

소설집 『사랑이라니, 여름 씨는 미친 게 아닐까』에 수록된 단편들의 문제의식도 크게 다르지는 않다. 사랑과 불행의 어두운 힘에 중독된 한 여성의 일탈을 그린 「자비로운 그녀」, '우정복지원'이라는 비밀 집단의 도움으로 인공 임신을 한 50대 남성 '여름 씨'가 아이를 출산하면서 장기를 모두 기증하고 생을 마감하는 이야기인 「사랑이라니, 여름 씨는 미친 게 아닐까」, 꼴찌에서 맴돌던 '승재'가 지독한 노력으로 S대에 합격한 후 입학을 거부해 세상을 두 번 놀라게 하는 「승재」, 신실한 청년 '이단'이 그가 쓴 시 한 편 때문에 '명예와 신의의 회관'으로부터 파문당하고 고통스럽게 죽는 「에티카, 기하학적 질서에 따라 증명된」 등은 모두 권력의 다양한 실체와 그에 따른 개인의 몰락을 그리고 있다.

이처럼 한차현이 파악하는 이 세계의 구도는 권력에 의해 편성되고 재편된다. 세계는 은밀히 실현되는 무서운 권력(들)의 장(場)이다. 개인의 무의식에까지 침투한 권력은 보이지 않는 견고한 '체계'

로 화해 있으며, 권력/체계는 자기 증식을 거듭하며 더욱 미세해지는 동시에 거대해진다. 이런 상황에서 체계의 일부가 되어버린 개인은 힘없이 마모되거나, 권태롭고 무의미한 삶을 영위할 수밖에 없다. 개인이 바꿀 수 있는 부분은 없거나, 있어도 극히 작을 뿐이다. 한차현은 이 예정된 마모를 지연시키고 지독한 권태를 견디기 위해 소설을 쓴다. 그에게 소설 쓰기는 '도처에 숨어 있는 권력과 그 권력에 의해 움직이는 세계에 개입하기'와 동의어다. 타자와 세계에 대한 단선적인 개입이 아닌, '나' 자신에게 개입하는 모든 외부의 힘에 역으로 개입하는 일은 한차현에게 '저항'과 '혁명'을 의미한다. 패기와 근성을 지닌 한차현의 소설이 갖는 제일의 미덕은 세계와의 불리한 싸움을 역전시키려는 이 투지에 있다고 할 수 있다.

2. 세계, 체계, 관계

『영광전당포 살인사건』은 첫 장편 『괴력들』의 문제의식을 이어받은 후속작이다. 두 소설은 모두 80년대의 특정 정권에 대한 저항에서 90년대 이후의 체계 자체에 대한 저항으로 넘어가는 우리 문학의 한 분기점을 보여준다. 특히, 『영광전당포 살인사건』은 두 시대를 긴밀한 연관 속에 파악하면서 역사의식이 무디어진 현 소설의 풍토를 진지하게 되돌아보게 한다. 이른바 정치와 엽기, 역사와 추리를 결합한 이 소설에서 한차현은 독재 정권 치하의 삶과 다원화 시대의 일상을 분리하는 기존 소설의 분할 방식을 거부한다. 세계에 대한 한차현의 개입은 경계를 지우는 혼합과 재분할의 방식으로 이루어진다. 한차현은 과거와 현재의 단절에 개입하고, 개인에 대한 권력/체계의 일방적인 횡포에 개입하며, 자기 자신의 자동화된 삶과 의식에 개입한다. 또한 기존의 소설 담론과 미학의 분류 체제에 개입하며, 실재와 가상, 진실과 거짓의 차이에 적극적으로 개입한다.

『영광전당포 살인사건』에서 권력/체계에 대한 개입은 '살인'이라는 극단적인 방식으로 이루어진다. 이 살인 사건의 내막을 한 문장으로 요약하면 이렇다. K시의 한 임대아파트에 사는 20대 후반의 남자 '차연'은 그보다 다섯 살쯤 많은 여자 '원형'을 만나 그녀의 급진적 세계관에 동조하면서 고문기술자에서 전당포 주인으로 변한 노인 '전형근'을 도끼로 살해한다. 그런데 이러한 중심 줄거리는 가난한 대학생 라스콜리니코프가 전당포를 하는 고리대금업자 노파를 사회적 해악으로 여겨 도끼로 살해하는 도스토예프스키의 명작 『죄와 벌』과 많이 닮아 있다. 그러나 두 작품은 가치관과 목적에 있어서는 차이를 드러낸다. 『죄와 벌』이 라스콜리니코프가 고귀한 영혼을 지닌 매춘부 쏘냐에 의해 구원받는 과정을 통해 사회적인 문제를 인간의 보편적인 윤리학을 정립하는 근거로 활용한 데 비해, 『영광전당포 살인사건』은 후기 자본주의사회의 특정 단계에서 개인의 선악의 문제를 초월한 사회적 행동학을 탐구한다. 이에 따라 『죄와 벌』에서 라스콜리니코프의 살인이 어떤 명분으로도 정당화

될 수 없는 반인륜적인 범죄로 취급되는 반면, 『영광전당포 살인사건』에서 차연의 살인은 사회를 정화하는 혁명적인 행위로 규정된다. 또한, 모종의 조직이 배후에 있는 차연의 살인은 개인적 신념에 근거한 라스콜리니코프의 살인보다 더 복잡한 배경을 갖고 있다. 차연이 살해한 전형근은 공순이였던 10대의 원형을 잔혹하게 고문했고, 또 한 명의 차연에게 오줌고문이라는 무시무시한 고문을 가해 동료들을 버린 후 티베트로 떠나게 만든 인물이다. 차연의 살인은 한 시대의 피해자들을 대신해 가해자를 처단한 역사적 차원의 응징인 셈이다. 소설의 전언에 의하면, 이것은 개인의 차원을 넘어선 "전적으로 체제의 문제"이며, 이때 "살인은 목적이 아니"고 "수단이고 도구"에 불과하게 된다.

이 소설에서 살인 사건은 한 사람을 겨냥해 두 번 발생한다. 그리고 모두 두 사람이 죽는다. 첫 번째 피살자는 아파트 뒤뜰의 창고 '해골섬'에서 두개골이 조각난 908호의 주응달 노인이며, 두 번째 피살자는 자신이 경영하는 영광전당포에서 역시 머리가 박살난 전형근이다. 주응달을 죽인 범인은 904호의 대학생 김시민이며, 전형근을 죽인 범인은 의류회사와 슈퍼마켓을 전전하다 지금은 M&B 임상의학센터의 불면증 실험에 몸을 제공하고 돈을 받는 906호의 차연이다. 김시민과 차연은 모두 손도끼로 피살자의 머리를 반으로 가른다. 하지만 이 소설의 진정한 충격은 도끼만행이라는 잔혹한 살인의 방식에 있지 않다. 소설의 중반에서 908호의 주응달 노인이 고문기술자 전형근의 복제인간이라는 사실이 드러나는 순간, 충격은 피와 살이 튀는 물리적인 것에서 인간의 미래와 직결된 상상적인 것으로 바뀐다. 80년대의 후일담 소설쯤으로 여겨지던 이 소설은 이 지점에서 돌연 SF소설의 색채를 띠게 된다. 충격은 여기에서 그치지 않는다. 주응달을 죽인 김시민도 인간이 아닌, 생물학적 소재로 제조된 유전자 합성인간(레플리컨트)이라는 점이 드러나기 때문이다. 사이보그 김시민은 7년의 수명을 다하고 도서관 열람실에서 앉은 채로 연소된다. 첫 번째 도끼만행 살인은 복제인간이 합성인간에게 '제거'되는 가짜의 살인극이었던 셈이다. 그런데, 정말 이 살인은 가짜일까? 복제인간과 합성인간은 인간이 아니기 때문에 살인 역시 영화의 영상과 같은 시뮬레이션에 불과한 것일까? 여기에 소설『영광전당포 살인사건』이 제시하는 첫 번째 아이러니가 있다.

  두 번째 아이러니는 철저한 혁명적 세계관을 지닌 사이보그 김시민의 자리를 진짜 인간 차연이 대신한다는 점이다. 이 지점에서 실재와 모조품의 위상은 명백하게 뒤바뀐다. 실재인 차연이 모조품인 김시민을 모방하게 되었기 때문이다. 복제인간 주응달과 합성인간 김시민 사이에 일어난 살인극은, 이제 진짜 인간 전형근과 진짜 인간 차연을 통해 한 번 더 재연된다. 혹은 마침내 '진짜로' 감행된다. 김시민의 모체에 해당하는 차연이 주응달의 모체인 전형근을 찾아가 죽이는 과정은 리들리 스콧 감독의 영화〈블레이드

러너〉를 거의 자동적으로 떠올리게 한다. 영화 속에서 4년밖에 살 수 없는 복제인간 로이는 자신을 만든 '타이렐 회사'의 사장 타이렐을 찾아가 수명 연장을 요구한다. 그러나 연장은 애초에 불가능하다. 절망한 로이는 자신의 아버지인 타이렐의 눈을 찔러 죽인다. 로이는 '인간적인 인간'(여기서 기준은 진짜 인간과 복제인간, 실재와 모조품의 여부가 아니다. 진정성을 갖고 있느냐의 여부가 문제다)의 대표자로서 쓰레기 같은 인간을 처단한 것이다. 복제인간 로이와 마찬가지로 한차현의 소설에 등장하는 합성인간 김시민도 본질이나 기원이 아닌, 가치관과 행위에 의해 '인간보다 더 인간적인 인간'의 지위를 부여받는다. 때문에 진짜 인간 차연이 합성인간 김시민을 모방하는 것은 이상한 일이 아니다. 한편, 티베트에서 돌아온 또 한 명의 차연은, 살인의 죄의식에 시달리는 차연에게 자신과 화해할 것과, 역사의 피해자이면서 혁명가인 원형에게 "힘 좋은 손발이 아니라 밝은 눈이 되어 줄" 것을 요청한다. '밝은 눈'은 인간을 인간답게 하는 빛, 즉 투명한 지혜를 상징한다. 지울 수 없는 고문의 기억과 불의에 대한 분노를 지닌 원형에게 가장 필요한 것은 투명한 지혜, 즉 '밝은 눈'인 것이다(이 점에서 복제인간을 판별하는 기준이 눈동자의 움직임에 있다는 것은 시사적이다). 그러므로 이 소설이 궁극적으로 이야기하는 화해란, 이 '밝은 눈' 앞에 펼쳐지는 타자와 세계의 새로운 풍경이라고 할 수 있다. 소설의 끝 부분에서 차연은 오랫동안 시달려온 꿈속의 '그'와 결별함으로써 화해에 이른다. 꿈속의 그는 바로 차연 자신의 죄의식과 분노의 표상이었던 것이다.

 차연이 세계의 이면에 눈뜨게 하고 살인이라는 극한의 행동까지 저지른 기저에는 원형이 있다. 원형과 차연이라는 이름은 이 소설의 의미심장한 알레고리의 바탕이 된다. 주응달이라는 이름이 "우리는 음지에서 일하고 양지를 지향한다"는 옛 국가안전기획부의 모토를 반영하고 있거나, 사회적 정의에 불타는 사이보그 김시민의 이름이 '시민'이라는 평범한 사람들을 뜻하는 보통명사로 설정된 것과 같으면서도 더 본질적인 차원이다. 원형과 차연이라는 이름은 모든 존재의 근원적 형태인 원형(原型, archetype)과 후기 구조주의자 데리다의 독특한 개념인 차연(差延, différance)에 명백히 의존하고 있다. 본질/현상, 동일성/차이, 말/글 등의 기존의 이항대립에 반발하는 데리다는 절대적인 실재인 원형에서 의미가 파생되는 것이 아니라, 차이와 지연이 의미를 생성한다고 주장한다. 그가 만든 차연différance은 프랑스어 차이différence의 철자 e를 a로 바꾸어 만든 신조어로, 발음상으로는 차이가 없다. 두 단어의 차이는 글 속에서 시각적인 형태와 내적인 의미의 차이를 통해서만 드러난다. 이처럼 차연은 구조 뒤에 숨어서 미세한 차이와 지연에 의해 다양한 의미를 생산하는 창조적인 힘을 뜻한다. 체계의 정교한 질서와 교활한 음모를 해체하고자 하는 이 소설에서 작가 한차현이 주인공의 이름을 '차연'으로 정한 것은 이런 맥락에서 이해될 수 있다. 나아가, 이 소설에 등장하는 인물들은 모두 차연에 의해 관계를 형성하고 있다. 원형-차연, 차연-차연, 전형근-주응달, 김시민-김시민이 죽은 뒤 904호로 이사 온 김시민을 닮은 합성인간 이후영, MBC 9시 뉴스의 여자 앵커 Y-Y를 닮은 수련화장품의 여자-Y와 수련화장품의 여자를 모두 닮은 원형 등은 유사하면서도 조금씩 다른 인물의 연쇄군을 이루고 있다. "원형을 만나고 있으면, 정말 이상해. 그동안 알고 지냈던 여자들을 모두 만나는 것 같아. 한명씩 한명씩" 차연이 이런 느낌을 갖는 것은 바로 '차연différance의 효과'에 의한 것이다.

주응달 노인의 살인사건 후 사라졌다가 몇 달 만에 나타난 원형은 성형수술로 달라진 모습을 하고 있다. 원형과 차연의 대화는 이 소설이 말하고자 하는 '원형'과 '차연'의 알레고리에 관해 흥미로운 암시를 제공한다.

"다른 사람 같아?"
"아니, 원형 같아. 고친 원형."

차연의 눈에 비친 원형은 "원형 같"다. 단, '고친 원형' 같다. 이제 원래의 원형은 없다. 아니, 처음부터 원형은 고정되어 있지 않다. 또한 그 누구도 자기 자신의 '원형'은 아니다. 우리는 모두 조금씩 '고친 원형'이며, 끊임없이 달라지면서 타자와의 차이를 통해 자신을 만들어나가는 '차연'이다. 이러한 끊임없는 과정에 의해 "원형은 차연인 원형이고 차연은 또 원형인 차연"이 된다. 그렇다면 왜 이런 차이와 동일성이 동시에 발생하는 것일까? 한차현은 그 원인을, 데리다와 마찬가지로 '관계'로 설명한다.

"깊은 산 속에 나무 한 그루가 벼락을 맞아 두 쪽으로 갈라졌어. 너무 깊은 산 속이라 세상 어떤 사람도 아직까지 그 나무를 본 적이 없대. 그 나무가 벼락을 맞았을 때 소리가 났을 거 같아 안 났을 거 같아?"
"넌센스 퀴즈야, 심리테스트야?"
"우리들 모두, 차연이고 나고, 언제 어디서나 다른 누군가의 시선 안에서만 존재할 수 있다는 뜻이야. 사람은 혼자가 아니거든. 혼자일 수도 없지. 세상은 그래서 온갖 시선과 시선들이 얽혀 돌아가는 거고."

"사람은 혼자가 아니"며 "혼자일 수도 없"다. 세상은 "온갖 시선과 시선들이 얽혀 돌아가는" 관계의 장이다. 인간의 본질과 정체성, 가치관과 삶의 방식은 모두 관계에 의해 결정된다. 살인 사건을 수사하는 남부경찰서의 임숭도 형사가 "혼자 사는 것만큼 멋진 일도 드물지요. 특히 젊었을 때는. 하지만 위험합니다. 고독은 사람을 악하게 만들거든요"라고 말하는 것은 이러한 이유에서다. 중요한 것은 세상의 수많은 관계들은 예외 없이 권력을 발생시킨다는 점이다. 관계는 곧 권력이다. 세상은 겉으로 드러나지 않는 교묘한 관계/권력에 의해 움직인다. 이 관계/권력의 선들을 낱낱이 밝혀내고, 그 부정적인 작동을 저지하려는 것이 바로 한차현 소설의 최종적인 목적이다. 한차현은 관계/권력의 선들과 작동의 방법을 밝혀내기만 한다면, 이 세상에 이해될 수 없는 일은 없다고 믿는다. 한차현은 이번 소설에서 『괴력들』에 등장하는 '이서연/권진욱'과 대립적인 위치에 있는 '원형'을 통해 이를 분명히 한다. '이서연/권진욱'이 교묘한 권력의 선을 상징하는 인물이라면, 원형은 그 선을 흩뜨려놓는 저항의 선에 해당하는 인물이다. 한차현은 원형의 목소리를 빌어 자신의 주장을 분명히 전달한다.

"세상에 놀랄 일은 없어 차연, 어떤 일로 우리가 놀라는 것은, 그 너머의 전혀 놀랍지 않은 근거를 모르거나 이해 못해서야."
"그게 무슨 의미지?"
"거리에서 마주치는 수녀들은 왜 모두들 키가 작고 허리가 굵은지. 핸드폰 안테나는 왜 모두 오른쪽에 달렸는지. 왜 이 나라 대통령이란 새끼들은 죄다 듣기 싫은 사투리를 사용하는 인물들뿐인지. 9시 뉴스는 왜 늘 3개월 간격으로 UFO 관련 소식을 내보내는지. 그런 현상들이 실은 전혀 이상할 게 없다는 이야기지. 지금 무슨 말을 하는지, 굳이 설명하지 않아도 이해할 때가 올 거야. 그날이 빨리 오길 바래."

차연에게 있어 '그날'은 의외로 빨리 찾아왔다. 원형이 속한 조직에게 천이백만 원을 받기로 하고 전형근을 죽인 날이 그것이다. 전형근은 지난 시대에는 부패한 정치의 밀실인 '고문실'의 주인이었고, 지금은 부패한 자본주의의 암실인 '전당포'의 주인으로서 과거와 현재의 부정적인 역사를 함께 표상한다. 흥미로운 점은 전형근의 살인 사건이 해결되는 방식에 있다. 상부의 권력과 원형의 조직은 공멸을 피하는 조건으로 적당한 지점에서 서로 타협한다. 원형의 조직 역시 관계 속에 존재하는 또 하나의 권력인 것이다. "사건이란, 먼 미래의 무수한 가능성 가운데 하나가 시간을 거슬러 보내오는 신호"라고 할 때, 소설의 결말에서 죽은 김시민의 뒤를 이어 복제인간 이후영이 904호에 이사 오는 것은 '영광전당포 살인사건'이 계속 이어질 것을 예고한다.

그러나 소설 『영광전당포 살인사건』은 관계의 파괴적인 실상을 고발하는 것에만 머물지 않는다. 차연과 원형이 마지막으로 관계를 맺는 장면은 '몸'이라는 원초적인 실재를 통해 이루어지는 인간과 인간의 아름다운 관계의 풍경을 연출한다. 한차현의 다음 소설은 이 뜨겁고 아름다운 관계의 에너지를 더 깊이 흡수하면서, 또 다른 의미 있는 '차연'을 만들어내게 될 것이다.

몸이 몸을 만났다. 몸이 몸을 안는다. 몸이 몸을 만진다. 몸과 몸이 가까워지고 거리가 없어지고 마침내 하나 된다. 분신과 분신. 애초에 한 몸이었던, 두 개의 얼굴과 두 쌍의 손발이 마주 붙은 양성체. 원죄의 저주를 받아 반으로 갈라졌던 분신들이 다시 한 몸을 찾아가고 있다. 수만 년을 끌어오던 고독과 상상과 결핍이 천천히 스러져간다. 그리하여 몸은 뜨겁게 뜨겁게 불타오른다.

*작품 해설을 쓴 김수이는 1968년 충북 제천에서 태어나 경희대 국문과 및 동 대학원을 졸업했다. 1997년 《문학동네》에 「타자와 만나는 두 가지 방식―기형도, 남진우의 시에 관하여」가 당선되어 평론가로 등단했다. 평론집으로 『환각의 칼날』 『풍경 속의 빈곳』 『서정은 진화한다』 『쓸 수 있거나 쓸 수 없는』 등이 있다.

언론 서평 1

'악'과 복제인간을 죽이다

2003. 1. 19 ≪한겨레≫ 최재봉 문학전문기자

신예작가 한차현 씨의 두 번째 장편소설 『영광전당포 살인사건』은 낯익으면서도 생경하다. 독자들에게 익숙한 역사적 상황과 문학 및 영상 텍스트의 인유가 다채롭게 동원되지만, 서로 어울릴 법하지 않은 것들이 결합됨으로써 묘한 '소격효과'를 내는 탓이다.

제목에서 짐작되다시피 소설에서는 살인 사건이 발생한다. 발생하되, 한 건이 아니라 두 건이고, 이 소설의 핵심 메시지 중 하나는 그것이 하나가 아닌 둘이라는 사태와 관련된다. 먼저, 주인공 '차연'이 사는 임대아파트 이웃에 사는 한 치매 노인 '주웅달'이 끔찍하게 살해된다. 그를 살해한 대학 휴학생 '김시민'은 그를 전직 정보부 요원이자 고문기술자인 '전형근'으로 믿고 있지만, 사실 그는 전형근의 복제인간이었다. 진짜 전형근은 제목에도 등장하는 전당포를 운영하며 살고 있고, 차연은 여자친구 '원형'의 사주에 따라 손도끼로 그를 살해하기에 이른다. 두 번째 살인 사건이다. 두 번째 살인이 벌어지기 전에, 김시민은 자신이 유전자 합성인간 '레플리칸트'임을 깨닫게 되며 그와 동시에 7년의 수명이 다해 생명을 마감하게 된다. 줄거리와 관련해 한마디만 더 하자면, 원형은 과거 노동자 시절 전형근에게 끔찍한 고문을 당한 경험이 있고, 지금은 전형근으로 대표되는 '사회적 악'을 물리적으로 퇴치하려는 비밀결사의 일원으로 일하고 있다.

이상의 줄거리 요약만으로도 독자들의 뇌리에는 무수한 파문이 일 것이다. 도스토예프스키의 소설 『죄와 벌』과 리들리 스콧 감독의 영화 〈블레이드 러너〉, 전직 정보기관 고위간부 출신의 정치인, 지난 시절 정보기관의 모토였던 '우리는 음지에서 일하고 양지를 지향한다', 시민(市民), 그리고 사물과 존재의 근원적 형태를 가리키는 원형(原型)과 데리다의 차연(差延: 차이와 연기. 차연은 또한 작가 자신의 이름을 메아리로 거느리고 있다)……. 역사적 정의, 그를 위한 수단으로서의 살인 및 복수의 정당성에 관한 질문은 소설의 중요한 한 축을 이룬다. 지난 시절 "나는 네 육체가 참아낼 수 있는 최악의 고통이자 정신이 감당할 수 있는 극한의 모멸"이라고 지껄이며 마음껏 고문과 모욕을 자행했던 한 인물을 사사로이 응징하는 것은 과연 바른 일인가. 이것과 관련되는 또 다른 문제는 무엇이 진짜이며 원형이냐 하는 것이다. 전형근의 복제인간과 레플리칸트 김시민, '차연'이 암시하는 끊임없는 차이와 미결정의 연쇄 등은 진위 여부와 정·부당에 관한 판단 자체를 회의하게 만들기에 족하다. 원형의 옛 동지였으나 지금은 노선이 바뀐 또다른 '차연'의 말처럼 "원형은 차연인 원형이고 차연은 또 원형인 차연"이기 때문이다.

 소설의 결말은 자못 할리우드 영화적이다. 김시민이 살았던 아파트에 그의 분신처럼 보이는 '이후영'['뒷그림자(後影)']이 이사 오며, 소설은 또 한 번의 살인 사건을 예고하며 '일단' 끝난다.

언론 서평 2

나도 복제된 공산품일지 몰라…….

2003. 1. 17 ≪경향신문≫ 한윤정 기자

독재권력의 하수인인 고문기술자, 그에게 복수하려는 저항세력의 음모, 응징을 위한 살인이 끝났다고 생각했을 때 느닷없이 등장하는 레플리컨트와 복제인간…….

한차현의 두 번째 장편소설 『영광전당포 살인사건』은 판타지·엽기·추리와 사회비판이라는 이질적 요소가 융합된 만화경이다. 작가는 1980년대 소설의 핵심코드였던 독재정권의 억압과 각성된 주체들의 저항이라는 설정에다 90년대의 코드인 일상과 욕망, 내면화된 권력, 원본과 복제물의 구별이 사라진 시뮬라시옹과 사이버 세계, 그리고 새 세기의 화두인 인간복제까지 뒤섞는다. 그의 소설에는 도스토예프스키의 『죄와 벌』에 나오는 라스콜리니코프의 살인 장면과 리들리 스콧 감독의 영화 〈블레이드 러너〉의 묵시론

적 장면들이 떠다닌다. 현대사회의 뒤죽박죽을 한바탕의 꿈이나 요설, 영화처럼 카니발적으로 풀어놓는다.

　낡고 음산한 아파트 906호에 살고 있는 주인공 차연은 장기실업 상태로 불면증에 시달린다. 우연히 이웃 908호의 치매노인을 매주 한 번씩 돌보는 파출부 원형을 알게 되고 밤늦게 일이 끝난 뒤 차가 끊기는 그녀를 하루씩 재워주면서 특별한 관계가 된다. 그러던 중 908호 노인이 끔찍한 몰골로 살해당하고 원형은 사라진다. 908호 노인을 죽인 것은 904호에 살고 있는 김시민으로 밝혀진다. 그는 평소 부패근절과 구세력의 청산을 부르짖던 대학생. 그런데 알고 보니 김시민은 수명이 고작 7년밖에 안 되는 레플리컨트(생물학적 소재로 만든 사이보그)로 원형이 속한 조직의 사주를 받았다. 차연 앞에 다시 나타난 원형은 908호 노인이 늙은 고문기술자 전형근이라고 밝힌다. 그런데 불행하게도 김시민이 죽인 908호 노인은 전형근이 아니라 전형근의 복제인간인 주응달이었다. 진짜 전형근은 서울 외곽에서 영광전당포를 운영하며 서민들을 착취하고 있다. 원형은 차연에게 진짜 전형근의 살해를 요구하고 대의명분에 굴복한 차연은 그를 찾아가 등산용 손도끼로 그의 머리를 박살낸다. 그러나 진짜 살인 사건은 상부의 권력과 원형의 조직이 공멸을 피하는 조건에서 타협하는 것으로 해결된다. 대의명분을 앞세운 원형의 조직 역시 또다른 권력인 셈.

　2행을 넘지 않는 짧은 문장과 빠른 전개로 SF영화나 컴퓨터게임처럼 읽히는 이 소설은 유·무형의 권력에 대한 문제, 기억과 정체성의 문제, 기술복제와 시뮬라시옹의 문제, 원형(archetype) 대신 차연(différance)을 주창한 데리다의 후기구조주의 철학 등 묵직한 주제를 넘나든다. 예컨대 김시민이 주응달을 살해한 게 가짜라면 차연이 전형근을 살해한 건 진짜인데 여기서는 진짜가 가짜를 모방한다. 이 지점에서 진짜를 모방한 게 가짜라는 기존 가치는 전복된다. 진짜·가짜의 문제는 의식과 행위를 넘어서 몸까지 침투한다. 작품 속에서 김시민은 명백한 레플리컨트지만 원형·차연 등은 진짜인간인지 사이보그 혹은 복제인간인지 존재의 진위여부가 신비하게 처리된다. 특히 근거를 알 수 없는 기억과 기시감에 시달리는 차연은 '여지껏, 보이지 않는 누군가 은밀히 숨어내 행위와 의지를 원격 조정해왔던 것은 아닐까'란 의심에 빠진다. 그것은 차연이 사이보그가 아닐까 하는 의심과 함께 현대인을 지배하는 편재의 권력에 대한 통렬한 비판이다. 그럼에도 작가는 그 권력에 균열을 내기 위해, 그 속에서 살아가기 위해 관계성을 중시한다. 작가는 후기에서 이렇게 말한다.

"얼마나 경이로운가, 서로 알지 못하는 당신과 내가, 그 존재가 아직도 의심스러운 관계 속 지금 우리의 흐릿한 조각들이, 도대체 뭔지도 모를 소설 하나로 이처럼 후끈하고 아득한 만남을 즐기고 있다는 기적은."

 작가의 말

당신과 나의 흐릿한 조각들, 을 위하여

 마지막 교정지를 덮은 11월 오후. 빨간색 플러스펜을 피 묻은 손도끼 떨구듯 책상 위에 내던졌다. 난도질당한 프린트물을 서류봉투에 담았으며 마침 현관문을 두드리는 오토바이 배달원에게 그것을 넘겼다. 담배 한 대를 피운 뒤 마루로 돌아와 머리칼에 불이 붙은 사람처럼 다급하게 전화기를 들었다. 마땅히 떠오르는 얼굴은 없었다. 서랍장을 열고는 엉뚱하게도 선물 받은 뒤 일년 가까이 묵혀두었던, 배갈 냄새 고약한 태국산 무좀 약물을 꺼내어 거기에 발을 담갔다. 발바닥의 각질이 녹아 없어지는 화끈함 속에서 한 시절을 다시 떠나보냈다. 떠나보내며, 나로선 도저히 어쩔 수 없는 공황에 꾸역꾸역 빠져들기 시작했다.
 2백자 원고지 1천 매 분량이 채 되지 않는 이야기 한 편을 꾸미며,

그 일년 동안, 사소한 일들이 무수히 옆구리를 스쳐갔다. 부곡의 도 닦는 양반을 만나러 갔던 1박 2일을 비롯해 서너 차례 짧은 여행을 다녀왔다. 원인 모를 몸살과 지독한 설사병을 앓았다. 3.2kg으로 태어난 아기가 그새 징그럽게 컸다. 심야FM과 인터넷 방송을 지독히 혹사시켰으며, 그 와중에 Bach와 Pink Floyd와 Stevie Ray Vaughan을 저 먼 별들과 함께 다시 친밀하게 사귀게 되었다. 태풍 루사가 왔고 직경 8백 미터의 소행성 '2002 NY40'이 지구에서 52만km 떨어진 곳을 지나쳤다. 난생 처음 허리가 결리고 아픈 증세가 찾아왔다. 남한산성 올라가는 길 초입에 지금까지 3년째 살고 있는 성남(분당이 아니라 성남이다) 아파트를 팔았다. 이제 1월 말까지 이 집을 비워줘야 한다. 교정지를 들고 광화문으로 신촌으로 종로로 을지로로 인사동으로 용산으로 성남으로 용인으로 강남역으로 압구정동으로 충무로로 버스와 지하철 타고 창 밖 풍경에 홀려, 분식집에 자리 잡고 라면가닥 후룩거리며, 대형서점 휴게실 빈자리를 차지하고 앉아 책 냄새와 햄버거 양념 냄새를 맡으며, 이리저리 문장을 다듬으며 그렇게 쏘다닌 거리만 해도, 모른다, 합쳐 놓으면 지구 반 바퀴 정도 거리는 될지. 그리고 또 뭐가 있을까. 그간 비워낸 참이슬과 산이, 아마도 5백 병 정도?

소설 가운데 도스토예프스키의 『죄와 벌』(乙酉文化社, 세계문학전집 26, 1971년 초판 발행, 김학수 역)의 일부(91쪽)를 인용했다. 전당포

노파 알료나 이바노브나가 살해되는 바로 그 장면이다. 도스토예프스키에게나 번역자에게는, 당연한 일이지만, 사전에 양해를 구할 수 없었다. 또한 소설 가운데, 영화 〈블레이드 러너〉의 팬 페이지라고 할 수 있을 여러 인터넷 사이트의 소중한 텍스트들을, 역시 아무런 양해도 구하지 않고 함부로 차용했다. 나의 게으른 불찰이, 신세 진 모든 이들의 위대한 정신에 아무 흠집도 내지 않게 되기를 바란다.

두 번째 써보는 장편소설이다. 그 소감은, 소설집과 장편소설을 그것도 몇 권짜리 대작을 포함하여 이미 대여섯 종류씩 발표하신 세상의 모든 소설가님들께 아이고 사부님 소리가 절로 나오기에 이르렀다는 고백으로 대신해도 충분할 성싶다.

방구석에 앉아 허벅지 득득 긁으며 소설이라는 것을 연신 끼적거리고, 그리하여 하나의 소우주(라고 불러주기 뭐한 무언가)를 술안주 게워내듯 완성해 내고, 읽어보라고 주위 사람들에게 내보이고, 그것도 모자라 대량 상품화시키고, 그걸 고만고만한 것들끼리 진열해 놓고 누군가 집어들기를 기다리는, 그 모든 과정이란 참으로 경이롭고 한심하고, 살아가는 모든 순간들이 그렇듯, 참으로 사소하면서도 기적적이다. 왜냐하면 나는 허깨비이니까. 머잖아 흔적도 없이 스러질 무엇이니까. 내가 입은 옷이나 방금 마셨던 물 한 잔이

나 어제 저녁 뉴스를 보며 눈가에 물기를 조금 배었던 일이나, 지금 쳐다보고 있는 4층 아래 아파트 단지의 비 젖은 겨울 풍경 모두가, 살아왔고 살아갈 길 모두가, 나로 인해 가능했던 모든 움직임이, 뒤에 가서 아무런 흔적으로 남지 않을 바람 소리에 불과하니까. 어떻게 생각할지는 몰라도, 그렇게 당신과 다르지 않으니까. 그러므로 얼마나 경이로운가. 서로 알지 못하는 당신과 내가, 그 존재가 아직도 의심스러운 관계 속 지금 우리의 흐릿한 조각들이, 도대체 뭔지도 모를 소설 하나로 이처럼 후끈하고 아득한 만남을 즐기고 있다는 기적은. 뭐 그따위 기억조차도 빗속의 눈물처럼 필경은 덧없다고 주장하실 당신도 계시겠지만.

손끝으로부터 우주로 책 하나를 떠나보내는 게 벌써 세 번째다. 정말이지 어처구니가 없다. 숫자란 늘 사람 편이 아니다. 10년 전에는, 적어도 10년 전에는, 세 권가량의 책을 낼 나는, 최소한 (당시의) 나보다 조금은 우아한 사람이겠거니 기대했던 것이다. 어쩔 것인가. 2061년 달의 계곡에 나는 버려졌다. 차연처럼.

지독한 태국산 무좀 약물 찜질을 한 이후, 일주일가량 절뚝거려야 할 정도로 발바닥이 상했다. 무좀균을 박멸하고도 성이 안 차 굳은살까지 황폐화시켜 끝내는 가뭄 만난 논바닥처럼 쩍쩍 갈라지고 군데군데 피까지 배어 나오는 발바닥. 각질이 죄다 벗겨지면 깨끗한 새살이 돋는다고 했다. 그런 사소한 사건이 있었다. 그리고 이제 더 많은, 나무젓가락처럼 가볍고 사소한 일들이 당신과 내 옆구리를 내내 스쳐갈 것이다. 부디 안녕하시길. 또 뵐 때까지. 훗날, 2호선 역삼역 4번 출구나 세 개의 달이 뜨는 낯선 이름의 소행성에서, '예전에 만났던 장소 혹은 지금으로서는 예측할 수 없는 어느 아득한 곳에서' 당신과 내가 다시 조우할 때까지.

2002년 비 온 겨울
한차현

영광전당포 살인사건

초판 1쇄 발행 2003년 1월 10일
초판 2쇄 발행 2003년 1월 30일
개정판 1쇄 인쇄 2011년 10월 14일
개정판 1쇄 발행 2011년 10월 19일

지은이 한차현
펴낸이 김환기
펴낸곳 도서출판 이른아침
디자인 성지선 이솔잎
편 집   이단네 허윤희
마케팅 권명희
관 리   이민정

주 소   서울시 마포구 마포동 324-3 경인빌딩 3층
전 화   02)3143-7995
팩 스   02)3143-7996
등 록   2003년 9월 30일 제 313-2003-00324호
이메일 booksorie@naver.com

ISBN 978-89-93255-83-6 03810
정가 12,000원

※잘못 만들어진 책은 구입하신 서점에서 교환해 드립니다.